衔泥带得
落花归

XIAN NI DAI DE
LUO HUA GUI

罗瑞花 ◎ 著

国际文化出版公司
·北京·

图书在版编目（CIP）数据

衔泥带得落花归 / 罗瑞花著. -- 北京：国际文化出版公司，2021.3
ISBN 978-7-5125-1264-1

Ⅰ.①衔… Ⅱ.①罗… Ⅲ.①散文集-中国-当代 Ⅳ.①I267

中国版本图书馆 CIP 数据核字（2021）第 022450 号

衔泥带得落花归

作　　者	罗瑞花
责任编辑	戴　婕
统筹监制	于　涛
策划编辑	朱　然
特约策划	云上雅集
装帧设计	潇湘悦读
出版发行	国际文化出版公司
经　　销	全国新华书店
印　　刷	长沙市精宏印务有限公司
开　　本	710 毫米×1000 毫米　　16 开 16 印张　　　　　　　257 千字
版　　次	2021 年 3 月第 1 版 2021 年 3 月第 1 次印刷
书　　号	ISBN 978-7-5125-1264-1
定　　价	78.00 元

国际文化出版公司
北京朝阳区东土城路乙 9 号　　邮编：100013
总编室：（010）64271551　　传真：（010）64271578
销售热线：（010）64271187
传　真：（010）64271187-800
E-mail: icpc@95777.sina.net

自序：燕燕于飞

我家木屋的后面，本来是一个菜园，叫三方园，生产队长好大喜功，坚持把左耳冲的山脚水引过来，开成稻田，遇上天干年岁，山脚水断了，社员只好到青溪河里挑水抗旱。这样一折腾，队长得了两层喜报：垦荒先进和抗旱模范。社员呢，每家也能多分那么几斗秕谷和几束稻草，可四季的菜蔬，只能在一些田角路边，见缝插针地种上几行。

而我家的木屋，被围在稻田中间了。

母亲是念念不忘她的三方园的。那是她的百宝园，辣椒茄子，黄瓜豆角，萝卜白菜葱蒜姜，她到园里随手一摘，餐桌上就有了鲜嫩美味，那里还有她的三棵棕树，棕叶用来扎扫帚包粽子，棕衣用来打壳子做布鞋。

三方园成了稻田，母亲的小鸡小鹅只能关进竹篱笆里，从稻种下田一直关到稻谷归仓。它们被关起来，不能去野外觅食，喂再多的粮食，都是蔫头耷脑、毛羽松散的，每天叽叽嘎嘎，日子都被它们叫唤得漫长起来。待到木屋周围的稻禾一收割，母亲最急着做的事，就是把竹篱笆敞开，解放她的鸡她的鹅。

住在稻田中间，也还是有一件事让母亲喜悦的。

当屋前的那树桃花灿然开过，满田凼的油菜一片金黄的时候，高远的天空会出现很多的黑点，那是乌黑光亮的燕子呀！它们斜着身子从你眼前掠过，一会儿在稻田这边，一会儿又停到了电线上。不要多久，就会有一对燕子飞进我家的木格窗，在堂屋的屋梁间呢喃，盘旋，第二天开始飞出飞进，衔泥筑巢了。母亲散工回来看见，喜上眉梢，喊父亲看，喊我们看，说，燕子灵性，带福，不进愁家门呢。

接下来的十多天里，不管刮风下雨，甚至倒春寒，它俩叽叽传情，比翼双飞，用嘴一点一点衔来泥巴，和上自己的唾液，一口一口，交错叠放，垒成了半个碗一样的窝。堂屋的地上，不时会掉落一些泥巴、枯草、苔藓的碎屑，竟然还有红的黄的花瓣。我觉出燕子的可爱了，在辛苦筑巢的时候，不忘捎带着衔来几瓣落花。

筑好了爱巢，这对小夫妻只能单个出去觅食了，它们开始轮流孵蛋。这时候，母亲特别叮嘱我们不要高声大叫不要举着竹棍进堂屋，以免惊吓了燕子。有天早晨起来，忽见这对燕子又前后相随飞进了雨雾，而屋梁上的燕巢里，伸出了几个光溜溜的脑袋，都张着黄嫩小嘴，你挤我我挤你……新生命的诞生，多么令人欣喜，我家的木屋顿时显出祥瑞和喜气。

身边的时光，像是和青溪的水比着赛，一路往前。在它们的流淌里，我从紫鹊界山脚下的花朵院子，来到了铺着青石板的小县城，在桃李的芬芳里，走过春天，走过自己。我就像一只衔泥筑巢的燕子，阳光下，风雨里，谋生，谋爱，衔回来的泥点子里，偶尔也会沾有几个花瓣。《小城来客》发在《人民日报》"大地副刊"，江苏省中学语文特级教师曹津源先生以《材取"小"人见"美"意指"远"》为题点评；《早起》发在《人民周刊》，被选为2019年湖北省襄阳市中考语文现代文阅读题；《小县城的俗世生活》发在《散文百家》；《桂月，想起一棵桂树》发在《中国文化报》；《笑熬"江湖"》《读书滋味长》等发在《湖南教育》；《燕子衔泥垒香巢》获《湖南日报》"我家这五年"征文一等奖；《他从城里来》发在《天津文学》，编辑说，这文章感动了他，也感动了主编……我把这些昔时的花瓣，一一穿起，成了这本集子。

我感激时光，感激和我一起衔泥的另一只燕子，感激进到我生命里的每一个人，感激此时正摸着这本集子的你。

燕燕于飞，岁月静好。

目录

自序：燕燕于飞　001

第一辑　花朵院子

花朵院子　002
早起　005
母亲的水酒　007
米升子　009
老盘秤　011
双耳罐·时光瓶　014
手艺人　017
一篱蔷薇　019
白米饭　021
猪之歌　024

母亲的歌谣　027
老屋前的梨树　029
筷断团圆年　032
我的第一件华服　035
我和母亲过年　037
儿时那把举过头顶的扫帚　040
念父亲　042
一屋一人　045
买吃不如买宝　048
借"机"生财的二哥　050
酿"年"　052
当蔬菜盛开繁花　054
一个人的热闹　056

第二辑　掬水青溪

掬水青溪　060
稻田　062
稻田里的篱笆院落　064
他从城里来　067
父亲点亮的村庄　074
看电影　076
我们的游戏　079
青溪的王　082
谷粒如金　087
青溪茶亭的屠桌　089
老窑场　093
青青的棕　096
青溪的茶　099
樟木香　102

秋叶红，秋叶黄　105
雪天喂鸟人　107
挂社钱　109
电，从冰雪山野来　112
呆头鹅的老来福　114
病房里的庄稼花　116
小路　119
疼痛的村庄　121
燕子衔泥垒香巢　131

第三辑　小城来客

小城来客　134
青涩时光　137
小县城的俗世生活　141
三人行　144
鼓咚咚响　146
城里的苗市　148
红朵百合　150
跪街　152
银针彩线间　154
读书滋味长　156
轮椅上飞出的风筝　158
巧月乞巧　160
桂月，想起一棵桂树　162
生活的模样　164
住煤屋的槿姑　166
爱至凋零　169
你不需要知道那么多　172
她在时光里长成一棵花树　174

我们一起走过　176
拨穗正冠时　179
迎来送往　181
最初的城　183

第四辑　笑熬"江湖"

笑熬"江湖"　186
我的四合院学校　189
苔花如米小　192
山中盈月夜　196
月下村姑　198
志愿　201
一路参赛一路成长　205
那份美好，让我沉醉　207
趣味语文　209
窗棂上的映山红　213
呵护学生的"面子"　215
讲台也是修行地　218
一袭海青，一片丹心　220
呵护班上的"小虫子"　223
仙人掌上的花蕾　225
书卷多情似故人　227
藏在光阴里的美好　229
打脸　232
理科班的美女老师　235
他的苍老让我不想再恨他　237
锦瑟华年书与度　240
没有辜负翅膀的母鸡　243

Part 1

第一辑
花朵院子

花朵院子

　　花朵院子是我家祖宅，紫鹊界牛形山脚下一个小型的四合院，院子的名字是祖母的勤俭劳作得来的。

　　在我们这个丘陵地区，山多地少田更少，稻谷是金贵的，"瓜菜半年粮"。祖母很会持家，在院子里栽上花木，院墙下种上菜蔬，桃红李白，木槿艳丽，瓜花金黄，豆花淡紫，把院子装扮得花花朵朵，山民就直观地叫起了"花朵院子"。

　　祖父被划为"富农"，田土、农具、耕牛全部充公，苗红根正的队长一家住进了正屋，堂屋做了队里的会议室；秋伯为村里修水库时被爆破的石头砸死，秋婶婶带着一双儿女住进了左边横屋；祖父一大家子全塞进了右边横屋。

　　花朵院子再无花朵。

　　秋婶婶总是把水淋淋的衣服不知轻重地晾挂在院子里的果木树上，不时会听到枝丫断裂的脆响；队长的儿子们淘得很，有事没事摇晃一下桃树，踢踏一脚李树，甚至抓住一根树枝荡秋千；每年果子核儿都没硬，那两家的孩子已如猴子一样攀缘上树，满地断枝残叶；木槿还只露花苞，秋婶婶就忙不迭地摘了炒着吃，生怕队长老婆占了先。几年下来，桃树枯了，李树枝丫稀稀疏疏，偶尔有一两个枝头开一小簇花，结出的果子要么小熟，要么被虫蛀了。两家的鸡鸭从不拘束，满院子蓬勃生长的紫苏、薄荷被糟蹋得根都不见了，还把母亲种在院墙下的瓜菜啄食得残败不堪。母亲气得不行，跟父亲嘀咕，父亲要她装瞎子聋子。饭桌上，父亲一再叮嘱我们兄妹不准跟院子里的孩子胡来，放学回来就安排我们干农活，晚上教我们编织箩筐，打算盘，写毛笔字。

　　三哥高中毕业后回生产队劳动，跟着父兄挣工分养家。两年后国家恢复了高考制度，村里的高中毕业生都不敢去考，父亲却鼓励三哥报考，三哥居然考上了大学。父亲的好友德仁叔放着鞭炮来院子里贺喜，好久没有花朵的院子炸开了一朵朵烟花，喜庆、热闹。

当队长把"田土承包到户"的会议精神传达给村民时，花朵院子沸腾了。村民在院子里开会，吵嚷了一个多星期，终于把田、土、山以及猪、牛、农具，还有仓里的稻谷，坪里的草垛，按人口，用抽签的方式分到了各家，每个人眼里都闪着亮光。一天被拉长了许多，晨雾弥漫，村民穿过凝结露珠的芒草来到田间；夕阳歇山很久了，还有人影在山野里晃动。

村里的姐妹商量着要去广州打工，我也跟母亲说不想读书了，没想到这话恰好被干活回来的父亲听到，父亲的训斥和竹梢子向着我劈头盖脸而来："养崽不诵书，不如养个猪。时代一天天好起来，你竟敢不读书了，我打死你这个没出息的丫头……"我痛得东跳西跳，哇哇大哭，母亲把我从竹梢子下拉开，藏到她背后。父亲还不解气，举着竹梢子东瞅西看，发现姐正趴在八仙桌上做作业，才走到上首落了座，把竹梢子狠狠地扔在地上，姐噤了一下，忙把书竖起掩住大半张脸。

大学毕业后留在广州工作的三哥下海了，创办了一个家具有限公司。有一年回家过年，带了几大卡车的标准课桌回来，把村里小学那些破烂不堪的课桌全换了，还把我们牛形山下通往镇上的泥巴路铺成了水泥路。父亲穿着布鞋走在水泥路上去镇上赶集，心里很高兴，觉得三哥为他争了荣光。

紫鹊界梯田如养在深闺的美丽女子，被人撩开面纱后惊艳四方，引来了无数的游客。一条省级旅游专线从村前穿过，村里的格局马上发生了改变，牛形山脚日益冷落，公路沿线热闹起来。秋婶婶和队长家都在公路两边占了田地，每家一栋两个门面的五层小楼拔地而起，装修一新后，都欢天喜地搬进了新楼，花朵院子里歪斜的木屋交给了一把铜锁。

母亲八十大寿，我们都回到了花朵院子。大哥和二哥给母亲操办了酒席，我刺绣了一幅红底金线的"百寿图"，姐从奥迪车里拿出一个米筛大的蛋糕，引得满院子的孩子一片欢呼雀跃。等我们"献宝"完毕，三哥从一个藏青色的布袋里拿出一个卷轴，摆在八仙桌上，徐徐打开，大侄子边看边念：花—朵—院—子—修—建—图。母亲高兴得很，又担心地问："人家能同意吗？"

"妈，您放心吧，我已经跟人家协商好了，他们答应随时搬离。这院子是我们的家，我们要把它建设好。我想在正屋这个位置，建一栋双拼三层的乡村别墅，有堂屋有车库，前面是阔大的草坪，种上各种花木……"三哥讲得眉飞色舞，我们听得心花怒放。

母亲沉吟一会儿，说："还是修个四合院吧，藏风聚气，生活方便。我仍然住这栋横屋，左边那栋留着你们兄妹回来时歇脚，中间的正屋我想为村里的老人建一个说话、闲玩的地方……"

"老年活动中心？妈，这想法好啊。"姐高兴地叫起来。

这几年，我们兄妹把母亲心里的花朵院子复活到了牛形山脚下。院子里，桃李木槿开枝展叶，紫苏薄荷随处生长；院墙下，母亲种上了各种瓜菜，正伸着藤儿往上长。正屋门楣上，挂着一块樟木匾额，村主任书写的"老有所乐"，在橘红的夕阳中，敦实而温馨。

早起

我是在母亲"早起三光，晚起三慌"的念叨中长大的。

在我的记忆里，母亲从不赖床，每天都是黎明即起，借着从窗户透进来的微微光亮，拿木梳梳理好短发，用发夹夹好，精神利落地开始一天的忙碌。

在勤劳的农家是没有一个闲人的，只要不生病就不会停下手中的活。八十多岁的桂鑫爷爷大清早就在庭院里编竹筛竹箩，扎竹扫把，削竹筷子，他能把一根竹子变出许多物件；快九十岁的白秀奶奶天一亮就坐在门口，在干瘦的腿上搓麻绳。在天刚破晓的寒气里，男人扛锄赶牛往田野走去，女人穿梭于厨房、菜园，小孩子帮着打扫庭院、生火煮饭、看管弟妹、喂养鸡鸭……

父亲是一个没有土地情结的农民，在村里做木工，碾米，发电，后来又办代销点做生意。父亲脑子活络，不断地改善着家里的经济状况，但田里、土里、家务活全落在母亲身上。母亲对待农事一丝不苟，按照时令精耕细作，一锄土都不放过。在摘茶插红薯的季节，母亲几乎是四点钟起床，提着马灯来到地里，借着朦胧月光或晨曦挖土，摘茶，天是在一锄一锄的土块、一片一片的茶叶里亮起来的。

我儿时最初的早工就是放鹅。天地间弥漫着湿润的泥土气息，毛茸茸的小鹅吃着沾满露水的青草，当太阳兴高采烈地跳出云层，小鹅细细长长的脖子饱胀成了粗麻绳，我就可以赶着它们回家了。

到七八岁时我开始跟着姐姐去茶山摘茶叶。我们背着箩筐，揉着惺忪的睡眼，为着小贩挑担上漂亮发夹或书店玻璃柜中的连环画，在白雾茫茫中向茶山走去，早饭时母亲过秤，秤杆下给钱，摸着那一个个硬币真是最惬意的事。

最辛苦的是轮到家里为队里的牛割草。我一直不知道牛的舌子是怎么长的，竟然最爱吃两边有锯齿的苇草，割的时候手指要握紧苇草，稍松一下苇叶的锯齿就会让手鲜血淋漓。清早，山里草丛中还有各种蚊子，有时还会捅到土蜂窝，它们围在身边嗡嗡地叫，隔着衣服都能叮咬到，只得用沾满泥水的手东抓西抓，这样一个早工下来，人变成了泥猴。

有趣的还是清早去捡菌子。雨后的早晨格外清爽，微风一吹，去了瞌睡来了精神。松树林子里，各种菌子比雨后春笋更肆意生长，它们是一窝一窝的，藏得紧，不轻易示人，寻找它们仿佛寻找一个躲猫猫的伙伴。但不管它们怎么躲，也躲不过我们这些山里孩子贼亮的眼睛。黄黄黏黏的枞树菌，雪白的竹叶菌，红红的米浆菌，都是稀松平常的菌子，随见随捡而已，倒是那一抹淡绿的青头菌很是惹人喜爱，如果能遇上修长白皙还穿着荷叶裙的鸡腿菌那是值得尖叫的。至于像牛屎一坨的牛肝菌我们从来是不要的。我们一背篓一背篓地从山上背回菌子，在厢房木地板上堆成小山。母亲把吃不了的菌子择净晒干，冬日里炒腊肉，把鸡腿菌磨成粉调菜，冬天的餐桌上就有了春的气息。

在母亲的熏陶下，我成了一只早起的鸟儿。当别人还沉在昨天的烦闷里梦呓，或者醒在温暖的被窝里犹豫，我已经在晨曦中，在微风里，动起来了，从身体到思想。面对冉冉升起的太阳，我只想满腔热情地投入生活，想跑步想打球想跳舞想大声地朗读，想告诉世界，我醒了。

梭罗说，黎明是大自然对人类最宝贵的恩赐。我喜欢看天一点点地亮起来，如一个睡醒的孩子欣欣然睁开眼。我看到环卫工人清扫完最后一片落叶坐下来点燃了一支香烟，看到小贩支起他们的摊位开始热气腾腾地买卖，看到菜农挑着满筐的嫩绿从不同的小巷汇集到街口子，看到学生打开课本，用世界上最美的姿态，最美的声音，迎来早晨第一缕阳光。

早晨起来，我看到每一个生命都蓬勃饱满，如一树一树的花开。

母亲的水酒

外公家可以说得上家道殷实,有一片水田,请了一个哑巴长工,外公自己种糯谷,外婆蒸酒酿制,一年水酒不断。母亲偷酒喝,有次被外婆看见追着打,外公说,莫追,莫打,兴许嫁到哪里也有口酒喝的。

母亲每说到这里就笑起来:你爹不喝酒,家里的水酒由我,倒是应了你外公的话,我还真有点酒禄(南方方言,意思为人生有酒喝的福运)。

当酒香和桂花香一样馥郁,弥漫了整个木屋,母亲就准备开坛了。

第一碗酒必定供在神龛上敬先人。母亲明知父亲生前是不喝水酒的,但每次供酒总会喊起父亲的名字要他来喝酒。开始我还傻傻地提醒母亲,后来我明白了,这是母亲的记挂思念,想要把自己的好东西与父亲分享。特别是当"晚来天欲雪",母亲一个人在空荡荡的木屋喝酒时,能在桌子上首供一碗热气腾腾的水酒,是不是也像李白的"举杯邀明月",从而让自己也多些温暖呢?

第二碗酒就该送给邻居尝尝鲜。母亲要我去送,我不太喜欢这种送东送西的腻人的交往,就说,人家也蒸酒了呢。母亲说,这是做人的礼数嘛。有时我去送酒,真碰上邻居也准备开坛,人家不缺酒,但都会喜滋滋地拿碗接了酒,并当即品尝,边品边说,你妈的酒蒸得真好,酒甜日子甜,福禄绵绵。随后盛了一碗他家的酒让我端回来。在这么一来一往的互换中,人与人的距离拉近了。

然后母亲才品尝自己的劳动成果,酒甜就开心,酒涩了就会隐隐地不快,有时还会叹气:人老了,酒禄倒了。这时我会说,好酒慢慢香,封它一个月,绝对香甜。母亲就会像小孩子一样高兴,期待,将酒一瓢瓢地舀进陶罐里,留下一小段空隙让它发酵,用裁剪得圆圆的尼龙纸封好口,用橡皮筋箍紧，再用白布包裹着河沙的沙袋压住罐口。

当有天早晨起来，母亲耸耸鼻翼，一股糯软甜香直钻鼻孔时，母亲舒坦安心了。吃过早饭，母亲就开始刷洗水锅准备烧开水，边刷边说，酒是最干净的东西，不能沾半点油腥污垢的，浸水酒要用凉白开，吃了不会肚子痛。随后又搬来了一个更大的陶罐，将发酵好的甜酒倒进去，再加进合适的凉白开，开始浸润水酒。过一两个月，哪天空闲了，天气好，就可以把酒糟滤出来，待客的上等水酒就做好了，精致封陈，随取陪客饮。母亲节俭，她还会将滤出的酒糟放进一个小一点的陶罐里加上凉白开再浸，称为二酒，留来自饮。

当秋雨一阵一阵地落下，一天比一天凉，母亲那把精致的小酒壶就要登场了。黑黑的木炭在火盆里噼噼啪啪炸响，锃亮的酒壶煨在火边，半碟花生米或脆萝卜摆上了，母亲解下围裙坐定，慢慢地将热气腾腾的水酒倒进蓝花瓷碗，噘起嘴唇吹吹，嗞嗞地喝，美美地咽，再夹一粒花生米或脆萝卜丢进嘴里，慢慢地嚼着，炭火映着，热气氤氲着，苍老的脸上渐染红晕，日子悠长而美好。

当我们吃完新年的第一顿饭，换上新衣服，提着拜年的礼物从各自的家回到母亲的老木屋，当我们在厅堂客房摆上桌凳，当大碗大碗的菜肴摆满桌子，当母亲大大小小的孩子们坐满三大桌时，母亲用大水壶烫好了她的上等水酒，再分装进小酒壶，让姐给大家筛酒。一屋人劝酒劝菜，笑语喧哗，一浪高过一浪，所有人话多了，脸红了，满屋子的豪情和快活。吃完饭照全家福，个个红润喜庆，精神抖擞。

母亲的水酒是我们家春节家宴的灵魂，这玉液琼浆滴滴都浸蕴着快乐香甜，它让我们兴奋，让我们沉醉，让我们回味无穷。

前年，母亲的同年好友去世了，母亲很忧伤，冒了雨去山上送最后一程，回来后就病了，急性肺炎，住院检查时发现，母亲患有冠心病，肝火胃火重，医生建议戒酒，我们为了母亲的健康，积极响应，把她家里的瓶装酒、水酒全送了人。没想到母亲出院几个月了，还是脸色蜡黄，手脚浮肿，整个人都萎靡衰弱。我们喊来了舅舅，舅舅说，你妈妈年纪大了，喝酒成了她的习惯，你们只断了她的高度酒，自己酿的水酒就随她吧。

二哥碾来了糯米，舅舅帮母亲蒸好了甜酒，用凉白开浸好了水酒，母亲喝着喝着又开始在她的菜园忙碌，又开始时而呵斥时而亲热地和她喂养的鸡鸭说话，又开始期待重阳时节的到来。

米升子

我们家的米升子（注：米升子是南方用来量米的一种容器）要么在母亲手里，要么摆在神龛的横木板上。母亲说，东西放在固定的地方容易找，米升子是盛福盛禄的，不可以随便乱放。

这米升子比母亲年龄还大。当母亲抱着米升子，坐在木屋的门槛前打盹儿时，我就想，这是一堆时光的浓缩啊。我轻轻地从母亲手里取过米升子打量，它通体发红发亮，灰白的米灰已沁入筒身上每一条竖条纹里，出出进进的粮食和母亲的手，将米升子内外涂上了一层厚重的包浆，摸在手里，润滑，温暖，沉实，还有一股淡淡的米香。

这是外公从一根碗口粗的南竹上锯下来的一节。外公锯下竹筒后，要外婆拿去装满米，倒在老盘秤里称，外婆说，一斤六两。外公再锯下一小圈，外婆装上米，再称，一斤五两，秤杆高高的。外公高兴地说，高点好，高点好，自己肚子饱，邻里亲戚和到老。外公开始用锉刀锉平竹筒两端，用砂布细细打磨，再用刻刀在筒身四方刻上了"公""平""交""易"，还在字与字之间刻上简单的竖条纹，用来装饰和防滑。外婆用外公做的米升子打米做饭，好一段时间，饭里都有一股竹子清香。

外公租种一条山冲的水田，还和人合伙烧窑，一年到头，没哪天休息。在辛勤劳作和苦心经营中，家财也一天天累积起来，还买了一条大黄牛由母亲看管。每年青黄不接的时候，会有陷入窘迫的邻里亲戚来借口粮，外公总是吩咐外婆量米时米升子要打尖堆。外公说，谁都爱脸面，不到万不得已，哪个会来借？人家开了口，就要帮忙，米升子上打一个尖堆，有多少米呢？这是给别人一个面子。秋收时来还米，把米升子给人家量，尖升也好平升也好，最后一定给别人袋里留点余粮，让人家带点财喜回去。外公的厚道在青溪一直被人传扬。

母亲十六岁嫁到了青溪对岸，随做木匠的父亲去了黔阳谋生，后来搞集体，外出人员都必须回原籍参加生产劳动。当父母抱着大哥从黔阳回到青溪时，家里一粒米都没有，外婆拿着空米升子泪眼汪汪。外公和外婆积饿成疾，去世时，把九岁的姨妈和七岁的舅舅交到我父亲手里，把空空的米升子留给了我母亲。

天地总归是慈祥的，只要不违农时，辛勤耕作，一方水土必能养活一方人。不久，食堂解散，乡民努力垦荒，种植红薯、苞谷、洋芋、瓜菜，粥粥粑粑的东西，能勉强填饱肚子了。田土承包到户，乡民更是心眼豁亮，甩开膀子没日没夜干活，山地、田垄的边边角角都种上作物，食物一年比一年丰盈，煮饭时，母亲还会切一竹筛子红薯拌在饭里，但米升子还是越来越满了。

村落前的田凼因为水利条件好，平整肥沃，四面皆山便于隔离，被定为杂交水稻种子培植基地，培植出一斤种子可以换十斤中稻。经过三年的实践，总结经验，村民培植种子的产量达到亩产二百多斤。当金贵的稻种换回一担担黄灿灿的稻谷时，母亲手中的米升子快乐起来，煮饭时可以根据需要随意打米，可以撒些碎米在地上给生蛋的老母鸡吃，还可以往猪食锅里打上半升米让猪长膘。

日子往前走，母亲米升子的使用频率越来越高。粳米、糯米、红米、黑米，晶莹莹的；黄豆、绿豆、红豆、黑豆，圆溜溜的；穄子、粟米、芝麻、菜籽，细粒粒的；还有麦子、玉米、花生呀，金灿灿的。母亲在家里不习惯用秤，总是相信她的米升子，一斗斗量进仓里，再一升升量回到我们的餐桌上。一斗糯米用多少酒曲，两斗糯米能舂多少糍粑；腊八节煮几升黄豆做豆豉；春节炒几斗瓜子花生爆米花……米升子不仅是一个量具，更是日常的幸福。当母亲拿起米升子时，不同时节不同的香味就会在木屋漫延开来，一个个日子便有了滋味。

偶然间浏览到一个收藏网，竟然以"一个漂亮的晚清"为标题出售古旧的米升子。在这些米升子上，有刻"五谷丰登""堆金积玉"的，有刻"勤俭持家""积德行善"的，还有刻龙凤呈祥、梅兰菊竹的，真让我大开眼界，感觉日子过着过着凝成了艺术，小小的米升子，承载了多少人的期望啊。我外公识字不多，在他的心里，米升子就是对公平诚信的坚守：公平交易，童叟无欺。

米升不言，静静地摆在神龛上。把米升装满，从来都是一个家庭的头等大事，母亲是幸运、幸福的，我们更是。

老盘秤

当我在朋友圈里看到"一台电子秤居然有七种作弊手段"的新闻时，我立即想起了母亲的老盘秤。

说它老，一是时间上，二是品质上。我不知这杆老盘秤是什么时候来到我家的，反正它先我而存在于我家的木屋。老盘秤称一斤东西要比新秤称的量足一些，如同用米升子量米，它是尖升，新秤是平升。老盘秤闲时悬挂在木屋客房板壁的竹钉上，黑褐笔直的秤杆朝下，三根细绳绷直吊着不大的铜秤盘，盘子里永远放着木屋的钥匙，秤砣放在旁边的黑色布袋里。

五六岁上山摘茶我就学会了看秤，因为想和姐姐比，看谁摘得多。老盘秤有两根提绳，如果提前面那根，就看秤杆边上的星子，小星代表一两，长星代表一斤，数过四个长星，再过去就到了秤杆尖上的大花星子，它是老盘秤前面那根提绳所能承担的最大重量——五斤；如果提后面那根提绳，就看秤杆脊上的星子，脊上有三个大花，一个大花代表十斤，最大限度是三十斤。我的小茶箩只需提前绳看边上就够了，三四斤而已，而母亲的大茶篮往往要提后绳看脊上，二十多斤呢，姐姐的茶篮有时也要提后绳，七八斤，每次都是我最少。

老盘秤是母亲的秤，父亲和哥哥称稻谷、肥料、猪肉等，家里另外有一条能称起两百斤的大钩秤，但我们的学费、新衣服及家里的零用开支都是母亲用这条老盘秤称来的。

逢五逢十是镇街上的场日，别家的婶娘去看看热闹买点吃的穿的，母亲却寻思去卖点什么，家里可是四个背书包的呢。母亲会过日子在我们青溪是出名的，四个背书包的没拖欠过学费，没饿过肚子，冬有棉衣，夏有凉鞋，都有模有样，干净整齐。

母亲种庄稼最讲究留种，所有作物只要开始结果，母亲首先考虑的就是选最好的留种，从瓜果蔬菜到五谷杂粮，不但要留足自家来年所需的种，还要好好收藏，待到第二年开春的时候挑到场上去卖。做种子的作物，价钱往往是用来做食物的两倍甚至更高。

　　母亲没有保鲜剂，没有冻库，但她有她的方法。蔬菜种子放在阁楼上风干后，分门别类用草纸包了，放在装有生石灰的陶缸里，缸口覆上塑料薄膜，用牛皮筋箍紧，再盖上陶盖；杂粮种子用布袋装了，一袋一袋放在谷仓里。生石灰、稻谷就是母亲的干燥剂。平时轻易不去开启，遇上阳光通透的好日子，在屋外坪里铺上晒簟，一样样地拿出来翻晒，母亲就在阶基上洗衣服或者补缀袜子，守着她的宝贝，防着地上的鸡，天上的鸟。那些块茎类的物种，红薯、马铃薯、芋头、生姜等，从地里挖回来后先晒干水分，然后放在屋后山坡上的地窖里，窖口用木板和稻草严实地覆盖着，冬天，它们在暖和的地窖里冬眠，听到春雷轰隆、青蛙鼓噪，就会长出绿的芽点，白的根须。

　　清明必出种。清明节前的场日，母亲用箩筐装了各样种子，带上老盘秤，早早来到镇街上的栎树底下，开始她的买卖。如果场日碰上星期日，母亲也会要我去帮忙算数，看管老盘秤，以防拥挤的人把秤砣拿走，把秤杆折断。来买种子的，总能叫出母亲的名字，问去年卖的某样种子还有没有，夸赞那种好，苗儿长得齐整，从兜底结起，累累地结。还悄悄地对同来的婶子说，就到这儿买，她的秤老，一两豆种要比其他地方多好几粒。我听了在心里笑，这人够精细的，买了豆种还一粒粒地数呢。快散场的时候，母亲会去买两个砂糖包子或用芭蕉叶包的玉米粑，要我吃一个，帮姐留一个，她自己，从来舍不得买了吃。

　　卖完种子，山里的茶叶冒芽了，雀儿嘴一样，母亲细心细意采了，炒蔫，揉拢，烘干成香香的绿茶，用白布袋子装了半斤几两地卖给镇街上那几个嘴刁的茶客去慢慢地品。谷雨后，满山满岭的茶蓬蓬勃勃长起来，母亲一篮一篮采摘回来，做成红茶收藏在家里，等待山外的茶贩来收购。母亲总喜欢卖给那个叫六指的人，因为他的秤最能对上母亲的老盘秤。

　　这期间，菜园里的瓜菜也比着赛地长，每隔一个早晨，窗口露出一小片白，母亲就去菜园摘满一背篮菜，穿过凝结露珠的芒草，由老盘秤陪着去镇街上卖菜，有时卖完菜回来，村里散漫的人还坐在门槛上发呆。

端午时节，母亲用一担扁笼将母鸭关了，颤悠悠地担着往镇街上去，老盘秤挂在扁担前头，窸窣当啷地响着，装有秤砣的黑布袋拴在扁担后头，一晃一晃的。习惯浮在田里的母鸭，突然在笼里摇晃，很新奇很兴奋，一路扯开嗓子叫唤，粽子、艾叶、菖蒲，再加上母鸭的歌唱，端午节的气氛更浓了。

老盘秤最风光最油水的，还是年底父亲杀了年猪去镇街上卖的时候。乡村的一些手艺，父亲都是无师自通的，犁田、烤酒、做厨、杀猪等，这些事从来不必请人。把猪下水处理好，把送人情的、自家熏腊肉的肉留好，剩下的，父亲用箩筐挑了去镇街上卖，母亲拿着老盘秤和一大把风干好的棕树叶，跟在后面。镇街上的袁拐子是老熟人，父亲向他租一张屠桌，就可以开始买卖了。母亲喂猪不吝惜劳力和柴火，都是煮熟食，又舍得往猪食里打米，猪肉摆在那里，油润润细腻腻的，一小会儿屠桌边上围满了人。父亲热情地与他们招呼，装烟，三两句话，一桩买卖就成交，父亲操刀砍肉，母亲称秤收钱，一个上午就卖完了，老盘秤的盘子、秤杆、秤砣、提绳，都油光可鉴，它也算沾上过年的喜气了。

木屋的孩子一个个翅膀硬了飞走了，母亲脊背如弓，膝关节严重变形，需倚杖才能行走，种地仅限于木屋前的菜园，再没有上街卖东西了，老盘秤寂寞地悬挂在木板壁上，只剩下一个用途，过过秤。

过年过节时，亲戚邻里送来肉、鸡鸭，母亲等人走远，就拿出老盘秤来称，我们笑她，称什么呀，随别人拿多少。母亲却说，称了心里有数，下次还礼的时候好再加上一些。在人情往来中，母亲从不亏待别人。去场上买了东西回来，母亲也会过过秤，哪个的秤准，下次再去他那儿买，哪个卖虚秤，再不去那儿买了。有次在镇街上，一个远房老表摆了屠桌卖肉，喊母亲买，母亲买了一块肉回来过秤，结果少了半斤，母亲担忧起来，说，做买卖，秤是一条路，他把自己的路堵死了，生意做不长久的。果真，那个老表做屠夫不到半年，屠桌前越来越冷清，生意做不下去了。

秤称良心，斗满儿孙，在秤杆的起落、数字的跳跃之间，只有公平不短秤，生活才有准则，日子才有温情。

双耳罐·时光瓶

母亲的嫁妆只有一只小木箱。

外婆偷偷地从手上退下一个银镯子,放进一个自家窑场烧制的有盖的双耳陶罐里,用蓝印花布包袱裹了让母亲挎在臂间。母亲穿着一身红花衣裳,跟在父亲后面,走过木桥,来到了青溪对面的罗家湾。

祖母想尽办法为新婚的父亲办了一条棉絮,姑奶奶从自家拿来一个被里子,但怎么也弄不到一个被面子。母亲解开蓝印花布包袱来做被面子的时候,听到了陶罐里清脆的声音,伸进手摸,摸到了外婆的银镯子,眼泪流了下来。

赶场、走亲戚的时候,母亲从双耳陶罐里取出银镯子戴上,回来再用块墨绿色绸布包了放进陶罐里。有次我看见母亲取银镯子,吵着要戴,母亲往我手上一套,竟然滑到了胳膊上。母亲笑了,说,等四丫嫁人了,银镯子就送给四丫。我开始憧憬嫁人。

大哥总是不安心担柴挖土种田,去街上摆摊子卖过烤饼,在村口建小平房开过小卖店,倒腾过稻种、茶叶,后来竟然和一个外乡人搭上了伙。那外乡人怂恿大哥从乡间收取银圆去广州卖,说一块银圆就可以赚几十元。大哥拿出自己的家底,再在村里信用社的图会计那里借了一千元,收了二十块银圆,跟外乡人约好在广州火车站会合,外乡人要求大哥背一个写有"为人民服务"的军用书包,手里拿一本杂志,卷成筒。当火车到达广州火车站的时候,大哥有点紧张,但想到银圆一出手,瘪瘪的黄书包就会鼓起来,心里兴奋,随着人流往出站口走。还没到出站口,两个穿制服的人径直朝大哥走过来,把大哥押进了一间房子,二十块银圆全被搜去,还说大哥走私文物,马上送往公安局。大哥以上厕所为由,飞奔上了一辆缓缓开动的拉煤的火车……

年底的时候，图会计几次三番来催大哥还贷款，大哥一家都快断炊了，哪里还有钱还？小年那天，母亲正在蒸祭祀灶神的斋粑，大嫂哭哭啼啼告诉母亲，大哥倒腾银圆被骗，图会计带了一伙人来，说要拆房子。在鸡蛋五分钱一个的时代，一千块钱是一个多大的窟窿啊。母亲做人一向硬气，从不愿落什么闲话给别人嚼。母亲对图会计说，欠债还钱，天经地义，儿子有错，做娘的有责任。借款在过年之前一定还清，绝不为难你。图会计松了一口气，马上把母亲讲的话写在纸上，要母亲当着众人的面签名。母亲颤颤抖抖写上自己的名字，几滴眼泪滴落在纸上。

母亲卖了喂了一年的大肥猪，卖了笼子里所有的鸡鸭，还卖了一多半的粮食，最后从双耳罐里取出银镯子卖给了银匠铺子里的袁麻子，凑了八百多块钱。年节一天天逼近，母亲只好红着脸向邻里亲戚借，五块，十块，每借一笔都要我在一张纸上记得清清楚楚。当母亲把大哥的借据从图会计手里要回来时，只对大哥说了一句话，规规矩矩做人，老老实实干活。这回，大哥真的听进去了，浮起的心定了下来，开始认真种稻、养鱼。

母亲的双耳陶罐里有了一张密密麻麻的账单。

接下来的两年时间，母亲最想做的事就是打开陶罐的盖子，看我一笔一笔地划掉借钱名单。当所有借钱都还清的时候，母亲抓住陶罐的双耳，翻转，用力地往下倒了倒，高兴地说："还清了好，无债一身轻，可以过好日子了。"

母亲种菜有个留种的习惯，总是在头茬菜里边选长得最好且长在茎叶隐蔽处的瓜果留下做种，每样种子都用草纸包了放在柜子里收着。但不管母亲收藏得多么仔细，灵泛的老鼠子总能找到。这些尖嘴巴，真讨嫌，连辣椒种子都吃。母亲年年都会这么说。后来，母亲发现了放种子的好地方——空空的双耳陶罐，只要把盖子盖紧，再尖的嘴巴也奈何不了。于是陶罐里装满了一小包一小包的种子。

我成家后，一直想要母亲跟我一起住，但母亲坚持不离开自己的家，总是说，我是个农民，只要还能挪动，就要种庄稼。我能理解母亲对土地的深情，但我担心母亲独居老屋的孤寂。没想到母亲思想越来越开通，活得越来越喜庆，每次回家都有好消息告诉我，国家不要交纳公粮和交农业税了，还补助种子、化肥钱；农民也有了医保，生病住院可以报销医药费；村里修了水泥路，还像城里一样安装上了路灯；读小学初中不要钱，还有营养午餐、寄宿补贴……母亲每说一次，都会从心底赞叹一次："现在的社会真好啊，青天白日的，哪个愿意去黄土暗坑里躺呢。"

有一次我回去的时候，母亲竟然从双耳陶罐里摸出了一个存折，我一惊，忙说："您什么时候用上存折了？"

"这存折是国家给我的。国家关心我们农村的老人，只要年满六十岁，就可以每月领六十元的补贴。折子上已有三个月的钱了，东嫂她们已经领到了，我现在不领，到年底一起领了办年货。"

我知道母亲的习惯，什么好东西都喜欢存着，她把喂的猪都说成是一个积钱罐。我摩挲着这个存折，心里感到格外温暖，母亲终于拥有了一个存折。母亲看着我把存折放进双耳罐，盖紧盖子，才去做别的事。

去年年底，母亲又从双耳罐里摸出了一张银行卡，我问她在哪里捡的，母亲着急地说："这个哪里有捡？这是国家给我的社保卡，种粮直补、医疗保险、养老保险都在里面。今天赶场，你陪我把钱领回来。"母亲的话语里充满了自豪，而这份自豪，是"国家给的"啊。来到农商银行的自动取款机前，母亲见我把卡放进去，钱就取出来了，百思不得其解，我故作神秘说，这是现代化。母亲说，现在的人真聪明，真现代化。

母亲七十岁寿诞，我们兄妹回到了老木屋，准备给克勤克俭了一辈子的母亲摆寿宴热闹一下，母亲却不愿意，怕惊扰了乡邻和亲戚，怕浪费钱米。大哥说："孝顺孝顺，既要孝也要顺，您说不摆就不摆，就我们一家子在一起乐和乐和吧。"母亲大大小小的孩子都拿来礼物为母亲添福添寿。大哥从兜里掏出一个首饰盒，打开，取出了一个镌有"福"字的金镯子，一屋子人惊呼了起来。姐忙走过去撸起母亲的衣袖，帮母亲戴上。母亲伸伸手在眼前晃晃，笑着说："泥巴三尺深，翻过来有黄金，你们大哥真从稻田里种出金镯子来了，我欢喜。"

过完生日，母亲取下金镯子，用墨绿的绸布包了，和银行卡一起放进了双耳罐里，要等到赶场、走亲戚，才会再拿出来戴上。双耳陶罐见证了几十年的时光，被母亲粗糙的手抚摸得光滑顺溜，亲切可喜，如清漆罩过，浑身散布着母亲生活的包浆。

手艺人

小时候，家里请过两位手艺人，一位篾匠，一位裁缝。

初夏清早，清瘦和气的篾匠师傅来了，父亲背着工具袋跟在后面。母亲忙着倒茶摆南瓜子，父亲敬烟谈活计，然后母亲端出三荤一素，还有烫热的糯米水酒，由父亲陪着喝。酒过三巡，母亲就给篾匠师傅盛上满满一碗的白米饭，我们兄妹在灶屋或客房门后咽口水。篾匠师傅美美地抽完饭后一袋烟，开始工作了。柔柔软软的篾片在他指间上下翻飞，织成了漂亮的箩筐，平整的晒簟。

请了篾匠师傅在家的日子是美好的。父亲和母亲不会吵嘴，中午有热饭吃，大哥能为他的笛子攒下很多竹膜，吹出的曲子格外好听，二哥用篾匠师傅的工具做了一个又一个射水筒，姐姐找最长的竹节削织毛衣的棒针，然后在谷仓的稻谷中插磨得光溜溜的，我喜欢听篾匠师傅讲陈光壁会神仙的故事。

冬闲时节某个下午，父亲用扁担挑着缝纫机和案板回来，我们知道第二天裁缝师傅要来家里做新衣服了，我和姐都很兴奋，在母亲面前表现得很乖巧。父亲和母亲用招待篾匠师傅的礼数招待裁缝师傅。戴眼镜的裁缝师傅白白胖胖，烟不抽，米酒只喝一小杯，夹腊肉和腌鸭子时很斯文，只在筷子前端夹一小块，且多是辣椒姜丝等作料，倒是一碗白菜被他吃了大半，大哥偷着笑他像个娘儿们，难怪做裁缝。

母亲拿出一年来积攒在家的布料，由裁缝师傅根据布料的多少和颜色决定给谁做衣服，谁就满怀喜悦地让他量尺寸。后来我学了"量身定做"这个词，总会想到我家的这个场面。有一块红底白玉兰花的布料，是母亲给姨奶奶贺寿时的回礼，我非常喜欢。裁缝师傅量这块布料时，我悄悄地挤到他的身边，他果然开始量我的身高，量完后我眼巴巴地盼着他下剪刀，谁知他又开始量姐的身高，我差点要哭了。他计算了一会儿，对我母亲说："做两件布料少了，做一件多了。"母亲说："那就给大妹子做一件吧。"随着母亲的决定我的眼泪流下来了，裁缝师傅看出了我的委屈，拉过我的手说："满妹子，我再量量，兴许可以做两件呢。"我忙揩了眼泪，站好了让他量。第二天放学回来，堂屋的晾衣绳挂了两件红底白玉兰的花衣，只是我那件的衣袖和衣领是用母亲衣服剩下的深蓝色布料做的，但更显得精致有变化。我穿了去上学，老师还以为是城里姑姑为我买的现成衣呢。

院落里不时会来一些手艺人，弹匠、棕匠、补锅匠、纸马匠……他们的到来总会给村子带来些生动和喜悦，他们落脚到哪里，哪里就能聚拢人，最让孩子们有围观乐趣的场面是骟猪。

那个矮小精干的骟猪师傅背着个医药箱子来了，男孩子们兴奋地尾随着他。请他来的主家男人迎上来跟他寒暄后，就跑进栏里抓猪，小猪崽子嗷嗷大叫，刺激的场面开始了。骟猪师傅左脚用力，半跪在猪身上，右脚用力支撑地面，拿出骟猪刀，先用嘴叼着，双手在猪崽子裆下捏，捏出鼓鼓囊囊的一坨，腾出右手，拿过刀飞快划过猪肚皮，一声长而尖利的嚎叫，两个肉坨坨落在了地上。

围观的队伍里响起一阵哄笑，调皮的孩子准会伸出手去，抓那个老实孩子的裤裆，老实的孩子恼怒不堪，死命护住裤裆，其他人开怀大笑。骟猪匠两三下把伤口缝好，用手再轻抚一下猪的肚皮，抹上一些香油，就算完工了。骟猪师傅松了脚，猪翻过身子，哼哼唧唧，一瘸一拐逃回到自己的圈里。从此，静心吃食，一心一意长膘。

有一年，几台手术下来，骟猪师傅累得满头大汗，从父亲手里接过工钱，正收拾好工具准备走。母亲急急地从猪栏跑来说，有一个小猪崽子骟死了。骟猪师傅忙来到猪栏，看到四脚挺直的小花猪后，他很尴尬地立着。父亲说："哪个匠人做事都想把事情做好的，万一拐了场，那是主家的运气。老师傅，不干你事，你只管去忙下一家。"骟猪师傅坚持把工钱退在堂屋的桌子上，低着头走了。

父亲常说，天干三年，饿不死手艺人，良田万顷，不如薄艺在身。除种田外，父亲是木匠，后来成了村里的电工，哥哥是泥瓦匠，姐姐是裁缝，我呢，在讲台上站了三十多年了。我们都凭着自己的手艺生存、生活，不讨巧，不厌倦，专注自己的手艺，打磨自己的品性，让手中诞生的活儿有温度、有灵性。

一篱蔷薇

我家木屋后，一篱野蔷薇长得格外茂盛，不到一年就成了一道让鸡鸭过不去、野狗进不来的篱笆，很得母亲的欢心，母亲每次浇菜时，总会留几勺肥水与它。

春天的头茬阳光，嫩生生地洒遍了村庄，母亲去菜园子摘菜了。我忙找来耙松针的长柄耙子，勾了一根桃枝下来，一簇桃花扑在我的脸上，馥郁柔和，我贪心顿起，想要整个枝条。于是踮起脚跟，伸长胳膊，用尽力气，准备倾力折枝。

"四丫，在干什么？"母亲的断喝，在身后响起。

我只好松了耙子，桃枝欢快地弹了回去。我悻悻地来到屋后，发现蔷薇篱笆上竟然抽出了很多还没打花苞的嫩条，好像竹丛中的竹笋子一般。我欣喜地折了，把皮一剥就往嘴里放，有点酸，有点甜，还有点涩，但青嫩得很，入口嚼几下就化了，这实在是大自然对嘴馋孩子的一丝慰藉。

太阳是所有花儿的情人。在含苞待放的日子，所有的花儿都像川端康成在凌晨四点看到的海棠一样未眠，都要赶在太阳出来之前绽放，就像一个女子要在丈夫醒来之前装扮好自己一样。当蜜蜂嗡嗡地从窗格飞进，我睁开了眼睛，一股浓郁而甜腻的香味直扑鼻子，我知道，蔷薇花开了！我翻身起床，趿拉着布鞋往屋后跑。

呀，一篱笆的蔷薇花都约上了，都约在昨天晚上齐开了，谁也不赶早，谁也不甘晚，纯白的，浅粉的，挨挨挤挤，就这样满枝满篱地开了，长长的绿篱上，仿佛哪位仙女遗落的一件云裳。饱满润泽的花瓣中，一簇簇的黄蕊在风中招摇，引得蜂嗡蝶舞。我再也忍不住了，摘了一朵又一朵，直到满手满襟。我把一朵朵蔷薇轻轻地放在一个竹筛里，就像把熟睡的白雪公主放入摇篮一样。从菜园边割来一些新长成的竹枝，就可以开始我的游戏了。这个时候，母亲是不会给我派活儿的，如果经过我身边，还会停下她忙碌的脚步，饶有兴致地瞧瞧，耸耸鼻翼。

我先把竹枝的每一个分枝上端针一样的竹叶扯出来，在小孔里插上纯白的、浅粉的蔷薇花，插满后，举着竹枝满庭院跑，大喊"竹子开花啰"，这往往会引来院子里同龄或更小的孩子羡慕，抢要。有时还会引来隔壁一颗牙也没有了的瘪嘴太奶奶，看着我那疯样，太奶奶咂巴着嘴说："竹子开花啰，四丫该嫁了。"说完咧嘴大笑，羞得我脸红红的。

被她笑过几次，我也开始回嘴："牙齿掉光了，太奶该嫁了。"

太奶奶听了就不笑了，沉吟半晌，嘀咕道："是该远嫁了。"

我不领会她的忧伤，忙着跟伙伴们用蔷薇竹枝做花环，戴在头上扮公主，做新娘，彩排我们心中一个又一个的童话。

等我们玩够了，蔷薇花也一朵一朵地隐住了。过不了多久，透过一根根蔷薇枝，你会看到青青的金樱子已经挂上了。当白露为霜，秋风渐起，浑身是刺的金樱子，就由青转黄转红了，味道也会从涩入甜。为了这点甜味，我们不怕衣服被扯破手臂被划伤，一只只小手往蔷薇的荆棘中试探，找寻，摘下后用鞋底磨掉金樱子身上的刺，用石头砸开它的肚皮，用手指挖出它一肚子毛刺刺的籽，金樱子终于剩下薄薄黄黄的果皮，我们迫不及待地放进嘴里，享受一点点酸甜。

当我们意兴阑珊，母亲开始行动了。她戴上棉手套，换上厚实的旧衣服，拿着剪刀，把篱笆上的金樱子一个不落地剪下来，放在大木盆里用井水洗净，再用竹筛晾干，装进酒缸，然后用上等烧酒浸没，密封，让金樱子和烧酒在黑夜里相依相伴，相互成就，两三个月后，这场"艳遇"完成，深红清亮醇厚的金樱子酒堪比盛在夜光杯里的葡萄美酒。父亲比古代那些驰骋沙场的将士幸运，没有"琵琶马上催"，可以每天黄昏，坐在八仙桌上首，悠然品尝母亲酿制的金樱子酒。

雪花飘飞，屋前屋后的树木干枯空荡，只有那一篱蔷薇依然青翠稠密，各种虫儿、雀儿躲进蔷薇枝叶之间，在它们的蔷薇山庄亦歌亦食，等待春姑娘的到来。

白米饭

白米饭是我童年最深刻的记忆。

父母天天在队长的哨子催促下出工，下雨天也要去队里的大仓库里搓草绳、剁牛草、扎豆束，搞"双抢"的时候，晚上都要浸在水田里扯稻秧，可每年分回来的稻谷总是薄薄地摊在仓底，填饱肚子主要靠红薯、洋芋、苞谷及各种瓜菜。

白米饭是金贵的，除了过年，只有过生日才有可能吃上。如果哪天早晨母亲悄悄地将我喊进灶屋，先塞给我一个滚热的鸡蛋，再端给我一小碗白米饭，嘱我到后门外的阶基上吃了，我就知道那天是我的生日。我很兴奋地配合着母亲，三口两口把白米饭吃了，而那个鸡蛋真舍不得吃，就用小手绢包了揣在衣袋里，不时伸手进去摸摸。当然，不要多久就会被姐发现，鸡蛋一大半会落进姐的嘴里。母亲总是笑我心浅，藏不住。

"种旱田、住茅屋"，是贫穷的符号，田土承包到户时，虎形山脚下的三丘旱田谁都不愿意要。经过再三商议，大家同意把三丘旱田计一半面积和左耳冲里那些有沼泽的水田一起抽签。队长在制签，楚二婶子惶急得很，担心手气不佳抽到旱田，要楚二抽签。楚二个头矮小，说话吞吐，在队里挣工分还比不过楚二婶子，自然在家里也没有地位，他说得最多的话就是"问我老婆"，老婆要他抽签，楚二两眼放光，站直了身子，往手心里吐了点沫子，两手交互搓着，还把袖子往上撸了撸，准备大干一场。队长把竹签往桌上一撒，楚二踮起脚跟，伸长手臂抓了一根，一瞅，见是旱田，扔签就跑。楚二婶子见势不妙，眼疾手快又在桌上抓了一根竹签。大家见她耍赖，都不依，队长费尽口舌跟她讲道理，楚二婶子死活不松手里的竹签。

父亲捡起楚二扔在地上的竹签，说："我来捡个便宜吧。"在众人惊疑中，父亲拿着旱田竹签往家里走去。

母亲赶忙跑过去，埋怨道："你逞什么能？家里七张嘴要吃饭呢。"

"急什么？水田水作，旱田旱作嘛。"

虎形山在村里地势最高，当时垦荒时父亲就主张种茶树，但队长为了获得垦田红旗队的荣誉，硬做三亩水田上报。除了天河水，这里根本没有水源，而且土质兼沙，藏不住水，每年收不了多少稻谷，连稻草都比水田里的矮半截。父亲索性将旱田的沟深挖，把水排干，种上了百合，百合花盛开的时候，芳香馥郁了整个村庄。

放暑假了，父亲说，下期的学费全在虎形山的旱地里，自己去捡。待百合的花茎完全枯萎，我们兄妹扛锄担筐，兴高采烈地开始采挖，我们一小担一小担挖回家，父亲一大箩筐一大箩筐卖给药站，竟然卖了一千多斤。父亲攥着钱没买一点稻米回来，我们家还是没有吃上白米饭。但开学那天我们拿着学费去学校报名时，腰杆挺直，心里爽朗，以往可都是母亲一凑再凑，分几次才把学费交齐的。我们兄妹把新书放在饭桌上互相交换翻看，欣赏，也津津有味的。

后来，村落前面的田凼定为杂交水稻种子培植基地，随着经验的积累，特别是出现了可以调节花期、提高母本柱头外露率和结实率的植物生长激素"九二〇"后，培植种子产量达到亩产两百多斤，可以换两千多斤中稻。在全村欢欣鼓舞的时候，父亲病了，肚子疼痛得很厉害。母亲没有将种子换成中稻谷，而是以稍低的价格换成了现钱，陪父亲进城看病。当医生以十二指肠溃疡给父亲动手术时，却发现已是胃癌晚期。母亲尽心熬煮的白米粥，虔诚跪求的神仙水，都没能留住父亲，脚力很健的父亲竟然没能迈过四十九岁这个坎。

哥哥已成家另过，姐不忍心母亲一个人劳作于田野，辍学了，把她唱歌比赛的奖品——文具盒送给了我。当校园里的石榴花开得火一样鲜明的时候，班主任老师对我们说，国家现在百废待兴，急需人才，为解决农村中小学教师短缺问题，开始从初中毕业生中选拔优秀生就读中等师范学校，这对农村的孩子可是一个喜讯，考上了吃国家粮，毕业后有工作分配。下个星期筛考，一个月后进城考试。

全校的优秀生除了区委书记的儿子，都参加了筛考。筛考成绩张榜公布在校门口的墙壁上，我在红榜上看到我的名字后，跑着回家告诉母亲和姐。吃完饭，我像往常一样，拿米升子量了一升米放进米袋子里，然后再去柜子里装干红薯米带去学校。母亲说，要考试了，吃白米饭才有劲读书，不带干红薯米了。说着拿了我的米袋子去米桶里量了两升米，看了看，又加了半升。

回到学校后，我把装有白花花大米的搪瓷碗放进食堂蒸笼，一直守到炊事员把蒸笼抬到蒸锅上叠好才回教室。第二天早餐时，当我从蒸笼里各种杂粮饭中端起我的香喷喷的白米饭时，眼里潮乎乎的，我对自己说，一定发愤读书，今后让母亲和姐都吃上白米饭。一个月后，老师带领我们进县城考试，我们学校有六人考上了中师，我是唯一的女生。

去城里读书只有一趟早班车，还得走几里山路去镇上搭乘。天刚蒙蒙亮，母亲已经煮好了早饭，是白米饭，满屋子香气。母亲要我吃饭，她去帮我收拾东西。我只盛了一小半白米饭，心想帮母亲多留点。母亲见我吃完了，就把锅里的白米饭用勺子盛了装到一块湿毛巾上，开始捏饭团子，嘱我在路上饿了就拿出来吃。母亲低头仔细地揉捏着，我的眼泪滴落到了手上、地上。

我担着书箱和被褥，衣袋里揣着母亲给我捏的白米饭团子，在晨曦中走出山村，来到了县城师范，从此吃上了白米饭。

猪之歌

我的童年、少年时代，读书之外的时光，都献给了我家的猪。

四五岁时，我开始提着小竹箩跟在姐姐后面扯猪草，我很讲究猪草的质量，不会像姐那样连根拔起，而是用小镰刀割草的嫩芽，且只要软糯的看麦娘，清香的水辣蓼，水嫩的野苋菜和牵牵连连的繁缕。母亲说，满姑娘扯的猪草人都吃得。

姐读初中寄宿后，供应家里三四头猪猪草的任务自然落到了我的头上。每天清早和下午放学后，我都必须扯满一背篮。我开始见草就扯，河边的茜草、刺蓼、小飞蓬、半枝莲，路旁的马鞭草、三棱草、田边菊、鱼腥草，山上的霍麻、苣菜、柿子叶、水桐叶，甚至阴沟边的臭牡丹、鸭跖草、节节草，只要不是毒草，全被我收进篮里。

田土分到户后，父亲带领大哥二哥把后山坡开垦出来，种上了红薯，再把黄泥冲那一亩多旱土改造成了水田，一年增加了十来担稻谷，几千斤红薯，谷仓第一次装满了稻谷，堂屋堆满了红薯，猪吃上饱食长膘，杀了到集市屠桌上一摆，肥肉流油，肚子还缺油水的乡民争着买，我家每头猪都卖了好行情。

猪是家里的积钱罐，但架子猪要喂一年才能出栏，而我们的学费可是一年要两次。母亲想起养猪娘，猪娘一年能生两窝崽。父亲也认为这是一个办法，反正现在有的是红薯和谷糠。母亲选中了那头宁乡花猪作为培养对象，把它单独关进了一个猪圈，开起了小灶，有时还会打一个鸡蛋搅拌在猪食里。

一天晚餐时，母亲对父亲说，宁乡花猪不吃食，啃门拱地，闹圈不休。父亲说，"知道了"，等一下就去新长子家。提起新长子，大哥低着头对二哥挤眉弄眼，二哥用筷子敲了一下大哥的头，两人笑成一团，我隐约知道他们俩在笑什么，住在河对岸土砖屋里的新长子谁不知道呢？人长得高高瘦瘦，衣服也整齐，还装了一颗金属牙，但一直没讨到老婆。田土种得马虎，鸡鸭也不喂养，只养一头公猪到处赶着去配种，游手好闲样。

第二天早晨，新长子赶着他那瘦骨嶙峋的公猪来了，他俩走在一起，总能引起村人的注意。柱哥哥老远就喊："老新，早啊。"新长子不无得意地说："开满家的猪娘急呢。"

等新长子在我家吃过早饭，再赶着他的公猪回去时，二哥和他的死党们追着新长子唱："新长子，卵子坚，一升米，两块钱……"新长子嬉笑着，举着竹梢子往前赶赶公猪，又回转头来赶赶鬼崽子们，除了那头蔫头耷脑的公猪，大家都很快乐。

宁乡花猪安静下来，大口嗫食，一天一个样，毛色光泽，喜食躺卧，渐显尊贵。母亲用手轻捏它后面的第二对乳头，感觉乳管硬硬的，断定它怀上了。于是把猪圈墙壁用生石灰水粉刷了一遍，再给它垫上厚厚的稻草，除早晚的麦麸红薯主食外，还把萝卜菜、红薯藤给它当零食吃。

大约四个月后，大腹便便的宁乡花猪吃食减少，哼哼唧唧，来回走动，叼草做窝，两排乳头向外分开，色泽红润，母亲且喜且忙起来，守在猪圈不敢离身了。我和姐很想去猪圈看看猪娘，母亲不容许，说猪娘产崽跟人生孩子一样，不能惊扰。等到母亲从猪圈出来洗手，我们忙往猪圈跑去，只见一团团肉嘟嘟在稻草上滚来滚去，可爱极了。

宁乡花猪躺在那里瑟瑟发抖，我觉得它好可怜，忙去厨房把母亲煮好的米粥调得不冷不热喂它，它吃得很慢，我耐心地看着它吃完。若干年后，我生完孩子，头发尖子都湿了，那一瞬间，就想起了宁乡花猪。

家里一下子增加了七只猪崽，真是大喜事，看小猪崽拱奶吃，成了我的一大趣事。母亲一直在协助宁乡花猪做娘，给猪崽分配乳头，把那只最小的猪崽放在前一对乳头上，还煮了海带红糖黑豆粥给猪娘催奶，猪崽们长得壮实喜人。

乡村的规矩是猪崽要喂足两个月才卖，一是增强猪苗的体质，提高成活率，二是增加猪苗的重量，提高经济价值。满月那天，我家屋前坪里摆满了村人的猪笼，小猪嗷嗷叫着被捉走了，一只也没剩下。

宁乡花猪是我们家的功臣，五年产下了十多窝猪崽，不但为我们提供了学费，而且让我家空空的木屋架子全部装上了板壁，我和姐拥有了一间阁楼。母亲说，屋是一只老虎，吃掉了几百个猪崽呢。

宁乡花猪还是老了，那一胎只产下了五只猪崽，且有一只被它睡觉时压死了。等猪崽满了月，父亲就把它贱价处理了。母亲还想再培养一头好猪娘，但总没遇到如意的，加上父亲生病，去世，心里哀伤，再攒不起那个劲头，只好作罢。

但在母亲心里，一个农家就得有猪消纳潲水，踩积粪肥，猪是农家宝。如今，母亲脊背弯成了弓形，手里已离不开拐杖，活动范围越来越小，田土已交由哥哥种植，但屋前的菜园还被母亲侍弄得蓬蓬勃勃，屋后的猪圈也从没有空寂过。我每次回去看她，母亲都会领我去猪圈，用响竿把猪敲起，问我猪长了没有，我说，你买饲料喂它了？母亲急急分辩，哪能呢？菜园的菜都吃不了。那它为什么这样长啊？母亲笑了，把几根老了的丝瓜扔进栏里，让猪吃着玩儿。

我们都离开了木屋，一直陪伴母亲的，只有菜园和一个又一个可爱的猪。

母亲的歌谣

"蠢长工，泥计数，一瓢水，一个工。"当鸟雀在屋后的枫树上忧伤地叫着"一个工""一个工"时，母亲就开始讲唱她的歌谣："从前，有一个没读过书的长工，每给财主老爷做一天工，就团一个泥巴放进坛子里。财主老爷知道后，偷偷地舀一瓢水倒进坛子，结果成了一坨泥巴，年终结账时，财主只给他一个工的钱，长工气死了，变成了一只鸟，天天叫着'一个工'，向人们诉说着他的冤屈。"在母亲的喟叹中，我们明白了不能做蠢长工，一定要读书识字。

"梁山伯，祝英台，马家子，追赶来。"当秋风萧瑟落叶飘下时，我们家门口鱼塘的水又瘦又清澈，青草鱼红鲤鱼的脊背能清楚看见，晨风暮雨里，两只非常漂亮的鱼鸟儿就会来光顾了，它们的头顶和背部是翠绿的，翅膀和尾巴是黑色的，长长的嘴巴和细长的腿是金黄色的。它们先在田塍上一跳一跳地"侦察"环境，然后一翅跃下，叼了鱼儿就飞上屋后的大枫树上享受美味，这时有一只麻麻灰灰的丑小鸟总会飞来看热闹。每每目睹了这场面，母亲就要讲唱她的歌谣："刚才那一对漂亮的鱼儿鸟是梁山伯和祝英台化的，他们生不能在一起，死后天天相随。后面的丑雀儿是马家子，想占有人家的媳妇，但永远都赶不上。听，马家子在喊'等等我，等等我'，梁山伯说'别理他，别理他'。"我们顺着母亲的话一听，真是这样的，我们也就尖着嗓子嘬着嘴唇学叫起来。这是我对文学的最早启蒙：悲伤的故事可以想象成这么美好。

"寒号鸟，不做窝，寒冬里，哆啰啰。"当空中雪花飘舞，家里弥漫着木炭的香味，我们就能围炉娱乐了。母亲边纳鞋底边讲唱她的歌谣："从前，有一只鸟，很懒散，东游西荡，不像其他鸟那样趁着天光地晴，辛勤地衔枯枝败叶垒窝，啄米粒果子储粮。冬天来了，其他鸟都躺进窝里享受粮食，唱唱歌儿。而它呢，无家可归，只好在寒风中哀号：'哆啰啰，哆啰啰，寒风冻死我，明天就垒窝。'第二天天晴了，它又玩耍去了，第三天下雪了，它就冻死了。人们把这种鸟叫作寒号鸟，是最没出息的鸟。一个人啦，更要懂得，春天要播种，夏天要耕耘，秋天要收藏，冬天才能在炉火边烤烤红薯唱唱歌。"在儿时的炉火旁边，我们记住了母亲的话，要做一个能在冬天唱歌的人。

当邻居婆媳开战，儿子也朝年迈的娘吼喊时，母亲就开始幽幽地吟唱："麻雀子，尾巴长，讨了老婆忘了娘。"

当秋收完毕稻谷满仓时，母亲就谆谆告诫："吃不穷，用不穷，没计划，一世穷。"

当春耕正忙而我们春眠不觉晓时，母亲就边掀被子边唱："清早起，莫贪眠，担担黄土也肥田。"

母亲用她浅近的歌谣，滋养着我们兄妹快乐无邪地成长。

老屋前的梨树

我们家的木屋坐东朝西，屋前屋后都是田野，离山远，离水也远。每到夏天的午后，火热的太阳毫无遮拦地斜射着板壁，木屋仿佛一个蒸笼，母亲说，晒得没躲处。

父亲就在屋前的土坪里栽了棵梨树。

从我记事起，梨树已有我家木屋那样高，树干有菜碗那样粗，春夏树叶浓密的时候，整棵树就像一把巨大的伞。这棵梨树不仅给我家木屋带来了阴凉，还给我们兄妹的童年增添了很多乐趣。

对梨树的期待是从每年的正月初一开始的。

当我们规矩虔诚地吃过新年第一顿饭，当我们燃放爆竹的意兴阑珊、换上新衣新鞋时，新年就会穿过浓浓烟雾酒醉醺醺呵欠连连地来了。母亲用一个陶钵盛了米饭，把桌上所有的菜肴都夹上一点，然后放上一个青花瓷调羹，嘱咐大哥带着我们兄妹去给屋前屋后的树木喂新年饭。

"树神保佑，果子累累结，像天上的星子一样多。"

"四丫，不能乱说乱笑啊，到时梨子桃子酸死你。"

"棵棵都要喂，不结果的四季青树也要喂，靠它固堤护屋呢。"

每年正月初一都给树神喂饭，母亲的话我们都能背了。有次我对大哥说，今年我们试一试，不喂饭是不是真的不结果子。大哥敲了我一个爆栗子。后来我才明白，对神一向来是宁可信其有的，谁敢得罪神呢？

大哥拿着调羹走在最前面，二哥端着陶钵紧随其后，我和姐姐牵着手憋着笑，最在乎的还是不要弄脏了我们的新衣。最先来到屋前的梨树下，大哥嘴里念念有词，且舀了一大调羹饭菜放在梨树的大树丫间，我和姐想笑，大哥就用眼白来横我们。

最需小心翼翼的是屋后的那棵杨梅树，因为它脾气最大，结果子没有定准，有的年份浓密的绿叶间挂满了红红的杨梅，有的年份就那么几粒又红又大的杨梅顶在树尖子上诱人。如果碰上杨梅树的间隔年，我们气急败坏又无可奈何，母亲就会在一旁说风凉话，肯定是初一喂杨梅树饭时没有尽心尽意。我们兄妹就开始互相指责，两个哥哥拳头硬，姐姐伶牙俐齿，最后都是怪到我的头上，特别是我说过不给树神喂新年饭的话以后。

　　我们最喜欢的还是屋前的这棵梨树，年年花开缤纷果子挂满枝头，青皮梨子一口咬下去，脸上手上都溅了甜腻的汁，果核就那么一点点。我们给屋前屋后的所有树喂完了饭，往往还会剩些，大哥从二哥手里要过陶钵，全给梨树，这个时候，我的眼前总是出现梨子累累压弯枝头的情形。

　　秋冬两季，梨树是我们最亲密的伙伴，听凭我们攀爬、骑坐。大哥左脸的疤痕，二哥缺了一角的门牙，姐额上的小弯月，我膝盖上的"中国地图"，都是梨树所赐。当姐圆润的额头上顶着一个小弯月时，父亲心痛不已，母亲却不以为然，说，小孩子就该磕磕绊绊，命根才牢靠，三丫太漂亮了，要破点相才好养好带的，丑人好命呢。

　　母亲天天忙碌，但眼尖得很，只要梨树抽出了一点嫩芽，就围着梨树插满杉树枝，猫儿刺，我们再不敢攀爬。这个时节，梨树一天一个样地开始了它的戏法。哪天放学回来，忽然就看到屋门前的梨树绿了；哪天清早起来，睡眼惺忪中，发现了一两个花蕾，揉揉眼再看，又发现了几个，猛然清醒，欢呼雀跃；哪天去姑姑家小住了几天回来，远远地就看到了自家门前一树梨白，惊喜之余又很是责怪，梨树啊，你怎么瞅准我不在家就开了呢？不由得一路小跑起来。

　　一场梨花雨过后，就会有小青果钻出来。天天瞅它，它天天只有那么大，干脆忍着几天不去看它，它就会吓到你，竟然有鸡蛋那么大了。到了六月，阳光一充足，一天热似一天，它就水灵灵甜津津的了。这个时候，大哥二哥就奉了母亲的命令大显身手，开始分批采摘。二哥还发明了一个摘梨神器。拿根长竹竿，尖端豁开一条缝，用一截短棍撑开，底下张开口弄个网兜，就做成了个"丫"字形摘梨器，对准大青梨的柄，用杆的一边稍稍用力撇断，梨就顺势入了网兜，避免掉在地上摔烂。

　　刚下树的梨，和地里生产出来的所有作物一样，母亲都会精挑细选一篮子，由大哥给东院落的奶奶送过去，我们谁馋嘴偷吃，母亲会打我们的小手,训斥道,奶奶都还没尝新呢。母亲的这份孝心,至今在村里传为美谈。还有舅舅、大伯和爹的师父是一定要送的,还有西院落里的邻里……

梨子成熟的时节,我感觉是我家最富有的时节。大哥一篮子梨子送出去,从来不会空篮子回来,鸡蛋、玉米、花生、甜高粱,都是我们的爱物,有次奶奶竟然把姑姑给她买的橘子罐头放在篮子里要大哥带了回来,这可是我们从来没有吃过的稀罕物啊。父亲找来了一把电工起子,小心地撬开了盖子,要母亲拿四个碗来给我们平分,母亲瞅了瞅罐头,先给我们每个碗里夹三个橘片,最后剩下的一片夹进了父亲的嘴里,一滴汁水滴在父亲的胡子上,惹得我们大笑;然后母亲再给我们的碗里均匀地倒上罐头汁水,剩下一点点汁儿母亲倒进了自己嘴里,并舔了舔瓶沿,馋得我们兄妹再也忍不住,用手捏着橘片,喝着甜蜜的罐头汁儿,全家喜气洋洋。

邻居,过路人,经常有人坐在梨树的阴凉里,吃着那甜脆的青梨,谈论着农事和家常。我们兄弟姐妹也靠着梨子巩固过各自的同学情谊。

后来田地承包到户,父亲有点文化,又勤劳,搞科学种田,那一年我们家粮食大丰收,担回来的谷子堆满了堂屋。这么多谷子必须马上晒好入仓才行。父亲和母亲商量来商量去,只好把屋前坪里的梨树砍了。我们虽然很是不舍,但有白米饭吃的幸福还是远胜过对一棵梨树的热爱。

树大分权,人大分家,我们兄妹一个一个离开了老屋,父亲也因病抛下人世。老屋老了,只剩下母亲还在那里屋走出走进。每到节日和母亲的寿辰,我们一大家人聚在母亲的木屋里,喝着母亲酿的水酒,偏西的阳光透过门窗直射进堂屋,我们笑语喧哗,汗流浃背,母亲就会说起老屋前的梨树,说起离开了的人。

筷断团圆年

那是最团圆的一个年，老屋的人都在。

腊月二十八，父亲坚决从镇上医院回到了家里。村里来看望父亲的人一拨又一拨，卧房柜子上摆满了罐头和白砂糖，骨瘦如柴的父亲半躺在床上向来人表示感谢。母亲熬了小米粥进来，父亲要过调羹颤抖着喝了两口就放下了。

大伯寸步不离地守着，对父亲说："娘今年就留在我家过年。"

父亲急急地说："娘今年该当跟我过年，我也想看看娘。"

大伯没说话，坐在火盆边继续抽烟。

村里的赤脚医生奇哥来了，奇哥以前跟父亲学过木匠，尊父亲为"师父"。母亲忙迎出来，说："道奇，你师父水米不进，疼痛得厉害，怎么办啊？"

"师娘，师父的病没搭'那个字'就好，搭了'那个字'就难了。"

"医院恒医生跟我说，就是'那个字'。"母亲说着，脸色黯淡如枯荷，眼泪流下来了。

我知道他们说的"那个字"是个"癌"字，它那么多"口"啊，怎能不把父亲吞噬了呢？

二十九日清早，大伯和哥哥们一起，把猪杀好了。母亲说："除了猪头四足，还留一腿猪肉吧。"吃完早饭，大哥和二哥用箩筐挑了猪肉走在前面，大伯用篮子背着屠刀、杆秤和束肉的棕叶，往镇上去卖。

母亲在那一腿猪肉上割了两坨精肉，用浸湿的草纸包了，埋进柴灶的红火灰里。这是每年杀猪时母亲给我和姐天天扯猪草的奖励，没想到今年母亲也记着这事。不多久，柴灶里飘出了肉香，母亲用铁钳把肉翻出来，把草木灰拍干净，递给了我们。姐把外面烤焦的吃了，把里面鲜嫩香软的掰下来，送到床边要父亲吃，父亲吃了。姐高兴地跑去对母亲说，爹吃了煨肉。母亲赶紧跑进卧房对父亲说："你想吃吗？我帮你去煨。"

父亲抓住母亲的手，摇了摇头。

三十这天，天地祥和，太阳也从云层里露了半个脸，天空中不时传来爆竹的脆响。

吃过早饭，大哥和二哥把竹椅绑在竹竿上，去对岸大伯家接奶奶了。母亲在客房整理我和姐的床铺，把里面那头清理出来给奶奶睡。我紧张起来，奶奶七十多岁了，左眼完全失明，眼眶凹陷进去，右眼能见一点光明，但下眼睑往外翻着，红红的，淌着眼泪；双腿几近瘫痪，在床上十多年了。奶奶长年住在大伯家，我一年只去看过一两次，对奶奶不亲。我跟母亲说："我到柜子上睡吧，我不敢和奶奶睡。"

母亲瞪着我，说："家里再没有棉被了。自己奶奶有什么怕呢？"

没多久，大哥和二哥用竹椅抬着奶奶来了，大伯在后面跟着。母亲忙出来迎接，奶奶除了寡白的脸和枯瘦的手，全身都包裹在黑色里面。我不由一阵战栗。

大哥把奶奶背到了客房床铺上安顿好，父亲喊我扶他起来，来到奶奶床前喊了声"娘"，奶奶伸出手来摸父亲，父亲把手伸过去。

"开吉，你哥说你病了，要我今年跟着他过年，你生了什么病呢？你这么瘦了啊？"一滴清泪从奶奶凹陷的眼窝流了出来，父亲伸过手去帮奶奶揩了，可那泪水哪里揩得干呢？

一阵剧痛袭来，父亲的脸都抽搐了，母亲忙示意我把父亲扶进房去。母亲走过去对奶奶说："娘，今天做了肉丸子，您吃一个试试好不好吃。"奶奶听话地张开了嘴。

母亲一直在厨房忙碌，大哥和二哥去山上砍了枫树，去菜园里扯了萝卜，再把父亲早已买好的对联贴好。

红红的春联一贴上，木屋显出些喜庆。

天暗了下来，父亲催大伯，大伯终于回去过年了。母亲在厨房煮年礼，大哥在准备敬先人的炮蜡纸香，二哥陪着奶奶烤火，我和姐姐坐在火盆前陪着父亲，外面的鞭炮声此起彼伏，父亲痛得厉害，但一声都没哼，后来实在受不了了，就叫姐姐扶他起来靠在床上，脸上的汗珠直往下滴。

我要哭了，父亲忙轻轻地说："满崽莫哭，今夜是过年，过年要高兴。来，我给你们剥橘子吃。"

我忙拿了个橘子给父亲，父亲抖索着双手剥着，剥好了分给我和姐，看我俩吃了，嘴角笑着艰难地躺了下去……

福礼煮好了，母亲用木盆把东西都盛好，端上堂屋的桌子上准备祭祖。母亲去房里喊父亲，我担心地望着父亲，父亲竟然支撑着起来，母亲扶着父亲，大哥背着奶奶，走到堂屋，母亲帮父亲点燃纸钱开始祷祝，我们兄妹都随着父亲向祖宗默默鞠躬。奶奶说："祖公老子你们要亮开眼睛，要保佑开吉身体健旺，他还有千斤担子要担呢。"大哥和二哥在外面坪里放了长长一挂鞭炮。

祭祀完后开始吃年夜饭，母亲要我们都坐好，由她和姐布碗筷倒米酒。从小母亲就教导我们，过年时决不能打碎碗掉落筷子，这是不好的预兆。父亲坐上首，二哥扶着奶奶坐在右边，大哥坐在左边，照顾着父亲，我坐在下首等着姐的到来。母亲张罗好一切，坐在大哥身边，一家人围着一桌子菜，圆圆满满的。父亲从内衣袋里拿出一把崭新的五元的票子，给我们发压岁钱，给奶奶和母亲也发了。奶奶说："屋檐水点点滴，孩子们也会孝敬你们的。"

发完压岁钱，父亲抓起用一品红染红的竹筷子戳冻鱼，想夹鱼给奶奶吃。我看到父亲的额头冒出了细密的汗，知道父亲疼得厉害。父亲的手有点颤抖，几下都没戳到鱼，母亲说她来，父亲没让，继续用筷子戳鱼，只听到"嘶"的一声，筷子裂开，断了一大半。我们都惊呆了，这可犯了过年的大忌，桌上的气氛都凝固了，连平时很会打圆场的母亲也不知所措。

奶奶突然说："准我的，什么灾难都落在我身上。"

我惊奇地望着奶奶，觉得奶奶比我们每个人都勇敢，都坦然。父亲颓然坐下，仿佛心力全部耗尽了一样，扒口光饭在嘴里嚼着，看我们把饭吃完。

远远近近都在燃放鞭炮，整个山村沉浸在过年的喜庆里。

母亲帮父亲洗了脸洗了脚，父亲躺下了，传来一声长长的叹息……我倒来热水，给奶奶洗脸洗脚。奶奶说："过年洗脚，来年赶巧，多谢孙女。"在噼里啪啦的鞭炮声里，在闪闪烁烁的烟花中，我和姐睡在奶奶的脚头，等待新年的到来。

次年正月十九，父亲永远离开了我们，享年四十九岁，而奶奶活到了九十六岁。奶奶那句"准我的，什么灾难都落在我身上"的话，如同天上的太阳，永远给予世间真实和温暖。

我的第一件华服

去城里读书的那天早晨,父亲艰难地支撑起消瘦不堪的身体,拉过我的手,从内衣袋里摸出二十块钱放在我的手里,对送我去上学的姐姐说:"你妹妹是去城里念书了,你帮她买件呢子衣,就是你堂姐穿的那种,暖和,贵气。"

办完了入学手续,姐带我到当时县城里最大的商店——梅城商店,帮我选了一件黑色的呢子中长大衣,整整齐齐叠好放在箱里,嘱咐我天冷了就穿上,于是我天天盼着降温。每到周末,家在城里或有亲戚在城里的同学都走了,寝室里只剩下我一个人,我就在寝室里试穿我的呢子大衣,心里美滋滋的。

天有点冷了,但我还是舍不得穿,我想等到生日那天再穿。

一个星期天下午,我去书店买字帖,看到书店有个营业员穿一件跟我箱里那件差不多的黑色呢子大衣,显得白净沉稳,很有气质。我不由得走近了她,看到她的衣领上还加了一条有白色犬齿花纹的腈纶线衣领,整件衣服显得灵气亮丽起来。我很想向她打听这衣领从哪儿买的,多少钱,但我完全没这个胆量。从书店出来,我开始在街上转悠,找寻这种衣领,终于在老街的一个卖针头线脑的杂货铺里买到了,回到寝室就开始忙活起来。

在十六岁生日,我穿上了平生的第一件华服。我挺胸,抬头,对每一个看向我的人报以微笑,对每一棵进到我眼里的花草树木,每一只蚂蚁,每一个飞虫都怀有仁爱,对每节课都倾注心智和热情。

庆幸姐帮我挑的是黑色,耐脏,因为这个冬天我几乎就穿这一件外衣,箱子里再没有一件能与之媲美的衣服,我只是每个星期把白色犬齿花纹的衣领拆下来洗洗,干了又缝上去。

衔泥带得落花归

寒假，母亲帮我把这件衣服做了个彻底清理，用衣架撑挂在竹竿上晒干晒透，直到每一个线缝里都饱含着太阳香味。

在一个雪花飘飞的下午，父亲再也撑不住了，永远地离开了我们。我穿着父亲留给我的黑色呢子大衣，从城里赶回家，在黑亮的棺材前长跪不起。父亲的墓地选在七八里路外的老樟树底下，那里安息着血脉相连的先人。在满天满地的雪花中，我们送走了父亲。此后的很长一段时间，我的梦里都只有黑和白。

这件温暖、贵气的衣服陪伴我读完了师范，衣服的后下摆已磨得不成样子了，姐剪掉了一部分，再把腰身处打了两条减线收收腰，就成了一件短装，这件短装我一直穿到结婚，两个衣袖都磨坏了，姐说，干脆把衣袖剪了，帮我改成一件马夹。我一想到要把陪我六个冬天的衣服这样肢解了，心里很难过，没同意。后来有了孩子，这件衣服成了抱孩子出门的风衣，暖和，方便。

我的第一件华服终于完成了它的使命，躺进了我的箱子。每年的六月初六晒冬衣，我都会捧它出来晒晒太阳，坐在它的边上想想往事。

我和母亲过年

哥哥们成家另过，父亲病逝，姐姐出嫁，老屋只剩下母亲了。腊月二十二学校放了寒假，我回到了冷清的家。母亲见我回来，很高兴，和我安排着日子：祭灶神，杀肥猪，打豆腐，干鱼塘，舂糍粑，蒸甜酒，做肉丸，扯萝卜，砍枫树，贴春联过大年。母亲说："三十夜四十件事，幸亏还有你在我身边。"

等我从水磨房磨好糯米粉回来，母亲已把平时摘来晾在柴火上的管竹叶清洗好了。吃完早饭，母亲把米粉倒进小木盆里，加热水搅拌，再用力揉；我就把洗好的管竹叶子去头掐尾，剪得整整齐齐。等母亲把米粉揉熟揉软揉成长条形，一段段摘下时，我就把这一段段的米粉粑放在手心里团成圆圆的，然后放在雕花的印模里用力按，估摸着上印了，再把印模翻过来在灶上轻轻一敲，花纹清晰的粉嫩的粑粑就掉在团箕里，用剪好的管竹叶包了，放蒸锅上一蒸，美味就飘满了屋子。

第一锅祭灶神，第二锅祭先人，第三锅才可以吃。母亲说："这样的粑粑你爹能吃完十几个。"说着就用沾满米粉的手擦起了眼泪，我也忙从洗脸架上取下毛巾擦了把脸。母亲把粑粑装满三大碗，要我给大哥、二哥、邻居送去。

二十四日清早，母亲烧了一大锅开水，舅舅从家里扛来了澡桶，大哥背着父亲留给他的杀猪工具来了，二哥从栏里赶出了大肥猪，瞅准机会，三个大男人把猪架上了杀猪凳，母亲忙端来了接血的大木盆。大哥一手揪住猪耳朵，一手把锋利的大刀插入了猪脖子，猪一挣扎，血喷满地。母亲边用草木灰覆地边说："唉，可惜了，你爹杀猪点点血都流进木盆的。"

舅舅忙说："杀个满堂红，明年还有财发。"

吃完早饭，我和大哥用三轮车驮着半边猪肉，来到街上。过年了，每天都像赶集一样人山人海，我们终于找到了一个摆放三轮车的地方开始了买卖。乡里的大妈大嫂们真是精刁，挑肥拣瘦，大哥太憨直，都依着他们，卖到最后，剩下些筋筋皮皮，我归拢一称，还有七斤多，一直等到人都快散了还没卖完，我们只好回去。

母亲说："还是你爹人缘好，手法快，一天卖一个猪都卖得精光。"说得我和大哥脸上讪讪的。

磨豆腐，做血粑，舂糍粑，蒸甜酒，一天天忙下来，就到了年三十这一天，和母亲一起把鸡收拾干净，我就开始用面粉熬糊糊，准备贴春联。

母亲说："你爹都没了，还贴它干什么。"

我心一颤，手一抖，眼泪就簌簌地流下来，但我无法舍弃贴春联带给我的温暖。

从我记事起，每年的春联都是我和父亲贴的。起初，对联贴好后，父亲读给我听；后来，父亲要我读给他听。有一次，父亲考我哪是上联哪是下联，当我吟读完后，父亲抚摸着我的头，欣喜地说，还是要读书呢，就按我闺女说的贴……

在泪光中，在熬面粉糊糊的热气中，我笑着对母亲说："爹喜欢贴春联呢。"

红红的春联一贴上，陈旧空荡的木屋就显出些喜庆。母亲忙着做雪花肉丸，我去菜园里扯了萝卜，去山上砍了枫树。

天还没暗下来，村里的孩子们按捺不住了，稀稀拉拉响起了单个单个的鞭炮声。

母亲说："你爹是个急性子，又爱热闹。年年我们家吃年夜饭的鞭炮放得最早，叫得最久。唉，爱放炮的人走了。"

妈妈扯着围裙擦擦眼，说："开始煮年礼吧。"

我把劈好的干柴一块块放进大灶膛，生起了旺旺的火。母亲先把洗好的整块腊肉放进锅里，再放进收拾妥当的整只鸡，再放进几个白白的水萝卜，最后放水将东西淹没就盖上锅盖煮。母亲把我砍回来的小枫树整理好，用稻草缠了，要我放进灶膛烧了，并说："风吹草长啊，菩萨保佑我家明年养几个大肥猪。"原来锅里的白胖萝卜就代表肥猪。

母亲去准备敬先人的蜡烛纸香了，我坐在灶膛前闲闲地添柴烤火煮年礼,在噼里啪啦的火光里,我想起了和父亲的最后一个除夕,眼泪顺着脸颊流进嘴里,咸咸的,我忙趁弯腰添柴时用衣袖擦了,怕母亲看到。

母亲揭开锅盖,用筷子去试,腊肉、鸡和萝卜都能插进筷子了,就用木盆把东西都盛好,端上堂屋的桌子上开始祭祖。母亲边烧纸边念念有词,我站在旁边打躬作揖。

每年过年我都跟随父母兄姐祭祖,但我纯粹只是跟着,心里什么都没想,而这次,我虔诚而明晰地求着父亲:请您护佑留在老屋陪您的孤寂多病的母亲吧。

撤去祭礼,母亲开始切腊肉,切鸡,切萝卜,准备来年的第一餐饭。我坐在厅屋的桌边,慢慢地喝着水酒,看着母亲操持。

远远近近开始燃放鞭炮辞旧迎新,整个山村沉浸在过年的喜庆里。

等母亲拾掇清爽,我倒来满满一盆热水,开始和母亲洗脸洗脚,洗涤干净一切旧渍,在噼里啪啦的鞭炮声里,在闪闪烁烁的烟花中,我和母亲睡了,等待新年的到来。

儿时那把举过头顶的扫帚

苦涩涩的汤药，香稠稠的米粥，各路菩萨的神水，都未能留住四十九岁的父亲。

从墓地回来的路上，锣鼓响乐都歇息了，送葬的人走得稀稀散散，我心里一片空落，没精打采地走着，听前面的两位婶娘东一句西一句地扯着。

"开老二是个好人啊，好人命不长，赖人占地方。"

"开嫂子才四十多岁，人又利落，准会有人谋娶的。"

"唉，后娘难做，嫁哪儿都难。开嫂子还有个满姑娘在读书呢。"

"那是。带孩子嫁过去，孩子免不了受欺负，不带过去留给奶奶，奶奶又瞎又瘫，自身难保……"

这几天我只知道失去了父亲，躺有父亲的黑色的灵柩，一阵阵的锣鼓声，百衲衣道士的念念有词，冥屋冥钱的灰烬，使心里充满了对鬼神的恐怖，但从没想过我将被母亲"带过去"或者"留给奶奶"。而这个情况一旦被人告知，就像一粒发芽的种子埋进了春天湿润的土里，迅速生根滋长。

我依恋着母亲，警惕着母亲的每一次外出。

半年后，邻村的红英嫂子坐在了我家灶塘的板凳上，边往灶里添柴边说着她们村里刚死了老婆的穆老师是如何的一个好人，我放学回来在门口听到，恐慌地望着母亲，母亲忙放下手中择的菜，过来拉住我的手，对红英嫂子摇头说："我满姑娘还在读书呢。"

红英嫂子还是不走，说读书正好，可以要穆老师教……我转身跑到屋外的柴垛上拿起一个竹扫帚，高举过头顶，对着红英嫂子喊道："不要你管我娘，要嫁你去嫁……"红英嫂子吓了一跳，扔了铁夹慌忙往外跑。

高举竹扫帚赶人的壮举经红英嫂子那能说会道的嘴一传，全村人都知道了我是怎样一个烈姑娘，自然也知道了母亲的决心。从此，再没有人来家提母亲改嫁的事，母亲也就这么守着自己，守着我们的老屋，坚韧而体面。

母亲田土的庄稼总是比别人蓬勃，喂养的鸡鸭热闹成群；村里催缴的费用、捐助从不落人后面；亲戚邻里的红白喜事，母亲都会按礼数来往，且放下自家的活去帮忙；别人给她拿来礼物，她总是加倍回礼，从不亏欠别人；父亲去世后的头三年祭祀，热闹周全；正月初一的团圆饭，谷雨前后她的生日，母亲总是早早地准备好菜肴和米酒，她的大大小小的孩子坐满三大桌，喝酒吃菜，笑语喧哗，满屋子的豪情和快活……

可母亲守不住美丽的容颜和健壮的体格。近年来，母亲味觉退化，吃什么都不香，脊背弯成一张弓，倚杖才能行走，但母亲坚持不离开自己的家，总是说，我是个农民，只要还能挪动，就要种庄稼。一个人的生活，她养成了自言自语的习惯，白天跟她喂养的鸡鸭说话，晚上对着满屋子的黑暗絮叨。有天晚上我留下来陪她，母亲很开心，不停地说话，如关不上的水龙头，而我睡意渐浓，听着听着不再回应她。朦胧中，床头传来母亲的一声叹息："唉，一夜天长啊。"

这是深夜的一声闷雷，我心里一阵阵紧缩，仿佛扎进了一把梅花针，疼痛不已，瞬时泪流满面。父亲走了三十多年，一万多个"天长"的夜晚，母亲是怎样孤寂地挨着！我想起了儿时那把举过头顶的扫帚，愧疚自己年少无知，不懂人世不懂爱。

每次离开家时，母亲总要在屋门口目送我转过山坳，我看不见她了，她一定还倚靠在门边。我往前走着，年少时心里漾满温暖，因为身后有母亲，可现在，心里泛起的是一阵阵苍凉，老是想，如果当年我不拿起竹扫帚赶走红英嫂子呢？

念父亲

你是高大英俊的，不管是留在记忆里的印象，还是母亲回忆往事时的神态。

你是聪明能干的，不管是留给家里的木器、农具，还是村里至今犹在发挥作用的碾米厂和水电房。

你是宽厚善良的，不管是亲朋好友的深切怀念，还是乡邻路人的偶尔提起。

四十九岁，还是一个年富力强的年龄，你怎么就不能加点脚力迈过这个坎呢？你的小女儿还只有十五岁，你的妻子才四十四岁，你还有一个七十多岁的老母双目失明瘫痪在床啊。

你说，你只读了三年书，就开始跟陈碧湘师傅学木匠。"徒弟徒弟，三年奴隶"，扫屋煮饭，喂猪打狗，洗刷马桶，成了你每天的主要工作。终于熬到学徒期满，你可以领到一份工钱了，可生产队需要一个会计，你只好藏起斧头，拿起了算盘。后来，你又着手在村里建立了碾米厂、发电房，开起了代销店。你虽然是个农民，但不断地改变着自己的生存方式，也不断地改善着家里的经济状况。

那一年，母亲死了五个亲人。老外公老外婆饿得发慌，从屋后的田边挖了些"神仙土"吃，全身浮肿，相继死去；外公哮喘病犯了，全身缩成一团，无钱医治，走了；母亲的小妹七岁，高烧三天就没了；外婆白天还在土里锄菜，晚上回来肚子痛得满地打滚，来不及请郎中，也走了。

九岁的姨妈，七岁的舅舅失去了一切倚靠，连家里的木屋都不敢住了。你忍受着祖母的责骂，忍受着别人说你倒插门的羞辱，带着大哥，和母亲一起回到了大家都认为恐怖的外公的木屋里，庇护抚养年幼的姨妈舅舅，直到姨妈嫁人舅舅成家后，你才在外公家的后面建了一栋木屋，分家别过。

为了建房子，你的棉衣补丁摞补丁，白旗峰的山蕨和竹笋成了家里的主食；为了砌屋前的台阶，你在冰天雪地里抬条石，摔落了一个牙齿；为了一大家人的生活，你承担了生产队棉田喷洒农药的高危工作，长年累月在噪声和粉尘中为村民碾米磨面，到晚上，别人都休息了，你还要去河边的水力发电房守到十二点。遇到恶劣天气，你一个人打着手电筒，在风里雨里，山间田垄排除线路故障。你从山崖摔下来过，被恶狗追咬过，还被一个顶着大团箕避雨赶夜路的人吓晕过。

小时，我只知道你茶杯的茶好苦，哪里知道你是用浓酽的茶水来对抗疲劳驱赶瞌睡？小时，我只知道你会做很多事，哪里知道农药、噪声、粉尘、劳累在一天天地咬噬你的身体，在一点点地折去你的阳寿？要是知道，我宁可住茅屋不要木屋，宁可穿草鞋不要凉鞋，宁可做农家女不要读书，只要能留住你！

在我的记忆里，你最开心的事，就是一九八二年去县城参加"万元户"表彰大会，带回来一张"勤劳致富光荣"的奖状和一个油亮的斗笠。你把奖状用镜框裱好挂在厅堂里，每次吃饭时都会瞅上一两眼。一次，我跟随你们去刨草皮盖辣椒树苗，坐在树荫下休息时，你对母亲说："没想到我们还能碰上这样的好时代啊。田土承包到户，多劳多得，作息自定，还可以凭手艺赚钱，真是享天子福啊。到冬里我想把桥端的小店扩建一下，把生意做大些……"那时我真觉得你是一个踌躇满志的大英雄。

可你的小店还来不及扩建，人却病倒了。去县城检查，十二指肠溃烂，必须动手术，打开腹腔却发现胃部已经癌变。母亲每天帮你熬小米粥，每到赶集的日子，要么去瑶族人那弄草药偏方。但你病日笃，终至卧床不起，连杜冷丁也不能止痛了，几次想把疼痛的躯体交给"电"这个无形的老朋友，都被家人撞上而无奈放弃。你是一个铁骨铮铮的汉子啊，竟然寻短见，可见你的疼痛有多深。

正月十二，我该回校读书了，但看到床上疼痛难支的你，我不愿走。你疼痛着但非常清醒，坚决不准我耽误课，用竹竿一样枯瘦的手摸着我的手说："我会好起来的，你只管发愤学习，不要记挂我。"我带着满心满眼的泪去了学校。

正月十九那天是星期日，雪下得很大，白茫茫的校园甚是安静，只偶尔传来雪压断树枝的声音。整个女生宿舍和对面的男生宿舍都在酣睡，我醒了，想起了你，非常想回去看你。但五十多公里的距离，来回两块六毛钱的车费，学校的规章制度，在十五岁的我眼里就是一座不能翻越的高山。我来到教室，但一个字也看不进去，我又来到美术室，想画一幅素描来静静心，但看到大卫那挺直的鼻梁时，又想起了你，我从小就喜欢捏你高高的鼻梁。我神情恍惚，完全集中不了注意力。我终于扔下一切，直奔车站，我想在车站遇到一个熟人，问问你的情况。车站人不多，每一张脸我都看得清清楚楚，每一张脸都是陌生的。我在风雪里停留、找寻，直至开往我们镇上的末班车驶出车站，心里一片荒凉。

雪花飞舞，寒气袭人，晚自习正在安静地进行。学校传达室的游师傅推开门，满头雪花站在教室门口，用他那惯用的大嗓门喊着我的名字，我怯怯地站起来。

"你姐来电话，你父亲死了。"这可能是我一辈子听到的最粗暴最残忍的话了。我被炸昏了，同桌云儿把我扶进了寝室。

第二天早晨，当我深一脚浅一脚哭一声喊一声回到家时，你已被换上可怖的黑色衣冠躺在了棺木里，我不敢看你。我那个可亲可敬的父亲哪儿去了？

雪粒子夹着雨点，噼噼啪啪地砸向地面，爆竹声混着响铳，轰轰隆隆地冲向天空。大地有情披白幛，亲朋挥泪送一程。祖坟山很远，但送葬的队伍是越走越长。每经过一户人家都会响起爆竹，都会喃喃吟语："开老子是个好人啊。"我们兄妹给人家跪拜谢礼，到墓地，我们的裤子，膝盖处都磨破了。雨水和着眼泪，热闹伴着悲伤，我们安葬了最敬爱的父亲。

没有了你的家，如塌了顶梁柱的木屋，凌乱、灰暗。强伯把你培好的水沟挖了，把水引进了自家田里；方方正正的菜地被邻地的人刨成了一条边边；喂养的鸡鸭被偷了，山上的树被砍了，开学了，我的学费还没有着落，种谷才下田，谷仓已露底了……母亲只得戴盔披甲，四处迎战。

好在再苦涩的日子也会流走，我们兄妹都已成家立业，奶奶以九十六岁高龄寿终正寝。三十多年了，只有一个人，一直留在老屋，为你守身到老，念你如昔。当她酿出了第一碗好酒，她会供在神龛上，喊你来品尝；当她摘回了第一茬蔬菜，她会捧在餐桌上，让你先尝新；当她看上了有线电视，她会念叨，那个人最爱看戏了；当她拿到种粮补贴，她会念叨，那个用科学种田的人；当她病愈出院拿着医保报销回来的钱，她会念叨，那个人卖了五担口粮才交齐手术费；当她每月拿着卡去镇上领取养老金，她会念叨，那个人连存折都没用过……

老子言："不失其所者久，死而不亡者寿。"如流星般划过天空的你，虽然错过了世间多少繁华，但能被一个人如此念叨，这也是长寿吧。

如果，你还有灵，请多多护佑她——你的妻子，她的"一夜天长"的孤寂可都是因为失去了你啊。

一屋一人

赶在冰冻来临之前，我回到了青溪。

青溪是紫鹊界山脚下的一个村庄，村尾有一栋木屋，木屋的孩子都已成家另过，剩下母亲，如同一只守窝的老鸦，守着木屋。过度的劳累，母亲的膝关节严重变形，腰弯成了一张弓；岁月的风霜，吹皱了母亲的皮囊，浓缩了母亲的筋骨，高大的母亲矮小成了小孩子的模样。

天阴沉着，气温一直在降，风打着旋，吹干了地面上所有的水渍，田间小路都干裂着。田野里看不到一个人，院落的鸡儿狗儿都缩进了圈，凫在水田的鸭子也早早地排着长队往自家去。雪粒子开始沙沙地落下，落在屋前的水田里，落在屋后的四季青叶子上，落在鱼鳞一样的屋瓦上。有几粒竟然透过瓦缝，调皮地落在我的鼻尖上，清凉凉的，我忙用手去抓，它已弹到屋檐下的滴水沟去了。

推开木门，烟火气息扑面而来，母亲坐在灶塘前烧火熏腊肉。一房梁腊肉，一屋子浓烟，母亲多皱的脸被火光映着，嘴边被尘灰画上了胡子，米黄色的毛线帽子上柴灰点点。看来，母亲已先把自己"腊"上了。

傍晚时分，安装在灶屋里的水龙头突然哑巴了，滴水不出。看看还在飘落的雪粒子，母亲担心地说："沙雪打底，飘雪盖面，天晴要一个月。"于是，我找来扁担、水桶，准备去村头的双井担水。

母亲在鞋底捆上根草绳，拄着拐杖给我做伴。我一个人敢在城里的小巷子夜行，可我就害怕这个生我养我的村庄。

这个村庄的每栋房子都有我熟稔的人离世！

经过他们的家门，不经意一瞥，看到曾经亲热的或敬畏的人被挂在堂屋神龛上，心里很是悲凉。略一分神，他们就会来到眼前，笑盈盈地说："四丫，你回来看娘了。"我寒毛竖起，只敢伴在母亲的身边，母亲到哪儿，我就跟到哪儿。

冰冻的路面溜光水滑，踩在上面咯吱咯吱响着。夜幕降临，山村一片肃穆。母亲走得很慢，边走边絮叨："村里的屋越来越多，人越来越少。年轻人进城，老一辈故去，很多屋都是门上一把锁。村里晃动的几个人影，大都是一个人守着一栋屋。"

我一路瞅过去，家家大门紧闭，在雪粒子的飘落里静默，只有零星的几个窗户透出点昏暗的光。曾经的青溪，是红旗大队，是个热闹的地方啊。

村落前的田凼被定为杂交水稻种子培植基地；后山紧挨着公社的大茶厂，茶厂组建时占用了村里几个山坡，村民可以去茶厂摘茶赚取采集费。八十年代初，村人就吃上了白米饭，穿上了的确良，方圆几里的女子都愿意嫁到青溪来。

青溪人自足地劳作在这片田野上，不外出，也懒得督促孩子，由他们随意辍学去茶山摘茶，去田野为杂交水稻种子授粉，没要求他们求学，也没送他们去拜师学一门手艺。当茶厂解散，当种子生产基地取消后，除了一亩三分地，青溪人什么赚钱的本事也没有，只好出去卖苦力，或是进厂当流水线工人，村庄越来越荒芜。

井边的水田和鱼塘都结上了薄冰，白茫茫的一片，只有两口井如两个深黑的洞，微微地冒着热气。住在井边的石柱哥正在菜井里洗白菜，看见我担着水桶小心翼翼地走来，忙放下竹筛，要过我肩上的扁担，在井里打了满满的两桶水，嘱我搀扶好娘，担起水就走。

母亲要我帮石柱哥把菜洗了，放到他家台阶的木架上。

我和母亲还只走到半路，石柱哥已从我家转身回来了。我谢他，他咧嘴笑笑，没事一样走了。

"石柱跟你大哥一年的，六十多岁了，女儿的孩子都七八岁了，儿子还没讨上婆娘。"

"他儿子人才还好啊，怎么就找不到婆娘呢？"

"老俗语，爹娘好媒人来，子女好祭帐抬。你石柱嫂子中风后，瘫痪了十多年，治来治去，屎尿都在身上了。上次秋婶子带一个妹子来，妹子同意了，石柱赶紧进房去拿红包定亲，你石柱嫂子高兴，拄了根拐杖出来看妹子，一泡尿从裤腿滴落在地上，妹子捂着嘴巴走了。石柱气得把红包摔在他婆娘脸上。"

"石柱嫂子一直卧在床上？"

"死了，投塘了，就是双井边那口，她自家的。"

我惊悚不已，不由得往井边望过去，感觉石柱嫂子从鱼塘里升腾上来，端着她偏瘫的右手，歪着嘴，流着涎水对我说："穗穗，你见得人多，帮我家二毛谋个妹子，相貌丑点也不打紧……"

鹅毛般的大雪飘扬起来，天地一片混沌，我把石柱哥放在台阶上的水担进屋里，问母亲："石柱哥一个人在家？"

"一个人。要儿子跟他一起把荒废了的陶窑再建起来，他儿子哪里肯？把娘送上山就背个背包走了，年年在广州进厂，年年回来光身子一个。"

"石柱哥有制陶的手艺？"想起儿时那个摆满陶罐的老窑场，我高兴起来。

"石柱爷爷是个老师傅，他家烧的陶器，临近三县都有名。石柱是个灵性人，踩泥巴、制泥坯、装窑烧窑，样样在行。田土分到户那几年，他家在自己的菜园里箍了一口窑，赚了些钱，有一年连续下暴雨，山坡塌下来把窑埋了，他父亲正在烧窑，被一块石头砸中，死了。后来他婆娘又中了风，家庭越搞越差了……"

"那个废窑场要重建很难吧？"

"肯定难啊，那么高的土坡塌下来。石柱说，只要天天做，总能把场地清理出来，把窑箍上。现在，村里路也修好了，对面观音坐莲山上的土都是上等窑土。等这场雪一停，石柱又要开始了。"

雪临天下，万物俱寂，躺在母亲的脚边，踏实温暖。母亲说："你回来就好，我一个人住一栋屋，像只孤鸟一样。"我把母亲长满鸡眼的脚放在我的胳肢窝里暖着，像小时候她暖着我一样。

窗外，雪粒子落在四季青叶子上，沙沙作响，总说"一夜天长"的母亲，传来了轻微的鼾声。我思绪飘忽，想起了老窑场里那个坐在转盘前、须发雪白、穿着布扣小褂和草鞋的师傅，想起了条桌上那把腆着肚子、伸着小巧嘴巴、架着弓形提把、装着薄荷凉茶的茶壶，想起了堆垒在墙根、散放在阳光下的坛子、钵子、油盐罐……

石柱哥的窑场建起来，村里也会多些热闹吧。

买吃不如买宝

母亲常说，买吃不如买宝。母亲是个农民，她的宝就是农具和日常用具。

母亲一辈子在田头山野忙碌，她的标配就是一个斗笠，一只背篮，一把锄头。背篮是母亲自己剖竹篾编织成的，用来背菜蔬，背柴火，背茶叶，一年几乎不离背；那把锄头可以用上几年，锄头在土地间磨薄、磨短了，锄头把上的包浆光滑厚实，握在手中很温润。

斗笠是母亲头顶的一方晴空，一点阴凉。母亲习惯在镇上袁麻子那间杂货店买斗笠，因为袁麻子卖器物一直坚持免费代写姓名，且毛笔字写得潇洒。

选好了斗笠之后，袁麻子递过一支圆珠笔和一个学生作业簿子，母亲欢喜而羞涩地把自己的名字写在纸上，袁麻子用毛笔写在斗笠上，晾干，再用刷子刷上光油，姓名不褪色不脱落，斗笠瞬间就有了归属。小孩子调皮，吵嘴时将对方父母的名字组词造句来戏骂，很多名字都是从斗笠上窥得的。

在农家，谷箩、扁担、筅箕、打稻桶……少一件都不方便，母亲总是置办得齐整，随用随拿。母亲有点瞧不起村里的泉婶，泉婶每次赶场总是买水果，买包子，有时还要到饭店买碗馄饨吃，而柴刀、粪勺之类的常用工具总是舍不得买，左邻右舍地借来借去。每次等来借东西的泉婶走远，母亲就嘀咕："总是借别人的用，不害臊，宁愿饿餐饭，也要省下钱买了。"但村里人干红白喜事，借桌子借碗，母亲总是很乐意，她认为这是大事，大家应该帮衬。

母亲喜欢置办器物，对器物格外爱惜，轻易不会扔掉。

小时候，供销社有一个专门的废品收购柜台，隔壁的娟儿总能在家里找到废书烂锅破布去换薄荷香味的地球糖丸，我很羡慕，于是也在家里四处翻找，母亲问我找什么，我据实回答，母亲说："家里的东西样样有用，没有废品。"

我将信将疑，一边用山里的茶叶、山胡椒、粽粑叶换取零花钱，一边盯着家里的物事。一天早晨正用竹刷刷锅的母亲"呀"了一声，连忙把水倒了，举起锅逆着光瞧，黑黑的锅里透过一个亮点，锅烂了。我高兴地说："娘，铁锅烂了，给我吧。"这锅起码有三斤，五分钱一斤的废铁，这是一笔大买卖。

"给你？还能用呢。哪天补锅师傅来了，滴一点铁水就行了。你不许打锅的主意啊。"说着把锅擦干净用报纸包了挂在屋梁上。没过几天，那个补锅师傅真的来了，母亲用了五分钱就补好了，这菜锅又用了很多年。

我刚工作时恰逢第二个教师节，学校发了一把黑布伞，而我刚好买了一把小伞，就把那把黑布伞送给了母亲。三十多年过去了，我不知换了多少把雨伞，母亲的黑布伞还在用，只是伞面布发白，伞骨依然完好。

"做法做法，做东西有方法；用法用法，用东西也有方法。"从小耳边听得最多的就是要爱惜器物。锄头、筲箕、背篮拿进家门之前一定要洗干净；木器、竹器不直接摆放在地上，要悬挂起来，不能悬挂的就要垫上木板防潮；斗笠要挂在墙壁上，雨伞晾干后折叠好用袋子装好；正月里待客用的茶杯、碗筷要用草木灰擦干净晒干收在柜子里，有客人来才用；蒸酒的甑，春糍粑的石臼、粑印，打豆腐的匣子，一年只用一次的，更要清洗得一点残渣都不能留，否则就会有老鼠子来咬……

母亲的爱物惜物，是节俭，是居家过日子，更是对器物的一种情怀，对生活的一份珍惜。

借"机"生财的二哥

　　每年春节回家，都会发现家里又添了新机器。看着满屋子的机器，总喜欢问一句："二哥，什么时候买飞机啊？"二哥常常是笼着手嘿嘿地笑。

　　当年，除了耕种责任田，二哥还承包了一大片茶山。他从县城买回了一台很大的揉茶机，把茶叶加工为红茶卖，利润增加了不少。在揉茶机的一揉一转中，二哥感受到了机器的力量，对各种农机产生了浓厚的兴趣，他陆续买回了碾米机、磨粉机、打谷机，既方便自己，又赚取加工费。

　　种田没有耕牛不行，但一户人家就那么几亩田，喂养一头耕牛，一年下来不划算，很多人家把耕牛卖了，可到了农忙时节请牛工又很难。二哥瞅准机会，买回了一台犁田机，添满柴油，突突突，几个回转就犁完了自家的田。村民忙着请租犁田机，十天半月下来，几条山冲的田地全翻转过来，犁田机的本钱也回来了大半。二哥把犁田机擦拭干净，抹上机油，用油布罩了，不要吃草，不要看管，来年开春，牵出来用就是，方便得很。

　　那时候，村里的女孩子都去广州进厂打工了。相隔几千里，一封家书要半个月才能收到，有的还在中途遗落了。二哥在家里安装了一台公用电话机，哪家孩子来电话了，附近的就喊，远一点的二哥就骑上摩托车把人接来接电话。二哥家的电话号码被村里在外打工的孩子们称为"爱的密码"，一直记着，直到手机普及。

　　随着经济的发展，村里的青壮年劳动力开始进城务工经商，只有一些老人带着孩子留在村庄，视为命根子的田地第一次遭到了冷遇。二哥见不得田土荒着，就召集了村里几个种田的把式组成了一个互助合作组，在新农村惠农政策的扶持下，购买了大型的犁田机、插秧机和收割机，和没有劳动力种田的村民签订了耕种合同，承包了三百多亩稻田，成了镇里的种植大户。

二哥的农业合作社充分利用农田，实行一季水稻一季油菜的耕种模式，这边刚收割完稻谷，那边已经翻种上了油菜，山村冬日空闲寂寥的田野变得生动起来。油菜花开的时候，金黄灿烂，流淌着蜜，空气都是甜的。

煦暖的阳光下，二哥的三层瓷砖瓦房宽敞明亮，屋前开阔的水泥坪里停着两轮摩托，三轮货拖，四轮轿车；地下室里，台台农机摆放有序；屋梁上的大音箱正播放着"走进新时代"，豪迈的旋律应和着屋后小河的流水，清脆叮咚。二哥从加工房里出来，拍拍身上的粉尘，把一个无烟无纸屑、有光有声音的环保电子炮装上三轮车，准备给河对岸那栋刚刚落成的乡村别墅带去喜庆和祝福。

酿"年"

在我们青溪，年夜饭是简单、豪放的：一钵土鸡，一钵腊肉，一钵冻鱼，一钵萝卜，一壶米酒，红烛线香，加上浏阳鞭炮，浓酽、纯粹的年味就盈满了木屋的里里外外。这一餐饭，母亲是用一年时间来酝酿的。

闹过元宵，年味淡了，菜厨和酒罐空了。母亲把鸡舍、猪栏收拾干净，只等镇上场日的到来，挑了竹箩去街口栎树下买苗儿。那棵巨大的栎树早被雷电击倒，只剩一个树桩子，但大家习惯了，围着树桩子继续进行买卖。开春时节，树苗、菜苗、鱼苗、鸡鸭苗、猪崽狗崽猫崽，都聚在这里，挨挨挤挤，喧嚣热闹，太阳一照，臊臭味飘浮起来，但庄稼人不在乎，买了包子糕点的照样吃得很香。

母亲朝那个跟大哥一起读书的歪脖子走过去，歪脖子很热情地把身子往前倾倾，歪着脑袋说："伙计娘，新年好啊，您子孙满堂，过年吃鸡腿的多呢。"

"是啊，你帮我选二十只吧，多选鸡婆，鸡公养几只闹屋，知道天光早晚就行，鸡婆生蛋，安静。"

歪脖子应承着，将选好的鸡苗麻利地抓进母亲的一个竹箩里，摔倒的小鸡晃过神来，叽叽叽叽叫着，很可爱。母亲慈爱地抚扶它们，付了钱，担着竹箩来到了卖猪崽的笼子前，母亲在两个小花猪之间拿不定主意，卖主说："婶娘，干脆把两头都买了啊。"

母亲笑笑，说："我以前喂猪都是一次买两头的呢，两头一起，抢着食，比着长，好喂。现在老了，只能喂一头了。"

母亲终于选中了那头脊背上有朵黑花的猪崽，卖主抓住小猪的两腿往母亲另一只竹箩里放，小猪许是不愿离开兄弟姐妹，嚎叫不止。母亲用手抚摸它的脊背，它哼哼唧唧几声，终于安静躺下了。

母亲把小鸡小猪担进堂屋，抱着竹箩对着神龛行礼，请观音菩萨、土地公公保佑它们不吵不闹，没病没灾，只只长大，然后给它们安排好食宿，开始了和它们相亲相伴的生活。

"有丘田，顶丘天，田庄财主万万年，衙门财主一蓬烟。"田土是母亲心里的宝贝。父亲离世，我们兄妹成家另过，只剩下母亲一个人的田了。她把田分成两半，一半挖成鱼塘，另一半种糯谷。"勤家鱼塘富家马"，鱼天天要吃草，母亲天天去割，不管刮风下雨。母亲还在菜园里种上黑麦草，万一有事耽搁或者病了，就割一篮子黑麦草撒鱼塘。母亲说，人可以饿着，养的牲口不能饿。

岁月的风霜落在母亲身上，也落在母亲的舌尖上。近些年，她味觉衰退，吃什么都是涩的，唯一的喜爱是喝点米酒。这样，那几分田的糯谷种植成了一件重大的事，她把一辈子种田的经验和情怀全用在这几分田上，一丝不苟地按照时令精耕细作。当芒刺长长的糯谷晒干，碾出了晶莹温润的糯米，母亲开始在大柴灶上塞满干燥的稻草，为她的重阳甜酒准备暖窝。酿好了重阳甜酒，才能浸润出劲道绵长的水酒，才有过年的热闹，才有一年有滋有味的日子。

煮完"腊八豆"，母亲就请人来家里杀年猪，准备烤腊肉了。

雪粒子沙沙落下，落在屋前的水田里，落在屋后的四季青叶子上，落在鱼鳞一样的屋瓦上，母亲坐在灶塘前烧火熏腊肉，柴屑哔哔剥剥炸响，锃亮的酒壶煨在火边，小碟花生米或脆萝卜摆上了，母亲解下围裙坐定，慢慢地将热气腾腾的水酒倒进蓝花瓷碗，噘起嘴唇吹吹，滋滋地喝，美美地咽，再夹一粒花生米或脆萝卜丢进嘴里，慢慢地嚼着，炭火映着，热气氤氲着，母亲多皱的脸渐染红晕。一房梁腊肉，在烟火的熏染中慢慢地干爽，慢慢地飘香木屋。

"鱼吃跳，鸡吃叫"，要到过年的前一天，才干鱼塘。母亲种菜有留种的习惯，放鱼也一样，干塘从不干落塘底，只捞出些大鱼，把小鱼留着长大。至于那只大红冠子长尾巴的雄鸡，还真是要它把一年中最后一个日子叫醒，母亲才去发落它。我们和"年"一起回到了母亲的木屋。

平时的饭菜，母亲由着我们按照各自的口味放这放那，年夜饭只能按她的，当然，她也是遵循祖母的。祭祀先人时，要整鸡、整鱼、整块腊肉，鸡和腊肉清蒸，鱼要清煮，几乎不加作料。母亲最拿手的是清煮冻鱼，煮出来的鱼用陶钵盛着，放在桌子上摆一个晚上，第二天早晨，定会冻结得晶莹剔透，仿佛一块经历千年的琥珀，浇上用擂钵擂稠的花椒白醋红辣椒，真是色、香、味俱全了。

大年夜，我们团团围坐，吃砧板肉，喝大碗酒，腻了，醉了，吃大胖萝卜，笑语喧哗，满屋子的豪情和喜庆。当钟声敲响，烟花升腾，我们和母亲一样，开始酝酿下一个新年。

当蔬菜盛开繁花

灿烂春阳里,我回到了青溪的木屋,母亲领我去看她的菜园。

站在竹篱边上,满园的蔬菜竟然盛开着繁花。冬白菜早已开始演绎春的缤纷,菜薹长出了茎,嫩绿的叶间开着金色的花,黄绿相应,赏心悦目;香香的芫荽不再匍匐在地,而是向上生长,开满了细小奶白的花;白胖胖的萝卜一半露出土面,茎上绿叶间的白花在风中摇曳;特别优雅的是那一畦娇嫩的葱,圆茎上顶着淡紫色的球状花序,可爱极了。

我随着母亲来到园子最里端,篱笆下有一小块葵菜,叶圆如猪耳,颜色正绿。边上几株留种的葵,高大繁茂,满枝的叶子中间也开出了细小淡紫的花。

母亲说,菜都老了,开花了,摘些葵叶做汤菜吧。

在蜂飞蝶舞的繁花中,摘着嫩滑的葵叶,我真切地感受到,美好的日常就是艺术。

在我四五岁的时候,哥哥姐姐都去学校读书了,母亲去生产队出工,留下我一个人在家看屋。我做好母亲吩咐的小家务,就坐在门槛上眼巴巴地盼着母亲收工回来,母亲总能给我带来惊喜:油桐叶裹着红红甜甜的三月莓,粽粑叶包着酸酸的山杨梅;柔韧的葛藤拴着白白胖胖的葛根;蓝印花的手帕鼓鼓囊囊,打开一看,是朱红的山栗;金黄的斗笠装满粉红的米浆菇;雪白的搪瓷茶杯里躺着三五个淡蓝的鸟蛋……

这些,在母亲,那只是青山绿水中的一随手,而在我,那红绿、红白、蓝白的搭配以及粗笨用具中灵动的生命,不仅解了我的馋,而且滋养了我的内心,给了我最朴素的美的启示,大自然物产丰盈,五彩缤纷,美丽如画。

母亲住的木屋五十年了,瓦片间长出了瓦松,屋檐鸟嘴一样翘起,雕花的窗格透进温暖的阳光，木门上的木闩光滑灵活，房屋四周的滴水沟用条石砌得整齐，檐间麻雀搭的巢，梁上燕子垒的窝，墙角蜘蛛挂的网……处处是生活。

母亲种茶，摘茶，制茶，卖茶，但不会品茶，连茶杯也没有。她所拥有的就是一只陶制的茶壶和一个陶钵。早晨起来，舀来井水，烧开，倒进茶壶，抓一把茶叶泡上，干活回来，渴了，倒上一陶钵凉茶，喝个痛快。这把褐色的茶壶腆着肚子，长着一个小巧好看的嘴巴，配上"扎"着圆形"发髻"的盖和弓形的提把，就像一个皮肤黝黑、饱经风霜的小矮人。它一直摆在灶屋的桌上，浸泡着茶叶，滋润着岁月。

糯米饭在石臼里舂成泥，一团一团地捏圆了，装进雕刻精美的模子，按紧，印上花纹，拿出来放在竹簟上，用劈成四瓣的筷子点上红印，晾干后，糍粑上的花纹凹凸有致，红印鲜艳惹眼。无须架在木炭火上烤，只要摆在你眼前，喜庆软糯的糍粑就把年节衬得富足、韵味。

在团箕里团得溜溜圆的元宵，用绿色箬叶包裹的粽子，柴火灶里酝酿的甜酒，彪形汉子肩上挑起的谷箩，舞龙人手中舞动的彩龙，乐手嘴里吹响的唢呐，巧手女子剪刀下的窗花，女人针线里的蝴蝶……

蔬菜，长着长着盛放出繁花；器物，用着用着显出了厚重；日子，过着过着便成了诗的章节。

一个人的热闹

父亲去世，我们兄妹都成家后，老屋只剩下母亲一个人了。母亲性静，不喜串门，以前还在田间地头和老姐妹们谈谈庄稼，相约去镇上赶集看看热闹，这两年，村里的老人一个接一个老去，一扇一扇的门挂上了冷冷的锁，特别是她的同庚好友离世后，母亲可真是孤单了。她冒了雨送同庚上山，悲悲切切，感染了风邪，咳嗽不断，茶饭不思，我们守护了一个多星期，母亲才缓过来，虽比以前更消瘦，但又开始了一个人的热闹。

"早起三朝当一工，早起三年当一冬"，每天天蒙蒙亮，母亲就起床了。

掀开盖在圆镜上的红丝巾，用木梳梳理好齐耳的短发，拿发夹夹了，朦胧的镜子是活的；打开龙头，水滴滴答答流进水缸，水是活的；点燃劈柴慢慢将蜂窝煤燃亮，炉子是活的；洒扫庭院，扫把是活的；鸡鸭扑腾着翅膀满院追逐、啄食，整个庭院都是活的；香喷喷的米饭将高压锅气阀闹得扑哧扑哧响，嫩绿的葱、土黄的姜、嫣红的辣椒，细细切在砧板上，猪油在烧热的锅里嗞嗞作响，厨房是活的；八仙桌上，菜飘着香，上位给父亲供着一碗饭，筷子整齐摆在饭碗上，母亲坐在左侧，慢慢咂巴着饭菜，不时会进来一只鸡、一条狗，母亲骂着它们又扔些饭粒骨头给它们，厅堂是活的。

忙完家务，母亲开始忙她的菜园。母亲用杉树枝将菜园密密整整地围着，连一只小鸡都钻不进去。"菜园菜园，常要牵缘"，"菜要沾人气才肯长"，这是母亲挂在嘴边的话。即使在寒冷的冬天，母亲的园子也生机盎然：水白的萝卜，嫩绿的白菜，香葱肥蒜，还有芫荽、苋菜、莴苣，总能为灰色的冬天增添绿意。

暮春时节，冬菜已老，夏菜还未下种，母亲的园子里也不会寂寞。土块翻过来了，土坷垃细碎松软，中间略高四边稍低，像刚弹好的棉絮，边沿留着做种子的菜蔬,健壮茂盛,迎风招展,引得蜂蝶满园飞舞。

天一放晴,母亲开始为她精选的种子制作温床:先平整出一块长方形的园地,放足猪粪、草木灰做底肥,把每一个土坷垃弄碎,然后分片撒下辣椒、茄子、豆角、苦瓜等十几样种子,再均匀安上七八个竹拱,最后盖上塑料薄膜,四周用土整严实。遇到风和日丽的日子,就掀开薄膜一角透透气。一个星期下来,温床里已冒出星星点点的绿,一个月左右秧苗已长得青翠可人。当细雨丝丝飘起,母亲戴着斗笠开始移栽极嫩的秧苗,让它们在新的土窝里发荣滋长。至于红薯藤,任它生长,什么时候空闲了,剪下一段,只要土壤湿润,随栽随活。

夏天的菜园是最热闹的。牛角弯弯的辣椒,紫紫长长的茄子,嫩绿脆生的黄瓜,丝丝线线的豆角……今天摘,明天长,这里摘,那里长,总能给你惊喜。秋风萧瑟,白露为霜,菜园依然奉献着它的果实:辣椒树一边挂着翠绿,一边挂着深红,一边还开着花;土黄笨重的老南瓜趴在地上,枝藤上还结着嫩绿的小南瓜。此时,瓜棚里最活跃的就是蛾眉豆了,整个夏天它都在发展它的势力范围,藤蔓爬满瓜棚,等稻谷金黄了,它才开始结弯弯的豆荚,母亲称它为"收稻菜"。收割稻谷的空隙,母亲满怀欣喜地来寻它们,总有几个豆荚长在不显眼处,躲过母亲的手,偷偷地长大,风干。到冬天下雪的时候,孩子们提着火箱去上学,总要先到瓜棚下逡巡一番,摘几个老豆荚放在衣兜里,下课时用铁皮文具盒炒豆子吃,那香味真让人感觉到冬天的美好。

母亲的手粗糙厚实,特别有物缘,种养什么都能活,都能肥。母亲的老屋是个动物园,除了她喂养的小猫小狗,小鸡小鸭小白鹅,还会有很多的不速之客时时造访。每到春天,一对燕子会翩然而来,在堂屋屋梁上衔泥共筑爱巢,不要多久就会传来叽叽叫声,仰头细看,三五个光溜溜的家伙张着大嘴巴你挤我我挤你,等着喂食,这时候你会发现燕子飞进飞出得频繁了;老鼠是母亲家的常客,白天缩进缩出,晚上窸窸窣窣,鞋子被咬,红薯被偷,母亲也曾痛骂它们,但从不放药诱杀,还说,家里有鼠才兴旺;台阶边,成群结队的蚂蚁;土灶上,一跳一跳的蟋蟀;滴水沟,如虎蹲踞的青蛙;还有无数飞来飞去的鸟雀、蚊蝇……

没人和母亲说话,母亲就和她的动物们说话,有时呼唤它们来吃食,有时斥骂赶开,有时抚摸细语。我每次回家,母亲都要带我到围栏前看她喂养的鸡鸭，告诉我哪只不听话闯了祸，哪只病了不吃食，最后必问，你看它们长大些没？我总是说，你给它们吃了什么好东西，怎么那么肯长呢？不是我讨好母亲，而是那些小家伙们确实长得快，上次回来还是毛茸茸的，这次回来已是麻毛箍腰了。母亲笑笑说，谁叫你这么久也不回来。我的心就会发紧，母亲老了，越来越盼人回去看她了。

母亲对她喂养的每一只鸡每一只鸭的归属用途都计划得妥妥帖帖，她记挂着我们的生日，生日前一天，一只鸡，二十个鸡蛋总会想办法送到；她计算着过年时要杀几只鸡，才能保证家里的每个孩子都能吃上鸡腿；正月里会有谁谁谁来给她拜年，她就要准备多少块腊肉多少只板鸭做回礼。

母亲的腿脚越来越不灵便了，再也不能去后山种庄稼，但谷雨时节大茶园的茶叶，端午前后溪涧边的艾叶菖蒲，夏至时观音山的胡椒，秋风里老山冲的板栗……母亲年年会如约而至，满载而归，这是大自然对经常探访它的人的馈赠。

如果说时间是一条长河，那么每一个节日就是河边的一个码头，让漂泊辛苦的人靠岸憩息。在物质贫乏的时代，我们是多么盼望过节啊。当春节的糍粑，端午节的粽子，中元节的供品，中秋节的月饼，重阳节的甜酒，腊八节的豆豉，在母亲那双粗糙温暖的手中诞生时，我们欢呼雀跃。

空荡的老屋总是晃动着母亲一个人的身影，母亲却能将孤寂的日子过得热热闹闹，我佩服母亲内心的简单和丰盈。

Part 2

第二辑
掬水青溪

掬水青溪

从白旗峰下来的一条溪涧，行色匆匆，乡民用它来称呼自己的村落，辰溪、夕溪、玄溪、芷溪，都留不住它。

我们的村落前方，有一个鸡冠岭，不高，三个小山包凸起，中间矮出两道沟，隔溪望过去，还真是一个鸡冠，至于雄鸡本身在哪儿，不知道，随你想吧。岭上没有松树杉木，以翠竹为主，杂生着枫、槭和桐，而杜鹃、檵木、野菊、辣蓼，长得随心所欲。鸡冠岭以青绿为底，随着季节的更替，用粉白、火红、星星点点的金黄来缀饰，把自己打扮得俊俏风流。

溪涧遇上鸡冠岭，缠绵上了，形成了一个手肘一样的回水湾，蓄积满溪碧玉和鱼虾，馈赠村落。村落里的孩子，光着身子投入它的怀抱，女人们也不着急，她们把它看成一个摇篮，孩子放在摇篮里，哪有不放心的呢？白发的老者，占着一处树荫，悠闲垂钓，鱼多哈哈，鱼少嘿嘿，一条鱼也没钓上，回家吃饭，明天再来。

沉淀后的溪涧，越发清亮诱人。它微笑着，闪着亮光，又开始向前，它要奔向远方的江河湖海，我们的村落，也只是它征途中的一个驿站。我们留不住它，我们只能世代呼唤它，青溪，青溪村。

山才是最忠实的。白旗峰山系和望云峰山系，如两只大手掌，阻挡着风雨，把青溪永久地呵护其中。几千亩的大田凼，加上沿着山坡开垦种植出来的大茶园，使青溪炊烟依依茶香袅袅，悠悠岁月，富庶静好。

木匠出身的父亲，带领村人在青溪边修建了碾米房，方圆几里的人都要到这里来碾米磨面，他又在回水湾修了一座拦河坝，把水引入水渠蓄积发电，当周围的村落还靠煤油灯、槁竹片照亮夜晚的时候，父亲已用电点亮了村庄。

随着政策的开放，各种手艺更让青溪锦上添花。篾匠师傅赶早赶晚，砍竹、破竹、织篮织篓，等到赶集的时候，挑了去镇街上卖；石匠、木匠师傅把田地里的活攒劲干完，挤出十天半月的，去给乡人建房子、打家具；更多的泥瓦匠开始走出青溪，去城里建高楼，有胆量又灵性的年轻后生学会了承包工地，需要的劳力自然也多了，这样兄带弟，父带子，组成了一个个基建队，青溪人吃苦耐劳、忠厚诚实、团结互帮的精神，让他们在城里扎稳根基，迅速发展。几年下来，青溪那些土砖房矮木屋全换成了瓷砖小楼，还建了好几栋别墅。

当然，在青溪，最宽敞最热闹的院落还是青溪小学。村民集资兴建了两栋崭新的教学楼和开阔的水泥操场，村里的有识之士捐赠了精致的配套桌椅，先进的电子白板。当孩子们穿着校服在音乐声中整齐地做课间操时，你会产生一种置身城里学校的错觉。青溪人不再比房子比存款，开始比谁家孩子更有出息。

毕业后，我一直在青溪附近的学校工作。沿着校门口的青溪往下走三四里，就是母亲的木屋，沿着木屋前的青溪往上走三四里，就是学校。一端是牵挂，一端是责任，我这样在青溪边走了十八年，本想一直这么走下去，但我还是进了城。

母亲老了，我想把母亲从青溪木屋接到城里跟我住，可母亲坚持不离开自己的家，她已活成了村里的一棵古树，不可移栽。于是一到放假，我也跟我的学生一样，欢呼雀跃地回去看妈妈。

青溪，是我出生和成长的地方，那里的山水有我的印记，那里的院落有我的亲人。佛祖说，弱水三千，只取一瓢饮。我也只敢在清亮的青溪里，掬上几滴水滴，润泽此生。

稻田

我的启蒙老师是一位老先生,他用谜语用歌诀让我们记住了一个又一个汉字,印象最深的是关于"田"字的谜语,"四面皆山好耕耘"。在老师的解释里,我想起我们的村落:群山环绕中,木屋青瓦上炊烟袅袅,一条清浅的小河蜿蜒而过,河两岸有上百亩水田,男人们赶着耕牛"噢嘻""噢嘻"忙碌其中,孩子们在河边放鹅,有人走过,白鹅伸长颈子"嘎哦""嘎哦"叫,田野一片热闹。

烧饭看灶头,种田看田头。过完元宵,村人开始劳作,先将田垄上的杂草除净,用泥巴加固一道道田埂,吆喝着牛将老禾蔸翻过来,用木耙将田泥整平,田野一片整肃,如男人刚刚刮过胡子的下巴。"浮云有意藏山顶,流水无声入稻田",水满田畴,天光云影,山峦村舍,倒映其中,蚯蚓、虫子爬满了垄上,引来了翩翩如仙的白鹭,那细长的腿飘落于田垄,高蹈优雅。漠漠的水田静静积蓄着力量,等候尊主——秧苗的到来。

照泥鳅是这时节乡村夜晚的趣事。晒了一天的水田有些闷热,泥鳅黄鳝从洞里爬出来在清浅的水里乘凉,透气。天黑下来,后生小伙在腰间系上一个竹篓,一手提着燃着松脂的铁丝灯笼,一手拿着铁叉,兴兴头头往田野里去照泥鳅。乡村的黑夜,有了这些松脂灯笼,就有了香味,有了光亮,会吸引不少的孩子。

在最美的四月天里,杨梅红了,枇杷黄了,村人开了秧塘门,密密挤挤的秧苗,娇媚柔嫩得紧,不堪重握,只能轻抚,扯满一把,在水里洗落泥巴,用稻草束了,累进箢箕,担往各处水田插莳。

"稀三箩,密三箩,勿稀勿密收九箩",插秧是对技术和体力的双重考验。在如镜的水田里,有经验的把式先插上一垄,其余的人跟着,每人手里握着一把秧苗，撅起屁股往后退，移动过的水田，嫩绿的秧苗一行行竖了起来，整齐匀称，像一块绿色的地毯。布袋和尚曾做《插秧诗》来度化凡俗之人："手把青苗插野田，低头便见水中天。六根清净方为道，退步原来是向前。"方正的田亩，秧苗"行行插得齐齐整"，而"镰刀丘""弯月丘"，插田就要随着田垄弯曲了，这更显见插田人的灵巧。

这些翠绿的精灵都是宜室宜家的"女子"，嫁入新家后发芽滋长，开枝散叶，不要多久，就会"绿波春浪满前陂"。在江南，土地肥沃，灌溉便利，田宜种稻，水宜养鱼，聪慧的村人便在稻田里放入鲫鱼鲤鱼，随禾苗一起长。水稻蓬勃生长，鱼儿穿行，蛙声四起。夏末正午的阳光，晒得田野里弥散着青禾的香气，向上，向着太阳的方向不停地生长，是禾苗穷尽一生也不会止息的追求。

除了虫子，水田最怕的就是缺水了。江南天气柔和，三晴两落，雨水调匀，加上地下水资源丰富，一般不会出现旱灾，偶尔旱得久了，村人就抬出水车架在田头的河边，人踩动木榔头，斗板一圈一圈地转动，清清的河水汨汨地流进水田，"咕噜——咕噜——"的水车声，仿佛交响曲，飘荡在广袤的田野里。车水，是江南农村一道独特的夏日风景。现在田间的灌溉渠道修得科学便利，车水便难得一见了。

"燕子来，插齐秧；燕子去，稻花香。"稻田金黄，稻穗在风中浅唱低吟，稻草人开始"成长"，驱赶天上的麻雀，地上的鸡鸭。当梧桐叶飘落，"家家打稻趁霜晴"，收割后的田野是一个广阔的胸怀，关在笼里的鸡、鸭、鹅，关在栏里的牛、羊，全赶到田里来，捡拾遗落的谷子，追逐草束下的青蛙，啃食稻茬上长出的回茧禾，至于孩子们，打野战、捉迷藏，可以玩得更加尽兴。

种植水稻是一项庞大的工程，需要极强的耐性和辛勤的劳动，只有坚持不懈地努力，才能受到大自然的恩惠。南宋时楼俦作《耕织图》，其中耕图二十一幅，从整地、浸种、催芽、育秧、插秧、耘耥、施肥、灌溉等环节直至收割、脱粒、扬晒、入仓为止的全过程，每个环节都是汗水，都得勤劳，这是所有生命沿袭的轨迹，人类也不例外。

"行当买田清颍上，与子相伴把锄犁。"有青山，有屋舍，还有一片稻田，日子如同山涧水一样细水长流，滋润美好。

稻田里的篱笆院落

我家的木屋建在村尾，背靠"三方园"，前面左右都是稻田。

村人响应号召，战天斗地，"挖平三方园，改造回水湾"，菜园移走，引水浸润，"三方园"变成了水田，木屋被围在稻田里，只有一条土路与村里相连。

那时候，田、土、山都是生产队的，队长像一只嗅觉异常灵敏的猎犬，守卫着田地里稀薄的庄稼，小孩子去稻田里捞点浮萍，去山上扒篮子松针，他会神不知鬼不觉地来到身后，一声大吼，孩子们魂飞魄散，四处逃窜。

母亲最紧张的是家里的小鸡小鸭小鹅，它们总是趁着在屋前坪里吃食的机会去稻田遛遛，小鸭最喜嬉戏稻田里清凉的水，贪恋禾蔸下的虫子、蝌蚪、泥鳅，一遛到田里轻易赶不回来；小鹅爱死了嫩绿的禾苗，扁扁的喙就如同一把镰刀，脖子一伸，一棵禾苗就只剩一个禾蔸了；小鸡也不会让母亲省心，尖尖的嘴啄食禾苗玩耍，一小会儿，就啄一地，母亲一边骂，一边用长长的竹竿把它们往笼里赶。

看着母亲手忙脚乱，父亲从对面山上砍来了竹子，把竹梢子砍了，架起木马，将竹子锯成一米五左右的竹筒，然后破成竹条，在木屋四周扎起了篱笆。父亲有一双巧手，给人打的嫁妆家具精致新潮，扎的篱笆也非常专业，竹条一样的高矮，花格一样的疏密，无数个方块在篱笆上连成一片，透着光亮。有了篱笆，就有了院落，木屋显出雅致和诗意。

父亲从山里打来很多条石，将木屋四周的滴水沟砌得笔直方正，从河里挑来很多卵石，把通往村子的土路铺得紧实齐整。太阳下山了，稻田里的青蛙、蜥蜴竭力嘶叫，响成一片。父亲把竹桌竹椅搬到院里，饭菜摆上了，金樱子酒倒好了，晚霞把我们映得通亮。这时，总是有人巧巧地来我家，添把椅子加副碗筷是常有的事。我家这个稻田里的篱笆院落，成了大人们议事扯谈的点。

一个月光朗照的晚上，队长在我家木屋传达"田土承包到户"的精神，我们聚在篱笆院落里玩游戏。忽然从木屋里传来雷鸣般的掌声，我们从院落的各个角落涌进木屋看热闹，却并没有发现大人们有什么好吃好玩的，只是谈论着田啊土啊，兴奋异常。我们失望地回到院落，游戏刚开始，笑声掌声又响了，我们又涌进了木屋，他们在统计人口，统计山土的面积，盘底队里的家当，沉浸在自己的欢乐里，把我们完全忽略了。一连几天，村人都聚在我家的篱笆院落里开会，抽签，终于把田、土、山以及猪、牛、农具，还有公家仓里的稻谷，坪里的草垛，按人口分到了各家，每个人眼里都闪着亮光。

村落前的田㘭因为水利条件好，平整肥沃，四面皆山便于隔离，被定为杂交水稻种子培植基地，培植出一斤种子可以换十斤中稻，这是非常诱人的，当时中稻亩产只有六七百斤。村民在技术员的指导下，精心培植着父本和母本，一根杂草都除干净。可当父本扬花吐蕊时，母本却还含苞不放。村民急了，担心父本花期已过，就将母本的稻穗从禾苞里剥出来接受花粉。父亲不剥穗，认为剥出来的稻穗就像不足月的孩子，难以成活。母亲看到别人剥出来的稻穗仿佛插在米升子里的香，齐齐整整，而自家的母本没见几根稻穗，就认为父亲怕吃苦，两人天天在田头吵嘴，但终究犟不过父亲。父亲只是把田里的水排干晒田，促使母本抽穗，并在清晨用竹竿赶掉母本上的露水，轻微振动苞体促其吐穗。

艰苦的人工授粉开始了，每天上午九点到下午一点左右，要持续十多天。夏日骄阳似火，禾田里热得像一个蒸笼。每人拿着自制的木耙，一把一把地摇动父本给母本授粉，锋利的禾叶划在手上腿上甚至脸上生疼生疼的，授完粉，都是一身泥巴、汗渍和疲惫。一个月后，一年的期待呈现在大家眼前：父本倒是粒粒饱满，母本几乎是黑麻空瘪的，亩产种子不足五十斤。父亲培植的种子虽然结实率不高，但种子金黄饱满，竟然创下了亩产一百二十斤的纪录。

父亲科学培植杂交水稻种子的方法在村里得到了推广，种子产量逐年提升，后来出现了可以调节花期的植物生长激素"九二〇"，培植种子的产量达到亩产两百斤，我们村率先解决了吃饭问题，村人对袁隆平充满了敬意，一粒种子使万千民众告别了饥饿。父亲作为先进代表去县城参加"万元户"表彰大会，镇领导率锣鼓队送戴着大红花的父亲回来，我家的篱笆院落一派喜气。父亲把"科学种田、勤劳致富"的奖状用镜框裱好挂在堂屋里，感慨万千，没想到我们还能碰上这样的好时代。

高寒山区，不能种两季水稻，但可以种一季水稻一季油菜。收完稻谷，村人开始挖渠干田种油菜。春天油菜花盛开，整个田凼成了一块金黄的锦缎，我家的篱笆院落仿佛点缀在锦缎上的宝石。那种盛大的美景，竟然是我父母那些平凡如蚁的人们创造的，我对那些在稻田里挥舞着锄头的人充满了敬意。

大哥成家后，家里的木屋有点拥挤了，大哥为了省钱省事，想在院落旁边自家稻田里建房子，但父亲坚决不同意，说稻田是种植五谷生产口粮养人的，开垦、耕熟一块水田不容易，硬是和大哥二哥在屋后的山坡上用肩膀担出了一个屋场，建了一栋红砖瓦房，大哥二哥搬进了新屋，稻田里的篱笆院落开始清寂。

稻花香里正说着丰年，父亲病逝了。

开春大会还是在我家的篱笆院落里进行，村主任布置完各项事宜，问母亲把哪份田抽出来调整，母亲泪水长流，哪一锄田土她都舍不得啊。当村干部一竹竿一竹竿把父亲的田丈量出去，母亲坐在田垄上，天黑透了都不愿回去。父亲走了，田没了，篱笆院落也空了。

大哥拿着砖刀随着村人去城里搞基建，把田土都抛荒了，母亲心痛不已，几次打电话催大哥回来种田。我们向母亲解释，大哥在城里带了一个建筑队，没时间，何况种田根本划不来……没等我们说完，母亲愤愤然起来："你们精明，你们狠，有田不种，总有一天会饿得你们舌子舔灰的。田地荒着，我的心也慌着呢。"

母亲不顾我们的反对，一直请人耕种着大哥家的田，她从不去计算盈亏，田土里种好了庄稼，她就心安了。当村主任把"抛荒一亩田，罚款三百元"牌子竖在村口时，母亲直夸政府英明，荒田该罚。

步入花甲的大哥不想再出去闯荡，和二哥一起召集村里几个种田的把式组成了一个互助合作组，在新农村惠农政策的扶持下，购买了犁田机、插秧机和收割机，和没有劳动力种田的村民签订了耕种合同，承包了三百多亩稻田，成了镇里的种植大户。大哥说，看过山，看过海，心中最美的风景，还是稻田。

母亲的脊背弯成了一张弓，须倚杖行走，但还是舍不得离开她稻田里的篱笆院落，仍然一丝不苟地按照时令精耕细作，一锄土都不放过。种不了水稻，她就把田的一半挖成一口鱼塘，一半做成菜园，在篱笆院落里养了小鸡小鸭，将孤寂的日子过得热闹丰盈。

他从城里来

一

村里调来了一位新老师,讲好听的普通话,我们断定,他是从城里来的。

他五十来岁,瘦高个儿,戴一副眼镜,头发清亮浓密,很自然地在额前三七分开,修剪得整齐饱满,胡子刮得干干净净;洁白的衬衣扎在深蓝色的长裤里,蓝呢外套敞开着,黑色的皮鞋闪着亮光。整个人如村口池塘边的那棵柏树,挺拔清爽。在看惯了许校长胡子拉碴的脸和鸡窝一样的头发,杨老师总是挽着的裤腿和沾满泥巴的解放鞋后,突然看到他,我们吃惊不小,老师的形象原来可以这样优美的。

有一个特别令人兴奋的消息在同学们中间传说:他教五年级的语文。

我从来没有这样急切地盼望过上语文课。当杨老师的竹板一下一下地打在我的手心时,我几乎要把语文书扔了。上课铃刚敲响,他就满面春风地走进了教室,用温和的眼睛扫视了我们每一个人,然后把书摆在讲台中间,朗朗地说:"同学们好,从杨老师那里我知道了你们的名字,你们想知道我的名字吗?"

有几个大胆的男同学齐声说:"想。"我们女同学则害羞地笑着。

"我父亲给我取的这个名字有点特殊,同学们猜出了这三个谜语,也就知道了我的名字。"说完转身在黑板上书写起来。哇,这字写得多好看啊,我不禁拿起笔在纸上跟着写了起来。

"爱面子。"

"四个山字山靠山,四个川字川连川,四个口字口对口,四个十字颠倒颠。"

"头戴四方帽,身背一张弓。问君何处去,深山捉大虫。"

教室里炸开了锅，读的读，笑的笑，议的议。要是杨老师肯定会开始他的狮子吼加竹板子了，而他却站在黑板边微笑着看我们猜议，那上扬的嘴角，那洁白的牙齿，那深旋的酒窝，都在鼓励着我们。

我在纸上画来画去，终于发现第二个谜语是一个"田"字，我压抑不住内心的兴奋，平生第一次主动举起了手，他看到了，高兴地要我在黑板上把谜底写出来，我忸怩不安地来到黑板前，笨拙地写了个"田"字。他带头鼓起了掌，我欣喜地跑回座位，把一个同学课桌上的书都碰掉了。这时班长李云已从另一行课桌间走向了讲台，在第三个谜语旁写了个"强"字，他再一次带头鼓起了掌。

"同学们，你们真行，我的名字就是田强，那么我姓什么呢？"

我们把知道的姓说了个遍，他只是微笑着摇头，见我们猜不出，他开始转身在黑板上一笔一画地写了"慕容"两个字，居然是一个我们从来没有听过的姓。

"怎么还有这个姓呢？"同学们满脸愕然。

"是啊，中华文化博大精深，光姓氏就有一万多个，有单姓，如你们这里最多的罗、袁；有复姓，如欧阳、东方；有三字姓，如壹斗春；还有四字姓，如爱新觉罗……"他还在滔滔不绝地说，我们已经笑翻天了。

那天恰好是我做值日生，当我拿起黑板刷，看到慕容老师这么漂亮的字真是舍不得擦，于是捡起一个粉笔头在黑板上临摹了好久，班长说要上课了，我才轻轻地擦掉，对着印迹又摹写了一遍。

二

从慕容老师的第一节课起，我就迷上了语文课。慕容老师要求我们养成写日记的习惯，说写日记可以记住自己见过的人，做过的事；可以改造自己，因为每个人都希望自己向上，勤奋，从来没有谁会在日记中劝自己自私懒惰的；可以积累素材；可以磨炼毅力……如果把人生最美好年华中的每个日子都记下来，然后装订成册，取名为《足迹》或《我的少年》《我的青春》——就算不能发表，也是对自己的一个交代。当你白发苍苍，翻拣箱底，忽然发现往昔这么多美好的日子，该是多么惊喜。

慕容老师的话让我充满了期待，写日记成了我那时神圣而愉悦的大事，万不可耽搁，再晚也要写完才睡，遇上停电的晚上就在煤油灯下写。一个星期以后，慕容老师检查我们的日记，竟然在我的日记本上画了一个弯腰的大拇指，让我欣喜不已。那天放学时，慕容老师喊我到办公室，送给了我三本《小溪流》，我第一次收到了这么宝贵的礼物。

几天后的一个课间，同学们都去操场玩了，我和同学小真在讨论一道题目，从隔壁办公室传来慕容老师激动的声音："就算上面不来检查，我们也有责任教会学生做广播体操啊。"

老师们吵架了？新奇。我和小真不由得停下来静听。

"山里的孩子天天干农活，还要做什么广播体操呢？"许校长也大声地说。

"许校长，学生做广播体操不仅是锻炼身体，还可以培养他们的集体意识，提高文明素养，这关系到一个学校的形象。"

"慕容老师，你不要拿你们城里那一套搬到青溪这个巴掌大的地方来，山里孩子野得很，学不会的。"是杨老师那尖尖的声音。

"杨老师，青溪是小，但孩子们可以走出去啊，读高中，考大学，建设我们的国家。"

"每年就那么一两个学生考上初中，大学还没听谁考上过。"

"能考上初中的那一两个学生就是青溪的希望，不能让他们因为广播体操都不会做而在新环境里低人一等。"

"适者生存，不适者淘汰，适不适应新环境那是他们的事。"杨老师的声音更尖了。

"杨老师，话不能这么说，我们得教给孩子们适应环境的本事，得为他们的一生着想。"

"好了，不要吵了。要教你教，反正我没时间，散了学我还得回家种田，不像你。"许校长撂下一句话走了，杨老师也跟着走出了办公室。

散学时，慕容老师把我们班留下来，教我们做第一节广播体操，并说我们是青溪小学的大哥哥大姐姐，有责任教会弟弟妹妹做。他于是把我们全班二十四人分为四组，每组必须利用课余时间教会一个班。我们组负责二年级，当看到他们认真地学，把每个动作做得很整齐的时候，我们心里溢满了帮助别人的快乐。两个星期下来，全校学生都学会了做广播体操。每天第二节课课间，在雄劲优美的音乐声中，我们跟随慕容老师做广播体操的时候，学校附近的农民都会驻足观看，我就想象自己是城里的学生，胸中很是豁亮。

三

一天傍晚，我到河边去赶鹅回家，远远地听到有人在拉二胡，像村尾那个眼睛不好的林大伯拉的那样，只是乐曲很陌生，从来没有听林大伯拉过。我循声望去，在那丛翠绿的毛竹边，竟然是慕容老师正靠着一个草垛在拉二胡。只见他身体一俯一仰，握着拉弓的手一收一放，整个人沐浴在夕阳金色的光里，眼睛低垂，一脸平静，完全忘了周围。河边很静，低沉的曲子如河水一样流淌，流淌，仿佛流在了我的心上，让我有了一种想哭的感觉。我不敢惊动他，连我家那些无来由会叫唤的鹅，也像感知到了空气中的悲凉，静静地沿着田垄一摇一摆地往前走。我忍不住回头凝望，发觉无限的忧伤萦绕在慕容老师的眉头，指尖。很久以后我才知道，那天慕容老师拉的曲子是《梁祝》。

国庆节快到了，慕容老师说，我们青溪小学也要组一个合唱队去公社礼堂参加比赛，为祖国母亲献礼。这是青溪小学从来没有过的大事，我们兴奋不已。那天做完课间操，全校同学都站在操场上，慕容老师开始挑选队员，我们紧张地站着，希望被选上又有点害怕选上。最后我们班选了二十人，在三、四年级挑了十人，组成了一个合唱队，被选上的同学每天下午放学后留下来练唱《中国少先队员歌》和《送别》两首歌。开始，慕容老师一句一句地教，我们跟着唱，后来，我们唱，慕容老师拉二胡为我们伴奏。

"我们是共产主义接班人……"

"长亭外，古道边……"

虽然歌声是那样激昂甜美，虽然慕容老师拉二胡为我们伴奏时始终优雅微笑着，但我总是想起那个忧伤的傍晚。"天之涯，地之角，知交半零落……"我好像突然间长大了，收敛了嬉笑，一种别样的情丝在心里萌生，不再和伙伴们玩丢手绢抓小鸡之类的游戏，喜欢沉思，喜欢默想山外的世界，日记也写得越来越长了。

歌唱得很整齐了，国庆节也快来临了，慕容老师布置我们准备好参赛的服装：白色上衣，女同学配黑色短裙，男同学配黑色长裤。他没想到这成了千难万难的事，乡里孩子，往往要到过年时娘才给做一件新衣服，我们班有的同学到现在还没穿过新衣服，都是捡兄姐的旧衣服穿，短裙子那就更别提了。

接到准备服装通知的第二天放学后，就有三个同学退出了合唱队。一个是林娟，她是孤儿，与六十多岁的奶奶相依为命；一个是李红英，她家七姐妹，她是老六；一个是罗雪娇，她是一个五保户的养女。她们完全置不起这套行头，只能退出。慕容老师跟许校长商量，学校能不能解决这三个孩子的服装费，因为一个合唱队人数一旦定下来，就不能更改了，但许校长直摇头。慕容老师找这三个同学谈心，要她们安心唱，服装由他想办法。

四

只差三天就要比赛了，慕容老师要我们把准备好的服装都穿来彩排一下，那天下午真是要把人笑趴了，那是世界上最不堪的一场服装展示会：班长李云的白衬衣是他父亲当兵时穿的，又黄又皱又宽大；邹小松穿的是一件又小又短的米白色棉纱内衣；袁小花的黑裙子是她奶奶的百褶裙，还有罗海兰的上衣竟然是她娘用白纸糊的……这哪里是一个合唱队，简直是一群残兵败将，一群乌合之众。

慕容老师走到我面前，要我站到队伍的前面，说："晓春，你的衣服怎么来的？"

"是我娘托城里姑妈借来的。"我怯怯地说。

"哦？"慕容老师若有所思了，说，"同学们，晓春穿的就是城里孩子穿的校服。衣服的事，大家别着急。都来我办公室量一下身高吧，我看你们长高了没有。"

同学们忙脱下自己的奇装异服，狐疑地背靠着办公室的墙壁，让慕容老师用米尺量身高，我还记得我当时的身高是一米三七。

国庆节前一天下午，慕容老师将一身身叠得整整齐齐的衣服要我们换上，告诉我们这是他联系城里的一个学校借来的，要我们表演完后洗干净还人家。我们欢呼雀跃地换上雪白的上衣，女同学配黑色短裙，男同学配黑色长裤，鲜艳的红领巾飘在胸前。忽然间，我们觉得自己贵气了许多，连平时老是喜欢勾头含胸的袁志喜都把腰挺直了，把头抬了起来。那次比赛，我们青溪小学竟然获得了小学组的第一名，给每人奖励了一个漂亮的文具盒。

在回学校的路上，慕容老师说："孩子们，千万不要因为自己出身贫寒就认为自己卑微，人人是平等的，别人能做到的事你也能做到。这次参加比赛，我不在乎你们能不能拿奖，我是希望青溪小学的每一个孩子充满自信。你们不能固守在这里，你们要走出去，外面的世界大着呢。"

这些话，我不但写进了日记，而且记在了心里。

当我们把城里的校服洗得干干净净交给慕容老师时，心里塞满了依依不舍。罗雪娇偷偷地说："我穿着裙子睡了一晚，我太喜欢穿裙子了。"

我对小真说："我们努力读书，读到城里的学校，就有这么漂亮的校服了。"

遥远的城啊，如雨后的彩虹，神奇美丽，引我们仰望，绚烂在我们的梦里。

五

日子如村前的小河，不紧不慢地往前流，很快就要考初中了。一天放学后，慕容老师要我多用点时间在学习上，比如早晨可不可以来校晨读一小时。我说，早晨要割牛草，要摘茶，还要看鹅。

红日西沉，火烧云上来了，我们家正准备吃晚饭，慕容老师来了。家里每个人都停下手中的活，但又不知道说什么，只是默然地望着慕容老师。父亲愣了一会儿，忙摸出烟荷包，抓了一撮烟丝给慕容老师，慕容老师非常礼貌地谢绝了；母亲忙请老师吃饭，慕容老师说已经吃过了；我站在那里紧张，不知老师来干什么。

父亲斟满一碗水酒，指着神龛说："天地君亲师，老师是上神龛的，您今天进了我家的门，不端端我家的碗可不行。"

"好啊，老兄。"慕容老师坐下端起酒碗，和父亲对饮了起来。

母亲忙从糠桶里摸出了几个鸡蛋，示意我快去灶膛生火。

当我把香喷喷的葱花蛋端上桌时，慕容老师说："老兄，你家孩子聪明呢，你不要指望她为你扯猪草割牛草，她可以有更广阔的天地。国家现在百废待兴，急需要人才，越来越重视教育，今年的区中学要办一个全区的重点班，选拔最优秀的学生最优秀的老师集中教学，三年后考重点高中，然后再考重点大学。"

"您说我家四丫头能跳出农门？"

"可以的呀，我们做父母的要为孩子做长远打算。我儿子高中没毕业就跟同学一起上山下乡了，我要他不管条件多么恶劣，永远也不要停止学习，国家早晚需要人才的。"

"您说得有道理，国家没人才还怎么发展。慕容老师，您家在哪儿？"

"我家远着呢。在湘水边，有我可爱的家，有我热爱的事业。我研究中华民族优美的文字，妻子研究我国源远流长的历史，我们志同道合，刻苦自律。突然有一天，他们说我们夫妇是反动学术权威，把我们那么厚的手稿点燃，烧了，烧了啊。还把我妻子黑缎般的长发剪了，剪成阴阳头，游街批斗，她受不了，投了湘江了，她是多么美丽而热爱生活的人啊。"

慕容老师抓过我父亲的手，号啕大哭起来。

我慌得什么似的，走过去拉母亲的手，母亲说："没事的，让你们老师趁着喝酒诉诉心里的苦吧。"说着从我手里抽出手去揩拭眼泪。

父亲已醉意朦胧，用手拍着慕容老师的肩膀，大着舌头说："慕容老师，您是条汉子，我佩服您。按您说的，我支持四丫头读书。"

六

通过慕容老师家访，七个家长同意孩子早晨不干农活来教室早读。家里的大红鸡公啼叫时，我就起床，母亲已经帮我把当早餐的饭团用菜叶包好放进了书包，我提着马灯，将河东的三个同学依次叫醒，班长李云负责河西，喊齐后我们相伴来到曙光初露的教室，我们读语文，做数学题。慕容老师就用一口大锅把我们带来的早餐蒸好，然后辅导我们学习，为我们解答疑难。看着慕容老师为我们操心，我们心怀感激，互相鼓励，我们小小的心灵装下了一个目标，为目标而奋斗的时光是多么纯粹而美好。

升学考试如期而至，班长李云、邹小真和我考上了区重点班，其余四个考上了公社重点班。全班只有三个同学没有考上初中，这在青溪小学是空前的辉煌。

我们从许校长手里接过录取通知书，欣喜地跑去给慕容老师报喜，可门上只有一把锈迹斑斑的铜锁。许校长说，慕容老师回城了。我们像被武功高超的人点了穴位一样，僵在那里，这比我们跑了十多里路去看电影结果放映机坏了还难过，我几乎要哭了。

"天之涯，地之角，知交半零落……一壶浊酒尽余欢，今宵别梦寒"，那歌，那曲，如村前小河的泉水，一直响在我耳边，可教我们歌的人呢？

去远方的那座城，去找慕容老师，成了我心中的一个愿望。初中毕业后，我来到了城里读书，在湘江边，在熙熙攘攘的人群里，我找不到我的慕容老师，虽然我无数次地设想过与他重逢的情形，虽然他无数次地来到过我的梦里。后来我也成了一个乡村教师，我也想方设法帮助我的学生走出山村。

至今再没有见到过慕容老师，也打听不到他的任何消息，只是当我把知识的种子播进孩子们的心里，和他们一起点燃理想的火炬时，我觉得，我跟慕容老师很近。

父亲点亮的村庄

没有电的记忆是黑寂的。

天一黑，村庄沉静下来，一家人守着煤油灯的那点亮光，我们兄妹在昏暗的灯光下写作业，母亲在边上借着余光纳鞋底，父亲坐在黑暗里抽烟，只要作业一写完，全家人都停止活动，上床睡觉，节省煤油。

20 世纪 80 年代，改革开放的大潮涌起，村人在回水湾修了一座大坝，把青溪里的水引到渠道，在渠道边建了一座碾米房，在碾米房里安装了碾米机、磨粉机和发电机。那年秋收后，脑子活络、身材高大的父亲带领村里的劳动力，在山里穿行，砍杉木，埋电线杆，架线。起初，村民对电很不了解，在谁家屋前或者祖坟前立一电杆，架一电线，就有人出来阻挠，说"妨碍风水""易招盗贼"，为了解除他们的顾虑，父亲先在自家门前的田里竖了一根杉木电杆。村里住户分散，有个袁家奶奶，单门独院住在一个高坡上，要多架几根电线杆才能把电通到她家里去，有人说，算了，反正家里就她一个半瞎老婆婆，但父亲坚持给村里每一户人家架好电线。

大年三十的晚上，雪花飘飘，父亲把蓄水池里的挡水板拉起，在碾米房的轰隆声中把电闸推上去，家家户户的白炽灯一齐点亮，整个村庄都沸腾了，噼里啪啦的鞭炮声应和着亮起的灯光，这年的大年夜格外温暖、喜庆。父亲成了村里第一个发电工，白天碾米、磨面，晚上发电。

由于水资源有限，每晚只能从六点发电到十二点，村民用的都是五瓦、十五瓦的灯泡，但相对于点煤油灯和竹片火把来说，已是非常幸福了。那时大部分家庭没有钟表，父亲就在十一点半把电闸拉一下提醒大家，村民看到电灯眨眼了，知道要熄灯了，赶紧停下手中的活计上床睡觉。

在发电这个系统工程里，全村就父亲一个电工，还是兼职，遇到恶劣天气，父亲打着三节电池的大手电筒，在风里雨里，山间田垄排除线路故障，从山崖摔下来过，被恶狗咬伤过，还被一个顶着团箕避雨赶夜路的人吓晕过。过年是山村最大的节日，大家都希望过年红红火火，亮亮堂堂，父亲就在年三十晚上发通宵电。年前，父亲会对全村线路和各家灯泡做一个巡查，有的村民想过年时自家灯光通亮，于是换上一百瓦的灯泡，但发出的电量不足，会造成跳闸或电路烧坏，父亲只得跟他们讲清道理，再让他们把原来的灯泡换回来。

在我的记忆里，父亲做村里的电工后，过年没跟我们守过岁，我们家过年时间也和村里人不同。年三十的辞旧饭要比别人早，天还没断黑，我们家就响起了鞭炮，父亲祭完祖，给我们发完压岁钱就去碾米房发电，正月初一的迎新饭要比全村迟，天亮了，村民都过完年了，父亲才把电闸拉下来回家。母亲的饭早已做好，我们围在火塘前烤火，等待父亲从新年的田野冒着晨雾回来，母亲迎上去第一句话都是"昨晚的电发得好，电灯眼皮都没眨一下"，父亲听了很开心，洗手洗脸，放炮祈福迎新。

时代的车轮在飞速向前，家用电器、农机设备不断涌现，镇里建起了大型发电站，高中毕业的二哥成了村里的农电员，负责电路巡视、维护和收缴电费工作。村里供电设施陈旧，电路故障多，排查起来非常辛苦，二哥几次都想撂下父亲留下的工具袋，跟随村里的伙伴一起进城打工，但想到父亲好不容易才点亮的村庄又陷入一团漆黑，村民攒钱买来的家电、农机成了一堆废铁，二哥狠狠心坚持了下来。

20世纪90年代末，全国性的农网改造开始，国家对农村电网设施进行增容、更换设备或新建，实现城乡用电同网同价。二哥和他的同事们把父亲时代的杉木电杆换成了水泥电杆，把普通的电线换成了高压电线，村里生活、生产用电都得到了保障。

侄儿大学毕业后，成了一名正式的电力工人。2017年底，侄儿和他的同事们完成了最新一轮农网升级改造，乡村告别了不稳定的小水电，实现村村通动力电，高压电塔矗立在山冈沟壑，成了村庄发展的风景线。

村庄的夜晚不再黑寂。木杆、水泥杆、高压电塔；点点灯光、万家灯火、国家电网。一窗灯火温暖着村落，见证着祖国的发展。

看电影

大姐六十岁寿辰，外甥女热情地邀请我们看电影《速度与激情》，看了二十多分钟，爱人和二姐都说头晕，比晕车还厉害，中场退出了。

我们看完电影回家，他们两个正乐呵呵地陪着大姐打字牌。

大姐问我："好看吗？"

我看了看那两个逃兵，说："好看。"

"还好看，你看到了什么？"爱人盯着我问。

"就是速度与激情啊。"

大家哈哈大笑。

说实在的，我也看得懵懵懂懂、晕晕乎乎。在这份迷糊里，倒想起了儿时看电影的乐趣。

儿时最大的娱乐就是看露天电影，一个村一个月才能轮到一次，所以村里的年轻人都追到邻近的村里去看，就算是看同样的片子，也兴致盎然，村里放电影的日子跟过节一样喜庆。

后生小伙凭着自己好脚力，从不带凳，总是三五成群地站着，电影瞄两眼就知道了个大概，更多的是找乐，玩耍。每次放电影前，村支书都会就当前的形势做一篇报告，趁着大电灯照亮全场的当儿，后生小伙便勾肩搭背，全场转悠，也就把当晚看电影的俊靓妹子所处的位置了然于胸了。

电影开始了，大电灯一熄，他们就开始靠近目标，通常的手法是把他们中最油滑的一个往那妹子身上推搡，妹子喊父兄帮忙他们就溜，只骂没动他们就继续，直至她无法看电影只好走出行列，他们就尾随而来，跟靓妹扯东扯西，谈天说地。村里春巴和鲁吉的老婆就是这样得手的。

有一次，在离我们五里多路远的东风大队放映电影《刘三姐》，我和姐匆匆吃过晚饭就跟随村里的伙伴们去看电影。经过伯母家时，我不小心踩进了猪尿凼里，一只解放鞋也掉了。姐姐埋怨着从急匆匆赶去看电影的人群中折回，用一根棍子在猪尿凼里搅了好一会也没找到鞋，看到伙伴们已经走远了，姐撸起袖子用手在猪尿凼里摸了起来，一下就摸到了，但又湿又臭，我不肯穿，姐就说，先放在草丛里藏好，看完电影再拿回去。虽然我生怕鞋子丢了，但想到拿着臭烘烘的鞋看《刘三姐》也不是滋味，就同意了。于是一脚穿鞋，一只赤脚跑到东风大队。

屏幕上跟刘三姐对歌的那群酸秀才掉进了河里，戏里戏外的人都在哈哈大笑，我以为大家笑我一只赤脚，忙往姐身后躲。小学校的操场都挤满了人，我个子矮，什么也看不到，姐只好带着我到处钻，最后找到了一个砖跺，姐把我扶上去，终于看到了银幕。但我的赤脚打起了水泡，疼痛难忍，加上砖跺不稳，我又担心摔下来，只听见刘三姐在唱歌，却没看懂她在唱些什么。没多久人群开始涌动，我知道电影散场了。

姐见我的脚磨起了水泡，就把她的一双鞋脱下来让我穿上，我很感激妈妈给我生了个姐姐。可没走多远我感觉我的脚更痛了，原来姐的鞋太宽大，把我脚上的水泡全磨破了。我只好再一脚穿鞋一只赤脚往家走。

到伯母家的猪尿凼边寻鞋子时，鞋子竟然不见了。林哥哥说，可能是被狗叼走了。丢了鞋我怕母亲打，不敢回家，坐在地上不起来。姐姐只好跑回家喊来母亲，母亲用手电照看我的赤脚，见脚上全是水泡，有的都破了，就要我趴在她背上，把我背回了家。一个月后，《刘三姐》终于来到了我们大队，妈妈早早地让我们吃了晚饭，并炒了些黄豆让我们带上，我们扛着凳子占了最好的位置，美美地看完。我竟然记住了刘三姐的几支歌，在采茶时还跟伙伴们有模有样地唱呢。

在我读五年级的时候，镇上建好了电影院，镇上人们欢欣鼓舞，排起长队买电影票。我不知道父亲是怎样买到了三张《孙悟空三打白骨精》的电影票，虽然时间是凌晨一点，母亲嫌太迟会耽误第二天劳作，但我却很高兴地告诉了身边的每一个人，甚至还想去镇上中学告诉在学校寄宿的姐姐。母亲提醒，只有三张票噢，我才意识到不可轻举妄动，但想到姐姐没去看，也不是很高兴，不太好意思表露，直到父亲说，星期日再帮姐买一张电影票。

晚上十二点，整个村庄一片黑暗和寂静，我和父母打着手电筒沿着河边向镇上走去，河风习习，不知名的小虫子唧唧叫着，我有点害怕，就走在父亲和母亲中间。父亲和母亲谈着家里的一些琐事，我第一次听到母亲喊父亲时去掉了姓，只喊后面两个字，感觉别扭而亲切异常。

　　来到电影院，正好上一场散场了，很多人从里面出来，又有很多人只想早进去，守门人费力地阻止着。父亲一手举着三张票，一手牵着我的手，我牵着母亲的手，终于进到了电影院，看着那么多整齐的椅子和雪白宽大的银幕，我兴奋极了，极力寻找放映机，但怎么也没有找到。父亲说，放映机在楼上的房间里。这么高这么远怎么放呀？在我纳闷儿之际，全场电灯熄了，楼上一束亮光射上了银幕，音乐响起，哈，孙悟空翻着筋斗出了场，全场一片欢呼。我还是在孙悟空的打来打去中睡着了，是父亲背回来的。

　　真正看懂电影还是在读师范的时候。每到星期六，生活委员就会发电影票。印象最深的是《人生》和《高山下的花环》这两部影片。我们哭着看完了《高山下的花环》，迫不及待地写了观后感，并围绕靳开来应不应该评为英雄展开了激烈的辩论。而《人生》奠定了我最朴素的爱情观：志同道合的人走在一起才能幸福，因为影片中有这么一个细节刻进了我心里：当村姑巧珍来看望在县委当通讯干事的高加林时，饶有兴致地说，家里的母猪生了七个猪崽子，高加林厌烦得直皱眉。

　　随着电视的普及，生活的忙碌，电影慢慢地淡出了我的生活。虽然现在的年轻人又喜欢上了电影，虽然现在的电影耗资巨大，演员阵容庞大，拍摄技艺高超，场内空调地毯，安静舒适，但我已难以找到那份为电影而狂喜的心情，即使电影院就在自家楼下。

我们的游戏

正月初一，是我们家大团圆的日子。

我们簇拥着母亲坐厅屋第一桌，孩儿辈坐厅屋第二桌，孙辈们坐有电视的客房。我们这桌按长幼落座，再由母亲给离开我们很久了的父亲供好酒饭，然后母亲举筷要大家吃菜，我们才一起伸出筷子。当我们这一桌的劝酒劝菜还在一浪高过一浪，大家面红耳赤、笑语喧哗时，第二桌都已吃完，人手一机，开始玩抢红包的游戏。客房的孙辈们不时有人窜出来加入抢红包的队伍。我往客房一瞧，一桌的菜基本没动，几个小丫头在看动画片，几个大男孩已经约在一起用手机开始游戏大战。

看着孩子们各玩各的游戏，我们不禁也说起了我们玩过的游戏。

快嘴的姐说："我印象最深的游戏是打四角板。那时我除了语文数学两本书外，其余的书和作业本全用来折四角板了；除了上课，所有的课余时间全用来打四角板了；放学后，从校门一路打回家，去山上捡柴就在山上打，去田野扯草就在田垄上打，去河边看鸭就在河堤上打，我这粗壮的胳膊就是当时锻炼出来的。"

"我记得你赢了很多的四角板，一张也不肯给我，全都宝贝似的放在枕头下，后来都不见了，你用来干什么了？"

"哈，也有你不知道的吧？都被我用来换猪草了，一张四角板一把猪草，一篮猪草换去了我几十张呢。"

一桌人哈哈大笑。

"我卖玩具时总是想，现在的孩子买玩具哪有我们那时自己做玩具的乐趣。"商店老板二哥接过了话头。

"我儿时最喜欢的游戏就是做玩具。我制作的第一个玩具是木头手枪，那是看完电影《小兵张嘎》后,觉得张嘎拿着手枪毙鬼子真是威武。我从爹刨好的木料中翻出最短的一块木板,心想这应该是没有用的,再从爹的木匠箱里找来锯开始按我的想法锯木板,谁知锯的时候,没把锯按紧,结果把手指锯去了一截,鲜血直流,只好喊妈,妈看到我把爹用来给奶奶刮老屋做七星床的昂贵的楠木板锯断了,说我闯了大祸,哪管我锯掉的手指,抽根木棒要打我,我只好用手按着流血的手指,跑到山上捋了把檵木叶嚼碎敷上,竟然止住了血。我躲在一个荆棘蓬里不敢回家。天黑了,妈打着火把到处找,从我身边走过,我也不敢吱声。到了半夜,山上好多东西在怪叫,叫得我害怕极了,肚子也饿得咕咕叫,只好摸黑回家。妈竟然没有闩门,饭也热在灶上,桌上还摆着一支精致的楠木手枪,我喜得不得了,吃饱了饭枕着香香的楠木枪睡了。后来还制作了弹弓、风筝、射水筒、关鼠夹等,其实玩具我玩一阵就没兴趣了,倒是制作的过程让我兴奋不已。"

"你把手给我看看。"母亲平时耳朵不太灵光,二哥讲的话可是听见了。

二哥听话地把左手伸给母亲,我们凑拢一看,二哥的食指上疤痕赫然,且短了一小截。

"大哥,你呢?"

虽年过花甲,但风采依然的大哥豪爽地说:"我们那时真是一穷二白,要什么没什么,村里放电影就是过节。几部电影已烂熟了,其实我们看的不完全是电影……"

"而是妹子。"我和姐异口同声地接上,一桌人哈哈大笑。

姐又接着问:"怎么没见你带一个妹子回来?"

"这得问妈。"大哥故作伤心地说。

"哦,还真有故事?妈,快说说。"

"人家是能干,十八岁都没满,就带了一个妹子回来,桃花眼,狐狸脸,水蛇腰,一担水桶都可能挑不起,莫说挑水了。我问你大哥,你当官吗?人家是当官太太的命,我们家伺候不起。"

"后来呢?"

"后来这妹子还不是跟一个上海来的知青跑了,以前还往家里寄点钱,她父母死后,再也没音信了。"

"大舅,现在交通、通信都很方便,是不是去上海找找那个妹子?"没想到大外甥能抢红包听故事两不耽误。

"还找？都做爷爷奶奶了。波吉，你去帮我到大海里捞一根针吧。"

"姨，你最喜欢的游戏呢？"大外甥听故事上瘾了，问起我来。

"我嘛，最喜欢的是清早去看鹅，鹅嗞嗞地吃露水草，我轻轻地背课文，鹅吃饱了，我的课文也背得差不多了。"

"难怪姑奶奶成绩好。"不知何时，侄孙越越已离开了打游戏的行列，站到了我们桌边。

大哥说："来，大家举杯，为我们家的大团圆干杯，为我们玩过的游戏干杯。"

当我们的杯碗碰响的时候，孩子们停下手中的游戏，闪闪地用手机记下了这份喜乐祥和。

青溪的王

一

几声响铳过后,一股浓烟从村子那头腾空而起,大哥汗涔涔地走来,说:"那只老虎走了。"

母亲放下米筛,木木地坐了会儿,又端起米筛,边筛米边说:"他是青溪的王啊,难道能长生不老?阎王爷拿着簿子,一个个清点呢……"

我知道大哥和母亲在说谁,虽然很多年没见他了,但在我的心里,在青溪人的心里,他是不会轻易磨灭的。

他是鼎鼎有名的红旗大队——青溪大队的队长。

黑黑的四方脸上总是瞪着一双圆圆的怒目,在冬天戴上毛茸茸的棉帽,穿上军大衣,就是电影《林海雪原》里的杨子荣。他身材健硕,厚实的肩膀上总是扛着一把锄头,走路轻快,没多少声音。他像一只嗅觉异常灵敏的猎犬,以公家的名义守卫着青溪的一切。

放学后,我们去油菜地里扯猪草,去山上扒松针,去池塘捞小鱼虾,他会神不知鬼不觉地来到我们身后,一声大吼,把我们吓得四处逃窜。我们远远地躲在荆棘蓬后,看他把我们的竹篮踩烂,把我们的鱼筌扔到池塘中央,我们诚惶诚恐,不敢回家。

太阳下山了,各种虫子开始钻出尘土,在草叶间鸣唱,青蛙在田野中间,偶尔发出一两声"呱——呱——"巨响,山上的鸟也开始叫起来,我们感到了夜的恐怖,肚子也咕咕叫起来。母亲打着手电在村口呼喊,我们只好拖着烂篮子回家,母亲看到稀巴烂的篮子,痛惜不已,抓起竹梢子边打边骂，谁叫你们偷？谁叫你们偷了呀？那时虽然还小，但我们能揣测出，队长在散工总结会上肯定说我们偷公家财物，点名批评母亲了。

他是青溪最可怕的人，我们背地里都喊他为袁老虎。

母亲说，他还真是只老虎。他爹是个哑巴，快三十岁还没娶上老婆。一个冬天的早晨，整个村庄都在沉睡，哑巴去井边挑水，发现一个蓬头垢面的叫花婆靠在屋檐下的草堆边哆嗦。哑巴把她牵进了灶屋，哑巴的嫂子帮她整饰后发现这叫花婆模样还算周正，就让哑巴把她牵进了洞房。谁知叫花婆终是福浅之人，生下孩子后血崩而亡。哑巴用米汤、红薯、玉米糊糊养大了孩子，进学堂读书时，没有名字，先生见他是虎年生的，就给他取名为袁寅生。真是歪竹子长直笋，袁寅生话会讲，书能读，再加上出身苦，根正苗红，次次运动是头号角色，成了青溪的王。

二

顶着红旗大队的帽子，在袁老虎的管制下，青溪的大人们生活得更辛苦。

每天早晨八点，袁老虎在自家门口的晒谷场上吹响出工哨子，三声响过，会计就开始在计分簿上记迟到扣工分，不允许有任何特殊情况，老人病了，小孩哭了，自己拉肚子了，都只能自认倒霉。袁老虎不体恤村里的妇女，除了抬石头扛木头等特别重的体力活，其他农活都是男女同工。他从不管你身上背着孩子，也不管你在不在生理期，他总是板着脸像阎王一样，监督着苛求着在烈日和暴雨下劳作的妇女。每一条田垄要刨得三面光，每一片红薯油菜地里不能有一根杂草，每一兜茶树不能漏摘一片嫩叶，每一粒粮食都要归仓。

袁建华的爹本来是青溪第一把砖刀，砌墙盖瓦一流，在为队里建猪场的时候，一脚踏空摔断了右大腿骨，如果及时送医院的话是可以治好的，但袁老虎为了省钱，让人找来了一个治跌打损伤的赤脚医生，虽然止住了疼痛，接好了腿骨，但右腿经络恢复不到位，走路用不上力，肌肉也慢慢萎缩，不能出工。他娘和大哥两个人赚工分换的粮食实在不能喂饱九口人的肚子。

一天晚上，袁建华和他娘拿着蛇皮袋子，偷偷来到生产队的猪场，想偷几个老南瓜，没想到被治保主任逮个正着。袁老虎让袁建华和他娘戴着报纸做的高帽子，提着铜锣，被民兵押着，在整个青溪游行。娘儿俩敲一下铜锣喊一句："个个莫学我，偷公家的南瓜。"袁建华因偷过公家南瓜被剥夺了读初中的权利，气得咬牙切齿。后来我大哥给他望风，终于把一泡屎拉在袁老虎家的红薯蕨粑桶里。当袁老虎婆娘把蕨粑倒进池塘的时候，袁建华躲在池塘边的一棵大枫树上学鸟叫，活该，活该。

大哥高中毕业那年，正碰上村里小学招聘老师，母亲好说歹说才把一心想去参军的大哥劝去参加考试，考试成绩出来，大哥遥遥领先，可最后去村里小学当老师的却是袁老虎初中毕业的女儿。袁老虎女儿出嫁时，全院落的妇女都帮她做布鞋，女红很好的母亲连鞋底都没帮她纳过一双。

三

青溪属于高寒地区，一直只种一季水稻，但在年终总结会上，临近的荷香桥大队说他们种植双季稻成功，得到了区委刘书记表扬。袁老虎开完会回来，连夜召开大队委员会，也决定种双季稻。正月初二，人们还没从过年的喜庆和疲惫中醒来，妇女们还没来得及回娘家看看，袁老虎的出工哨子两长一短尖厉地响起，人们蓬头垢面趿拉着布鞋赶来，袁老虎命令："今年我们青溪也要种双季稻，为了培育好早稻秧苗，每家元宵节前要交一百斤剁碎的干苔藓，少一斤扣一分工。"

天空还飘着雪，别处村庄不时传来舞龙耍狮的锣鼓声和鞭炮声，青溪的男女老少担筐背篓披蓑戴笠向远处的白旗峰进发，扒开冰雪捡拾苔藓。刚出元宵节，袁老虎就命令村民敲碎田里的冰层赤脚挖田平整秧田，在春寒料峭中播撒的稻种，虽然盖上厚厚的苔藓和塑料棚，但一大半种子还是冻哑了，只稀稀疏疏冒出些嫩黄，仿佛一个营养不良的黄毛丫头。袁老虎只好命令继续撒稻种，如此三番，总算把所有的田插上秧苗。

青溪人在泥巴里折腾了大半年，也算是种出了早稻，但由于遭遇"梅雨寒"导致颖花退化，穗粒剧减。看着根根向天直着的稻穗，摸着粒粒秕谷，人们心酸不已，那么大的一片稻田，估计还收不回来扔在田里的种子。袁老虎拿着喇叭喊话："同志们，'双抢'战斗打响了，抢收早稻，抢插晚稻，早稻损失晚稻补，争取晚稻大丰收。"

青溪人在袁老虎描绘的蓝图中，又开始在酷暑中蒸腾。天行有常，寒露霜降如期而至，晚稻来不及灌浆结实，瘪瘪的稻穗僵立在寒风中哆嗦，人们坐在田埂上欲哭无泪。袁老虎命令村民们收割一粒谷子都没有的晚稻，还说，没有稻谷收稻草，没有稻草收精神。

这一年，青溪几百亩水田基本上颗粒无收，人们只分到了红薯和玉米。但袁老虎向区里隐瞒了情况，虚报了产量，上交公粮比往年还要多。当大队粮仓金黄黄的稻谷一箩一箩担出村口，而自己碗里是黑糊糊难以下咽的干薯米时，青溪人终于愤怒了，大家围住了袁老虎四扇带披厦的大木屋，朴实的农民达成了忠厚的协议：种田纳粮天经地义，交完国家公粮，粮仓里有多少分多少。青溪人终于在过年祭祖的时候能供上一碗白米饭。

第二年开春不久，青溪人开始到处搜寻食物，田里的各种野菜，山里的春笋、蕨根和葛藤全部被挖净当了粮食，村里饿死了几个人，包括袁老虎的哑巴爹。

那真是一个饿着肚子瞎折腾的年代。

大地回春，袁老虎一个哨子统管青溪的时代终于过去，大队部改成小学老师的办公室。交钥匙那天，袁老虎在贴满奖状挂满锦旗的办公室里一直坐到学堂散学，校长带着孩子们进来打扫卫生，他才意识到自己该走了。落日的余晖投射在他身上，把他的影子拉得很长，他踩着自己的影子回到了家。

土地承包到户，青溪人成了土地的主人，自主自由地劳作在土地上，比着收成，比着孩子的出息，至于以前的痛，结了痂也就不去管了。井边村道、田头地间碰上了袁老虎，开始大家还喊一句袁队长，慢慢地换成了袁老伯、袁老头。

四

吃晚饭时，大哥又汗涔涔地回来了，说："人家是入土为安，他袁老虎是无处安放。祖坟山今年哪个方向都不空，完全不能葬，看地的先生看遍了青溪的山山岭岭，只有一个地方勉强能葬。"

"哪个地方？"母亲问。

"富公坳，建华他爹坟头的旁边。"

"怎么恰好是那里？建华他娘卧床都半年了，说走就走。今年清明，建华刚在他爹旁边给他娘培了一个陪堆。人活世上，还是要多种花少种刺，抬头三尺有神明，死了无土愿意接纳，可见土地菩萨什么都知道……"

"娘,都过去了,不说了。袁老虎的子女不好意思向建华开口,托我去说,除了以地换地,还愿意补钱,您说我去不去?"

母亲放下碗筷,坐着默然了好久,说:"人死了,总得入土为安才行,你和建华是几十年的兄弟了,在他那儿你敢开口。唉,这事建华为难呢。"

大哥匆匆扒碗饭就去了建华家。

母亲说要睡了,我关了电视,大哥带着酒气回来了,我忙去帮大哥泡了杯热茶。大哥说:"建华那个在上海读博士的儿子德明回来了。"

"德明不同意?"母亲问。

大哥喝了一口茶,津津有味地说:"还是要读书要见世面呢。德明那孩子,有学识,有气度,国家国际大事,说得头头是道,还把建华也说服了。德明说以前村里那些错事不能完全算在袁老虎一个人身上的,历史都翻篇了,人要往前看。墓地的事,以地换地,钱一分也不要。风水轮流转,看来建华家真是要发达了。"

两天后,一切准备就绪,在一连串的铳炮开路后,头发花白、脚穿草鞋、腰系白腰带的建华,和其他七个精壮汉子一起抬起了灵柩。袁老虎,这个昔日青溪的王,隆重上路了。青溪的人都来了,灵柩所到之处,家家户户点燃鞭炮送行。

博雅、挺拔的德明,臂缠白毛巾,举着花圈,肃穆真诚地行进在长长的送葬队伍里。

谷粒如金

青溪人是用一年的时光来侍弄一季稻禾的。

元宵节后,乡民把舞龙被拆下来洗净晒干,和狮子头、八音锣鼓一起收进祠堂,从屋梁上取下锄头耙头,开始去田野整理田垄,将田蓄满水浸着。虫子、蚯蚓爬上田垄,白鹭翩翩而来啄食,乡民走过,扑棱飞起,如同海边的海鸥,很是壮观。

当父亲在田野忙碌的时候,母亲在家里开始浸种催芽。待稻种破胸露白,芽长半粒谷、根长一粒谷的时候,就可播种下田了。这时,父亲已将秧田侍弄得平整、肥沃,拱形覆膜也支起来了,只等白芽芽的种子到来。"娘好囡好,种好稻好",育秧期间,父亲天天要去秧田转转,生怕秧苗烧了、淹了或者被鸭子糟蹋了。

一个月以后,嫩绿绿的秧苗就可以分栽了。父亲相信科学种田,插秧喜欢稀,母亲爱惜田地,插秧喜欢密,于是各插各的。几番收成下来,父亲插得稀的稻秧分蘖更多,谷粒更饱满,母亲插得密的,如果遇上那田太过肥沃,会禾叶肥大稻子稀疏,且容易生虫子。母亲嘴里说着"稀密般多",手已经跟随父亲插得稀起来。父亲看着乐了,揶揄起母亲,不纳鞋底啦(纳鞋底是很密的)?母亲随手舀起一掌水,朝父亲泼过去,父亲不躲不闪,说,哈,好凉快。

秧苗插好后,田里的工夫闲下来,只要管好虫子和水就行,父亲开始去沟壑和坡地挖土,为我们的第二谷——红薯做准备,母亲的日月就交给茶园和菜园了。

白露为霜,群鸟养羞,山里的栗子随风摇落,田里的稻穗一片金黄。父亲从楼上放下禾桶,母亲已把谷箩、晒簟补缀齐整,镰刀磨得锋利,等太阳把草叶上的露水舔干,父亲扛着禾桶,母亲担着谷箩随后,下到田里收获如金的谷粒。父亲坐在禾桶上一袋烟的工夫，母亲已将稻禾割倒一大片，整齐地分摆在两边，中间留出一条禾桶前进之路。父亲双手握紧一手稻禾，举过头顶，借势蓄力，"砰——砰"，打在禾桶板壁上，轻轻抖动稻禾，再扬起、落下，声音回荡在田野里，与远远近近的禾桶声应和，仿如端午时节激越的鼓点，寂静的山村立即变得热闹起来。

母亲趁擦汗的间隙，提醒父亲慢一些，打干净些，父亲说，你没看到对面枫树上那一大家子吗？人家唱歌陪我们一上午了，也该给它们留下点啊。母亲知道父亲说的是那群麻雀，嗔怪道，就你好心肠，还管天上飞的。父亲说，人家不白吃你的，给你捉虫子呢。后来我读到《诗经·大田》里"彼有遗秉，此有滞穗，伊寡妇之利……"的句子，总是想起父亲与麻雀共享稻谷的慈爱。

一镰一镰地割，一手一手地打，一簟一簟地晒，一箩一箩地用风车车干净，这节奏会持续大半个月，相对于收割机确实显得缓慢，但就是在这缓慢里，劳动带来的快乐和满足才弥散得更透彻更长久。

"尝新"是喜悦而隆重的。园里的菜蔬瓜果长成了，母亲从不一双空手去摘，一定要背个竹篮，寓意今后结很多很多，需要个大篮子才装得下。新结的辣椒、南瓜、樱桃、枇杷，母亲都会先摘了给另居的祖母送去尝了新才许我们吃，而稻米的尝新，则是把祖母请来，一家人齐聚品尝。为了配得上馨香的新米饭，母亲还会蒸鸡、煮鱼、炒腊肉和蔬菜，再烫上一壶米酒，人人都喝，多少随意，真是喜气洋洋。

稻谷归仓，我们的欲望开始膨胀，盼着母亲煮白米饭吃，但母亲手里的米升子依然紧着，一大锅水里还是倒进一升米，煮开后掺进去半筛子红薯米，看着粑粑粥粥的红薯米饭，我们都提不起精神。父亲说，你就煮一餐白米饭给孩子们解解馋啊。母亲毫不迟疑地回答，吃不穷用不穷，没计划一世穷。要省就从箩顶省起，到了箩底再省有什么用？吃惯了嘴更不愿吃薯米饭了。那时我觉得母亲真是狠心的人，但也正是母亲的精打细算，我们一大家人才没饿过肚子。

乡民在雨雾里劳作，风寒湿气重，喜欢喝点水酒保养身体，但糯米产量比粳米低，每家只种几分田，收两三百斤糯米，母亲靠它把日子调理得有滋有味。重阳时节的甜酒，正月里的糍粑，端午节的粽子，冬日里的炒米，全靠那个芒刺尖尖谷粒长长的糯谷。

"锄禾日当午，汗滴禾下土"，用汗水浸润出来的一粒粒稻米，以不同的方式滋养着生命，稻香盈盈的餐桌，是细水长流的美好。

青溪茶亭的屠桌

青溪茶亭是我曾祖父那一辈人建的，一百多年了，资金是在三个院落有头脸的人倡议下，通过正月舞龙的方式筹得的。

两边的堤岸，中间的桥墩，全是用方正巨大的麻石砌成，万年永固；茶亭是瓦木结构，屋檐翘起，远远望去，仿佛一只大鹰停在青溪上；架在两边供人闲坐的木板是砍了村口那棵古樟锯的，木质细密，浸润着香气；十根海碗粗的杉木柱子，支撑起椽木和瓦面，显得威严高大。茶亭沟通了青溪两岸，方便了行人，成了青溪村落的标志。

茶亭是过往路人歇脚、村人乘凉闲话的好地方，罗荣升大爷的屠桌就摆在茶亭里，那是一张高大的杉木屠桌，虽然桌面刀痕累累，已有两处凹陷，但整个架子牢固，浑身被猪油浸得发亮。

罗大爷母亲死得早，父亲是个屠夫，更是个酒鬼、赌徒，杀猪的工具是他留给儿子的唯一财产。罗大爷继承了父业，但父亲的恶习没沾染半点，从小他就明白，酒和赌害得父亲在这世上白走了一遭。罗大爷络腮胡子，脸盘宽大，眼睛圆亮，剑眉浓黑，身材粗短，永远系着一条油污的黑皮围裙，这一身，无一不向人们诠释着"屠夫"这个词。

罗大爷人长得凶丑，心却乖巧，喜欢上了李家冲最漂亮的妹子——李铁匠的女儿瑞欣。青溪人都笑他癞蛤蟆想吃天鹅肉，他不管，只是隔三岔五送些猪腰子、猪舌子给李铁匠下酒。一到铁匠铺，抡起铁锤叮叮当当，锤得火星四溅。当瑞欣摆好酒菜来喊父亲吃饭时，他也跟过去。一年后，瑞欣成了他的媳妇。瑞欣勤劳贤惠，忙完田园忙菜园，忙完菜园忙家院，能生产，能生养，六男一女，个个健康标致，没谁的脸上落下摔伤烫伤的疤痕。孩子们穿得干净齐整，即使有个补丁，也都缝得针脚细密、端正。瑞欣的能干远近闻名。

　　罗大爷每天起得早，凄厉的猪嚎声不时飘进村人的梦里。在蒙蒙晨光里，他把猪肉收拾干净，从主家担到茶亭，剔除好骨头，就抱着旱烟筒抽得津津有味，再喝一杯瑞欣送来的滚烫浓茶，村里开始有人走动，美好的一天开始了。

　　青溪村小，地里生产的东西能填饱肚子已是风调雨顺，天地祥和，家中日常开支全靠山上的杉树、竹子、金银花、茶叶。村人不请工，不来亲戚，不干红白喜事，一般不买肉吃。罗大爷总是和李家冲的李老拐合伙杀一个猪，每人卖一边肉。生意清淡，但他不太在意。遇上谁家孩子开荤，来割"猪全身"，他总是乐呵呵地从猪头开始割起，到脊背，到猪肚，到猪脚，到尾巴，然后用菜叶子包了，说声"好养好带，福禄双全"，递与人家。屠桌下筛子里的骨头也不卖钱，有时加给来买肉的人，有时给哺乳孩子的妇女，让她煮了汤催催奶，有时给摔了手脚的人康复身体。

　　罗大爷与闲汉们神侃，比卖猪肉更有劲，话题如桥下青溪的水，永远没完。有时没人和他聊，他就拿起扫帚把茶亭扫干净，把松动的木板钉紧，把风吹动的瓦片归正。孩子们散学了，走过茶亭，趁他打盹儿的时候，去屠桌上拿屠刀玩，往往在差点得逞之际，他就醒了，伸出油乎乎的手去摸孩子的脸，孩子鸟雀似的逃散，他哈哈大笑。有时他还会扯开嗓子唱些让姑娘媳妇听了脸红的山歌。

　　青溪缓缓地流，孩子们个儿却蹿得快。大儿子罗铁栋已高中毕业回家务农，满姑娘也六岁了，可以帮家里放鹅看鸭。这么一大家子在瑞欣的调理下有秩序地过着日子，可是，四扇的木房子已歪斜不堪，再不修就要塌了，孩子们一天天长大，再像小猪仔一样挤一个屋睡，也有点不像话了。

　　罗大爷开始带领孩子们担屋场，打砖坯，再请人把煤运回来，请人装砖窑，在十月小阳春温暖的天气里，罗大爷建成了村里第一栋红砖瓦房。

　　建屋造房真是操心费力的事，罗大爷的哮喘病患了，每天早晨去杀猪，开始要老大帮忙了，一年后，当老大娶了媳妇，罗大爷就把杀猪的家什全交给了老大，自己回家和瑞欣一起操持农活。

　　老大罗铁栋子承父业在青溪茶亭做起了屠夫，虽然每天黎明即起，像老鸦守蛋一样守着屠桌，但几年下来，除了家里的开支，也结余不了几个钱。妻子的肚子越来越大了，弟弟妹妹一大堆，田里土里的庄稼种得再好，也只够填饱肚子，必须努力赚钱才行，罗铁栋寻思起来。

这天太阳出得早，大清早就热起来。罗铁栋刚收拾好猪肉，一个老妇人提着袋子拄着根木棍来买肉，罗铁栋一瞧，就知道是个过路客，四斤肉连添头一起给了三斤六两，老人看到秤尾高高翘起，高兴地付了钱背着走了。

罗铁栋有些得意地剔除着骨头，突见镇上的"独眼龙"带着几个人气势汹汹来了。罗铁栋忙放下屠刀，从裤袋里摸出了一包烟。

"独眼龙"把肉往屠桌上一放，大吼一声："过秤。"

罗铁栋忙操刀割肉想补上，被"独眼龙"的大儿子一把夺过了刀。

另一个小混混模样的人抓过秤杆，把刚才扔在屠桌上的那一团肉往秤盘子一放，提着秤杆上的麻绳，吆喝开了："来来来，大家看看，青溪茶亭罗大屠夫卖的四斤肉，三斤六两还不足呢。"

"独眼龙"一个箭步跨过来，抢了秤杆，往膝盖上一靠，折断了。罗铁栋的心里刺痛了一下，这可是父亲传给他的讨生活的家什啊。

"你这不是欺负人吗？"罗铁栋涨红了脸说。

"我欺负人？是你欺负我姑妈是老人，是过路客。有你这样做生意的吗？"

"我添起肉，你赔我秤来。"罗铁栋看到断成两截的秤杆，心痛不已，也吼了起来。

"老老实实帮我把肉添起，我连人都敢折，还说一杆秤？老子今天就是来教训你的。"

"独眼龙"说罢，自己抓起屠刀，斫下一大块后腿肉，加在原来的肉里，扬长而去。

罗铁栋两眼喷火，要追上去，被旁边的人拽住，只好将气咕咕地往肚里咽。

罗铁栋只得买了杆新秤，可被"独眼龙"这么一闹，生意清淡了许多。也许真是祸不单行，工商所突击检查，罗铁栋的营业执照也被吊销了，原因是卖注水猪肉。

罗铁栋心烦气躁回到家，正碰上妻子在干着急，原来读初中的儿子在寝室抽烟打牌被政教处抓获，受了通报批评，弃学出走了。

罗铁栋到镇上转悠了半天，没见到儿子的影子，心想，随他死也好活也好，老子不管了。正准备往家走，碰上了一起合伙卖肉的毛胡子。毛胡子邀他去河面街的麻将馆玩玩。罗铁栋以前在屠桌边跟人打点跑胡子，但从没进过麻将馆，近来诸事不顺，也想找个事儿发泄一下，就跟他去了。进到麻将馆，罗铁栋开了眼界，街上有闲的男女老少都在这里，麻将、字牌、扑克，各取所爱，各尽所长，热闹非凡。

罗铁栋心浮气躁，手气不好，不到一个小时，袋里仅有的两张红票子全飞了，罗铁栋败下阵来，又不甘心离开战场，于是在其他牌桌前蹭时间，半天下来，发现稳赚的还是开麻将馆的老板。一个大胆的想法在罗铁栋心里萌芽，何不在青溪茶亭也开个麻将馆呢？

天蒙蒙亮，罗铁栋从家里扛来杉木，在茶亭东端建了个木棚子，摆上桌椅，像模像样开起了麻将馆，青溪茶亭比以往更热闹了。罗大爷来劝过几次，自古打牌赌博都是败家子。罗铁栋要父亲吃好自己的饭，少操他的心。

人聚集的地方就有新闻。几个甩扑克的后生谈起了镇上买码的事，罗铁栋听着玄乎又刺激，骑着摩托来到了镇上毛胡子屠桌前，毛胡子给罗铁栋说了买码的一些规则。买中特码赔四十倍，罗铁栋来了精神，从镇上搞来了码报，回到青溪茶亭，一屋人研究。

事情还真有那么凑巧。那期解特码的字是"神"，有人说"申"就是"猴子"，买猴；有人说没那么简单，是杀鸡给猴看，买鸡；罗铁栋却认为是拿猪头来敬神，就把"猪"这个生肖包了，其他三个数下五元，第一个数"6"号上下二十元。晚上八点四十，镇上毛胡子打来电话说罗铁栋中了二十元，除去三十五元本钱，净赚七百六十五元。这事太振奋人心了，罗铁栋一发不可收拾，但这样的运气从此再没有过。

特码难中，人们开始赌单双，这样简单。罗铁栋连续九期没错，被称为单双王，方圆几里的人都向他打探消息。他认为下一期必定是双数，他准备大干一场。此时镇上毛胡子没杀猪了，帮广州的一个大庄家开单，赚百分之十的手续费。罗铁栋一个电话打给了毛胡子，赌双，三十万。没想到的是，那晚出了个单数，老虎的"29"。罗铁栋傻眼了，罗屠夫被老虎"吃"了。

这事闹大了，派出所以"聚众赌博"为由把青溪茶亭罗铁栋的木棚子封了，毛胡子天天来讨账，罗铁栋万般无奈，只身逃走他乡，一直没有音信。

罗大爷须发花白，走路也蹒跚起来，遇上晴好的日子，喜欢到青溪茶亭坐坐，抽一袋烟。那张屠桌，一天天长出苔绿，招来虫蚁，在风尘烟雾里，慢慢歪斜，松散，塌了。

老窑场

回青溪看母亲，吃饭前总喜欢去仓房里揭母亲的酸菜坛子，捞出一大碗豆角、青椒、萝卜之类的，酸辣个痛快，回城时再带上一包。母亲说，酸菜离开坛子就变味了，自己学着做酸菜，随时想吃随时捞。

我便要母亲陪我去老窑场买酸菜坛子。

老窑场不远，转过屋后的一个山坡就到了。母亲说，别人种田种土，这老师傅守着窑场，每逢场日，用竹筛担着坛坛罐罐，在青溪桥上喊一嗓子"卖坛子罐子呃——"，几里路外的人家都能听到。他靠着观音坐莲那山的陶土和一双手，养大四个孩子，上面三个都进城工作了，老四是个哑巴，快四十了还没娶上老婆，跟着老师傅制作陶器。

观音坐莲是一座不高但圆圆大大的山坡，上面杉木郁郁葱葱，两边是山冲，早被开垦成了旱土，种着玉米、红薯，远望过去，那山坡的确像个莲花台。山坡底下，竖了一个草棚子，穿着白色汗衫的哑巴师傅，正在棚子下的四方团子起劲踩泥，黄白色的陶土围绕在他的脚下，浓稠细腻如绸缎，可他仍然不满意，还在一脚一脚反复踩，仿佛要踩出一个糯米粑粑才歇脚。

草棚上方的砖屋低矮，一人来高的红砖墙上是土砖，只有一个通间，五十来平方米，中间有一根砖砌的柱子撑着，两边墙壁上各开了一个很大的木格窗，光线还好，只是土砖墙已有些斑驳。我跟着母亲站在沾满泥点的木门口往里瞧，屋子寂静，清凉，地上整齐地排列着陶盆、钵子、油盐罐等坯子，还有十多只大酒缸搬在屋阶上晒着。坐在里面的老师傅抬头望了我们一眼，又沉浸到他的制作中去了。他雪白的须发，发黄的白布小褂，脚上的草鞋，安详缓慢的动作，无不散发着幽幽古意。

我忍不住朝门口那个空着的转盘走过去，用手转动起来，转盘上一些细碎的泥巴向外飞出去，母亲怕我弄坏了人家的东西，催我走。我意犹未尽地走出这间流淌着泥巴气息的屋子，来到老师傅的红砖瓦房前，一条小黄狗懒懒地趴在枇杷树下睡觉，可能它早已习惯陌生人的造访。

　　屋后的斜坡上搭建了一个瓦棚，母亲说那是陶窑，我好奇地走了过去。陶窑随着土坡而建，用青砖拱成，一孔比一孔高，共七孔，窑顶的圆拱上面铺着一层细土，每隔一段开一个透烟囱，窑门开在两侧。母亲说，这样依傍山势建造，既可以避免积水，又可以使火力逐级向上渗透。装窑的时候，油盐罐陶钵等小的陶件装入最低的窑，大的缸瓮装在最高的窑。烧窑是从最低的窑烧起，两个人面对面观察火色。当第一窑火候足够之时，关闭窑门，再烧第二窑，就这样逐窑烧直到最高的窑为止。我抬头看着这么一长串窑孔，想，在生活的日常里，处处都有乡民的智慧。

　　前几天刚出完窑，陶窑四周散放着些次品和没烧完的松木柴火。我捡起一个闪着亮光的坛子盖，问母亲这层釉色是怎么上去的。母亲说，刚才来的时候，你看到满山坡的蕨蓝草了吗？把蕨蓝草晒干烧成灰，装进布袋，灌水过滤，用最细的灰末，掺上红泥水，搅匀，就变成了釉料，将它蘸涂到坯上，烧成后自然就会出现光泽。我很惊讶，连猪都不吃的蕨蓝草，却能使质朴的泥土生发出这般光彩。

　　小坪里堆满了烧好的茶壶，大小不一，都腆着肚子，长着一个小巧好看的嘴巴，配上"扎"着圆形"发髻"的盖和弓形的提把，简直是巧妙绝伦。"泥沙入手经抟埴，光色便与寻常殊"，色泽光亮、均匀的茶壶，仿佛一个个微微发福的小矮人，可亲可爱。

　　一个头发花白、腿脚蹒跚的老妇人，领我们来到摆满大大小小坛子的左侧房，母亲从大小、形状、釉质等方面挑着，然后放在耳边敲敲听听声音，终于选中了最满意的。老妇人接过，放在堂屋装满水的大木盆里试水，用手在坛子内壁摸了又摸，一点水痕都没有，对我母亲说，你眼力好，这坛子不错。母亲说，你家的陶器好，我用了几十年了，封酒腌菜从来不会变坏味。

　　老妇人多皱的脸上漾开了笑容，瘪着嘴说："我家老头子一辈子就喜欢这坨土，一天不摸心里就发慌，如今手脚慢，没力气踩泥了，幸亏老四留在身边，不然老窑场只有个空名了……"

老妇人拿过一卷草绳，想把坛子套上结，好让我们提回去，但双手抖抖索索，怎么也弄不好，母亲忙蹲过去帮忙。我提着坛子和母亲走过制作间，看到哑巴师傅正在呼呼转动大转盘，细碎的泥沫欢快地往四周飞散，一只陶罐在他灵巧的手指间已具雏形了。这种能让一小块时间都显形的劳作，真是给人带来快乐和感动。泥巴、柴火、蕨蓝草，山野里极其平常的东西，因为这双巧手，涅槃成器，成艺；而哑巴师傅，有了泥火的相伴，涵养出一身的淡定和粗放。在时光的流走里，人和物是可以相互成全的呀。

　　当我用坛子腌制的酸菜调味着家人生活的时候，母亲平生第一次牵起了红线，把寡居的邻居嫂子说给了哑巴师傅，邻居嫂子的一双儿女，转动转盘玩泥巴的欢笑声，在老窑场的每一只坛坛罐罐里回响。

青青的棕

　　青溪的山脚下、菜园边，总有几棵棕树立在风中。它们裹着棕衣，张开一扇扇翠绿的叶片，姿态婆娑优雅，宛如长发飘散的女子。

　　刚过门的女人谨遵娘的教诲，黎明即起，洒扫庭除。当她从屋角找到扫帚时，扫帚已秃得只剩筋骨。她来到菜园，割回一大捆棕叶，挑出五六片相同大小的抹整齐，一根麻绳，一把剪刀，半个时辰，一个结实耐用的扫帚就扎成了，剩下的棕叶悬挂在屋梁上，任它们与风戏耍。

　　溪边的青艾、菖蒲飘香时节，瓷白的糯米浸上了，女人从梁上取来棕叶，沿着叶脉细细撕开，至叶柄三四寸处不断开，放在清水里浸软，然后将棕叶柄固定在八仙桌的一角，就成了扎棕的绳子。箬叶、糯米、棕绳，在女人的一双巧手间翻飞缠绕，一个小巧玲珑的粽子就扎好了。不要多时，粽子沉甸甸垂挂在棕绳下，宛如丰年的果树。在龙舟的鼓点里，女人撑了浅红阳伞，男人挑着细篾软箩，回娘家给亲友邻里送端午节礼，碧绿的粽子碧绿的棕绳，再衬上两包白砂糖，情意就绵长了。

　　女人在菜园忙活，孩子玩泥巴厌了，哭着要女人抱抱，女人随手从棕树上割下一把奶黄的嫩叶，破成细丝，在指间绕来绕去，编出个蚱蜢、蜻蜓，放在地上戳着它蹦跳，孩子露出小白牙笑了，沉浸在新奇的玩意儿中，忘记了哭闹，女人忙着干地里的活儿。

　　菜蔬在园里蓬蓬勃勃。每到赶场的日子，窗棂显出一小片灰白，女人起床了，穿过凝结着露珠的芒草来到菜园，藏于树林草丛的山雀、虫儿呼叫着，女人欢快地摘着她的菜。当村人开始活动的时候，女人已把菜洗净，一斤两斤称好，用棕叶一把一把地扎紧，挑往镇上了。有天早晨扎菜的时候，棕叶用完了，男人说去弄些稻草来，女人想起娘说过的故事，过去学生给私塾先生送菜，如果用草扎着，先生就会训斥，你把我当牲口，送草给我吃，当场就把菜扔了。女人说要不得，蹚着浓重的露水又去菜园割了一大捆棕叶回来。

女人的菜每次都最早卖完，除了菜嫩、斤两足，这些长长软软的棕叶也帮了忙，绿绿的棕叶束着鲜嫩的丝瓜、豆角、青菜，还有紫紫的茄子，多亮丽养眼呀。

江南雨水丰沛，但农家无闲日，天晴落雨都有活计。在乡人这里，"青箬笠，绿蓑衣"，无关诗情画意，也不是传说中虞尧登位时接受百姓朝贺的圣服，它是一个农家的必备，遮日头防风雨，蓑衣的原材料就是棕树的棕衣。

棕衣不比笋衣，不会自行脱落，它紧紧地裹在身上。秋高气爽，风吹叶落，女人开始从棕树的底部，一层一层往上剥棕衣，她总是怜爱地留下三五片。棕树仿佛着了芭蕾舞裙的长腿女子，在风中翩翩陌上舞。褐色的棕衣晾在篱笆柴火上晒燥爽，卷起收藏，等到寒冬腊月，农事稍闲，就可以打蓑衣了。乡间有游走的棕匠，打蓑衣、搓棕绳、制棕垫，游到哪个村，就在那个村里落脚一两个月。女人性灵，从小受娘的熏染，裁衣做鞋，织袜编篓，看看就会了。她用钉耙梳理棕衣，抽出棕丝，搓成棕绳，穿在一根三寸长的竹针上，先做领子，再一片片拓展成肩部、背部、下摆，最后再进行拼接，一两天时间就能缝出一件密密匝匝的蓑衣。穿在身上，犁田种菜，"斜风细雨不须归"。

除夕，一家人吃过年夜饭，开始洗脸洗脚，除旧迎新。女人欢喜地打开衣柜，拿出一个又一个用红布条系好的包袱，按照她自己做的记号把包袱送到家里每个人手里，大家一边说着"穿新鞋，踏新路，捡元宝"，一边穿上精致的白底黑灯芯绒布鞋，喜悦，暖意融融。

为了全家人的这份新年福礼，女人几乎一整年都在准备。最先要做的就是打棕科子。在一个晴好的天气，把棕衣一片片抚平，糊上米糊，紧贴在门板上，反复贴两三层，放在太阳下晒干透后揭下来，就成了硬硬的棕科子，放上鞋样，用剪刀依样剪下，纳千层底的坯子就做好了。在淅淅沥沥的雨天，在明明暗暗的灯下，一只只千层底纳好了，一双双黑布鞋做成了。平时放在柜子里小心地收藏着，等到这喜庆祥和的除夕，给全家人带来祝福。如果家里有即将出阁的女子，娘就会更加辛苦，要做几十双布鞋压箱底呢。

  女人曾经问过娘,做鞋底时为什么要用棕科子打底,娘说,硬硬的棕科子可以定型,可以除湿。在出嫁的先夜,娘对女人说,妹子,脚底踩片棕,心底守住贞啊。女人突然想到了山脚下、菜园边那青青的棕,草长莺飞,露来霜往,岁月不居,而它,一直站在那儿。

  黄黄点点的棕花灿然开放,挑那种宽肥丰满的摘了,用来炒腊肉,加上葱白、辣椒,色美味香,鲜脆爽口,男人说它是"偷饭贼";做种的瓜儿熟透,将滑溜淋漓的瓜瓤、种子粘在棕衣上,方便晾晒收藏;鱼儿产卵,用棕衣扎成捆丢进鱼塘里,给鱼儿一个产床;蜂蜇了、蛇咬了,女人会把棕根、鱼腥草、桑白皮煎了水清洗……

  乡间的女人,乡间的棕,牵牵绊绊,情绕一生。

青溪的茶

青溪的丘陵沟壑，云山雾水，长养着一株灵异草——茶。

当那只红头绿身的茶花鸟在檐前婉转呼叫"去——摘茶""去——摘茶"时，女人把挂在梁间的箩筐取下，洗净补缀，待到一个晴和的日子，和邻人相约往茶园去。山风吹来，阳光在草木尖上跳跃，茶树上的嫩芽，仿佛一张张雀儿小嘴。女人捂了一冬的白嫩手臂在茶树间晃动，细心细意地摘掐着纤纤茶芽，太阳偏斜才采上一小篮。茶最爱洁净，不能沾半点油盐腥味，女人把炒锅洗了一遍又一遍，生起温温的柴火，几炒几揉，再用炭火慢慢烘干，待客的上等"明前茶"就有了。

"谷雨前，嫌太早，后三天，刚刚好，再过三天变成草。"谷雨时节，茶叶飞长起来，满山满岭的嫩绿，把女人缠在山里了。浓浓晨雾中，女人背着箩筐，揉着惺忪的眼上了茶山。"有雨不采，有云不采，晴，采之"，在晴天有露水的早晨，"凌露采焉"，那是天人感应，最相宜了。露珠自天上来，给茶叶增加了一份灵气。采茶是细致活儿，快不来，得静下心来用时间去堆。女人上了茶山，一直摘到天黑才回家，早餐是自带一个饭团或红薯，中饭、茶水由家人送到茶园边上的树林子吃。茶花鸟的歌声还是一样的婉转，茶园还是一样的翠绿，可没了做女儿时的心境，茶山情歌总是萦绕在耳边，哽塞在喉间，却怎么也不能脆生生唱出来。

男人将女人摘回来的半屋子茶叶萎了青，去揉茶房揉了，然后把汁水淋漓的茶团薄薄地撒在晒簟上，太阳已到屋顶了。男人简单吃了，上山来给女人送中饭茶水。看着女人脸晒得红红的，头发被汗水浸润着，男人想帮衬些，也伸手摘茶，可大大的手掌总是攥不住小茶芽，树下掉的比篮里多，只好一片片摘，甚至用指甲掐，浑身上下是那样笨拙，全没了扶犁扬鞭吆喝牛的潇洒劲。女人看着好笑，喊他来树荫下，跟他说屋里的孩子、田里的庄稼和晒簟里的干茶。

夜色四合，茶花鸟唱完最后一支曲子，躺进自己的吊床，女人提篮背篓，跟同伴一路说笑回村，留下茶树在柔柔的月光下编织另一件嫩绿的衣裳。

在这十天半月，村庄的山水、草木、人畜、器具都浸在茶香里。女人的手指染了墨绿的茶汁，男人一身茶味，卷起的衣袖里都是茶屑。"见新不吃陈"，女人把旧年剩下的茶叶装进陶罐里仔细封陈。"一年茶，三年药"，遇上风寒冷热、油腻积食、咽喉肿疼，用陈茶老姜加少许食盐，煮上一碗浓汤，喝着喝着就舒坦了。"神农尝百草，日通七十二毒，得茶而解之"，茶还是乡村的消炎药，疮毒、虫咬、刀伤，抓一把茶叶嚼碎敷上就没事了。

"洁性不可污，为饮涤尘烦"，女人收藏新茶，比收藏娘给她的玉手镯还谨慎。不用有腐败味的木盒，不用有腥臊气的铁器，不可沾油盐，不可触香料、油漆或樟脑等。她为新茶找了一个最理想的藏处——谷仓，新谷干燥清新，不返潮不串味。女人把装有新茶的白布茶袋放入谷仓，谷仓马上弥漫着茶的清香。男人起床一杯茶，客人进门一杯茶，七月半、除夕里供奉祖先的香茶，夏天解暑热，秋天润肺燥，冬天驱寒凉，春天除困乏，有茶在，女人心里就踏实、愉悦。她想起几年前的婚礼上捧着盛满香茶的茶盘，向长辈们"献茶"行拜见礼的紧张，长辈们喝了茶摸红包放于茶盘上的喜庆，还有爷爷拖着长腔的贺词："茶不移本，至性不渝；植必生子，绵延繁盛。"茶是日常，更是绵绵情意。

等到赶场的日子，男人把干茶分装在两个竹箩里，用钩秤称好重量告诉女人。女人换好衣服梳好头发，挑了竹箩往镇上集市去。茶贩子捏着细嫩、燥爽的茶问女人要什么价，女人随行就市不攀价，只要称的斤两对得上家里男人称的，就卖了。她不喜欢在秤上做手脚的主，她总是记着制了一辈子秤的爷爷的话，少给人一两，福星减你的福；少给人二两，禄星减你的禄；少给人三两，寿星减你的寿。

春茶是女人一年中最大的一笔收入，她买了小鸡小鹅，给公公和男人买了几斤好烟丝，给孩子买双雨靴，给婆婆买几贴风湿膏，那个蓝色小方格的衬衣，女人问了问价，没舍得买。

插好田里的禾苗，有了点空闲，女人就扛了锄头去茶园，除掉茶蔸下的杂草，把茶垄间踩紧的土翻过来，等到下雨，点上草木灰，栽一两行红薯。村人笑她小气，这么一两锄土也种红薯，她笑笑不回话，继续挖茶垄。她不在意红薯，心里装的是茶树，在禾苗扬花的夏末，茶树还有一季嫩嫩的禾花茶呢。

阳光亮眼，晒簟里晒着一年中的最后一批茶。女人在阶基上洗衣服，一股饭馊味飘来，她问男人嗅到没有，男人说，昨天去揉茶，茶房的闵老板说，茶老了，很难揉拢，揉的时候加碗米饭，揉出来的茶条索细，紧致，卖相好。米饭没毒，大家都加，我也就加了。

女人忙用毛巾揩干了手，在晒簟里抓一把茶看，果然黏糊糊的。男人说，晒干就不黏，也没馊味了，上个场日已有人卖了，茶贩子没看出来，价格高一毛多。女人咬了咬嘴唇，说："我的手都燥成松树皮了，连雪花膏都不敢抹，我怕茶沾染异味。你倒好，干干净净的茶被你污成这样，我才不敢卖这样的茶给别人喝。"

男人说："人家茶贩子，一卡车一卡车收了往城里卖，谁在意我家这一点？明天我去卖。"

太阳还没晒到阶基上，男人从场上回来，茶叶没卖出去，女人松了一口气。男人沮丧地说："今天出丑了，茶贩子从我的竹箩里抓了茶用开水泡了，端着浊糊糊的一杯茶给人看……我真是把茶糟蹋了。"

女人把失了本真的茶叶倒进菜园的贮水池里沤了肥，等茶垄间的红薯挖了，挑去施在茶树底下，明春的茶芽会更肥硕，更鲜爽吧。

樟木香

即使白发苍颜，女人也会记得木匠爹给她的盛大荣耀。

那个下点小雨的早晨，红红的嫁妆从阁楼放下来，柜子、箱笼、木盆，全是香香的樟木。亲友邻里耸耸鼻翼，摸摸箱笼，艳羡不已。迎亲的唢呐婉转悠扬，扎着红绸的嫁妆一路飘香。这场平常的乡间婚礼，因浸润了樟木香味而被人久久记忆。

女人还只有十四五岁时，爹开始搜求樟木。野马凼有户人家请了他去改建房子，庭院里一棵合抱大的樟树，占了屋场，只能砍掉。爹用工钱换回了樟树，雇了马匹驮回家。弹了墨线毫厘不差地锯成板，平整地放在楼上风干，有点闲暇就细细地磨制。爹在乡间做了几十年木匠，最中意樟木，木质紧密坚韧，木纹清晰如画，制作的器物不松动不走样。爹五男一女，最贴心的是她，他要她收纳的东西不生虫子，收藏的衣服带有香味。爹还迷信樟木避邪带福，他要她吉祥如意，开枝散叶，宜室宜家。

女人还真不负父望，嫁过去不到一年，就生下了一个不哼不闹，像小猪一样吃睡香甜的闺女。女人要男人在庭院种上一棵樟树，她常听爹说，开基种樟，如意吉祥。等闺女到了出嫁的年龄，这棵樟树也枝繁叶茂，可以打制嫁妆了。女人喜欢樟木这种与生俱来的特殊香气，即使当它成为木料制成家具，其香气依然不变，永久保持。爹给她的荣耀和念想，她也想给闺女。

庭院的樟树有了伞盖大的树荫，闺女已能自己端碗吃饭了。清早起来，一阵阵恶心从胃底升腾，女人感知又有喜了，但这次不同，一点荤腥都吃不下，闻不了油烟味，甚至锅铲响的声音都不能听，唯一能吃的就是生黄瓜，一垄的黄瓜全被女人摘着生吃了。小家伙生下来，巴掌大的脸布满褶皱，毛茸茸的，活脱脱一个黄毛猴子。这个小猴子敏感多事，夜间哭闹不止。"天皇皇地皇皇我家有个夜哭郎"贴过了，竹扫把倒过来摆在门口试过了，刘郎中也来看过了，小猴子哭声依旧。

婆婆带了雄鸡酒牲去黄道士那讨符水，黄道士查了孩子和爹娘的生辰八字，说这孩子关煞太重，且与他爹有冲克，要寄开才好养。女人惊讶地问，怎么寄，寄给谁呢？婆婆说："过去的大户人家都把孩子寄养给'三生'，医生、先生、游僧，他们都是仁心之人，但认寄父须礼节周全，逢年过节，都要去朝拜送礼。乡人为省钱财，就把孩子寄给拱桥、大石、古树，逢节日去烧点纸香，路过时在心里念起，求这些福寿之物护佑。我家小猴子就寄给苍溪村的那棵樟树吧，求樟树公公保佑关煞消除，像小狗一样健旺。"

这月初一的清早，女人抱着孩子，婆婆提着装有炮蜡纸香、斋粑豆腐酒牲的篮子往苍溪村去。苍溪村安静地卧在谷箩山脚下，一条小溪伴随着石板路在村子里迤逦穿行。女人听爹说起过这棵千年古樟，说鬼子入侵时，樟树渐渐干枯，抗战胜利后，枝丫间冒出新绿，重新焕发出活力。还说"大跃进"时期，有人来砍樟树炼钢铁，一斧下去，鲜红的汁液汩汩流下，如人的鲜血一般，吓得那人弃斧而逃。樟树名声日盛，被誉为"神树"，每逢初一、十五，树下香火不断，吸引方圆数十公里的人前来祭拜。远远地，女人瞧见层层叠叠的屋舍间撑起一把绿色大伞，葱葱郁郁，红布垂垂，拢住了一村的风水，一种敬畏之情从心底滋生开来，女人低眉敛息，不敢说话。

来到树下，婆婆放下篮子，向樟树公公鞠躬，口中念念有词。女人抱着孩子，顺着树干的沟壑老皮，仰望这棵重叠了千年时光的古樟。粗壮的树干上长满了苔藓、薜荔、蕨草，三个分枝朝着各自的方向茁壮生长，葱茏的枝叶间挂满了红布，鸟雀在密叶中唧啾，跳上跳下。微风吹来，一股熟悉的清香扑面而来，仿佛置身于自己的卧房，女人终于轻松下来，觉得眼前的樟树亲切而温暖。

婆婆摆好祭品，点燃香烛，开始跪着烧纸钱，女人抱着孩子跟着跪拜，给樟树公公行礼。这时，已有不少孩子围拢，女人把斋粑点心分给孩子们，从怀里取出一块红布，请求孩子帮她挂在樟树上。一个虎头虎脑的男孩欢喜接过红布，嗖嗖爬上树干，再攀上一个枝丫将红布牢牢系在枝叶间。女人看着那片鲜亮的红布，眼睛潮湿了，仿佛获得了一种神秘力量，她的小猴子不久就会像树上的那个孩子一样长成小虎子。女人忽然觉得这棵古樟神奇伟大，它天赋使命，怀抱万物，不惧风雨，用生命滋养生命。

礼成之后，婆婆把一小挂鞭炮在香烛上点了引线，噼里啪啦炸响，招来几个老人家，婆婆忙把豆腐、酒牲送了过去，老人们呵呵笑着祝祷："樟树公公保佑您孩子好养好带，一夜睡到天光，禾桶大的树，水桶大的根。"婆婆开心道谢。

一个须发雪白的老人摇着一把蒲扇走过来，摸摸孩子的额头，朗声说："樟树公公护佑四方，寄崽遍天下。这孩子眉清目秀，天庭开阔，将来不是池中物，能一翅冲天呢，就叫'樟鹏'吧。"女人很感激，忙逗孩子说："鹏鹏，快谢谢爷爷。"小猴子真的睁开眼睛瞟了一下，把老人逗乐了。

当樟鹏长得像小兽一样结实，背着娘的樟木箱子去城里读书的时候，庭院里的樟树已有一小抱大，女人想，可以给闺女打嫁妆了。

秋叶红，秋叶黄

谷物成熟，果实成熟，叶片也成熟了。

村口的那棵大枫树是满树满树的红，从家门口望过去，仿佛一片火烧云升起来了，山坡的槭树、栎树、椿树红艳艳的随意点染，小学校操场边的那棵银杏树哟，金黄的小扇子，飘扬而落，像一只只美丽的蝴蝶，孩子们追着捡来做书签，还有路边的槐树、梧桐跟它呼应，还有满山橙黄的松针，给山林铺上了一层锦缎。

小时候最喜欢秋天，放学后不要扯猪草，红薯藤晾满了屋梁；也不要摘茶叶，茶树在春夏已奉献完了它的嫩叶，在这个十月小阳春里正忙着开花结茶籽。这时候需要做的，就是去收割完的稻田拾拾稻穗，看看鹅鸭，逮逮青蛙和泥鳅，还有就是去山上扒松针。

我们那儿不叫松针，叫松毛胡子，相对于阔叶林，叫松针更科学，但"松毛胡子"的叫法更形象。如果晚上一夜大风又没下雨，第二天就是扒松毛胡子的好时候。女人担着箢箕，孩子们背着背篮，各自手里拿着一个木制或竹制或在木棒上捆绑铁丝弯成的筢子，兴冲冲往山里赶去。孩子性急，在路边已开始往背篮里扒松毛胡子。女人不搭不理，不急不躁，往林子深处钻，那里才人迹罕至，那里的松毛胡子叠成了厚厚的一床棉被。

孩子们稀稀拉拉地扒满背篮，就开始采毛栗来剥，把毛刺刺的毛栗放在鞋底下碾压，然后用石头砸开果皮，两个三个睡得很整齐的扁栗子溜了出来，有时也只有一个独子，那肯定是圆鼓鼓的。脏兮兮的小手剥了栗子的嫩皮就放进嘴里，吃得津津有味，嘴角沾着白色的浆液。也有顾虑心强孝心好的孩子，吃了几个后，剥的栗子全放进衣袋里装着，回去给兄弟姐妹和爹娘。小女孩更喜欢去采蘑菇，把采来的蘑菇用乌箕草的茎串着，提

衔泥带得落花归

在手里满山欢。当女人从林子深处担着一担垒得圆滚滚的松毛胡子出来时，孩子们欢呼着回家了。女人的箢箕全掩在松毛胡子里，走在路上，她仿佛扛着扁担在两个圆球中移动。

我那时总是疑惑，松毛胡子落了一地，落光了怎么办？母亲说，松树它边落边长呢。我相信母亲的话，因为松树一年四季都翠绿绿的，在寒冷的冬天，松毛胡子上还挂满了冰凌。

几个腿脚不方便的老人，爬不上坡，进不了山，就去路边扒枫叶、梧桐树叶和板栗树叶来烧火煮饭。

读书时，参加学校生物课外活动小组，跟随老师爬遍了学校附近的山头，认识了几百种草药，感觉大自然真是神奇，伸手就是药，一草一木都有它存在的意义。其中最喜欢的活动就是制作植物标本。先把植物尽可能完整地挖回来，处理干净，平整地夹在草纸中，待它干爽定型后，再根据自己的造型设计，用胶粘贴在素描纸上。最让我们喜欢的还是制作枫叶和银杏叶标本，从形状到颜色，不要任何装饰，随摆随美。

谷物、果实要求颗粒归仓，唯有对秋叶看得淡然，它们飘落树底也好，悬挂树上也罢，没有谁去侵扰它，因为终究会赠还给大地。秋叶更大程度上是属于美学的，它是秋天的精灵。

碧云天，黄叶地。风起风落间，秋叶飞舞如蝴蝶。

雪天喂鸟人

棉絮一样的飘雪笼罩了整个山村,屋前的梓树桃树,屋后的樟树杉树,都挂着冰凌儿沉默着,那些"滴——咕儿""啾——啾""叽——喳喳"的雀儿不知缩到哪里去了。

雪白的山峦,雪白的田野,雪白的屋脊,四处亮眼,我站在门口眯了好一会儿才适应。阶基的柴堆下,一个小黑点在跳,不是老鼠子,是只小雀儿。我好奇地走过去,它扑棱地飞走了。在铅灰色的天空里旋了一小圈,又回到了阶基的柴堆下,望着我一跳一跳地。它太好玩了,我蹲下吹口哨逗它,它也叽叽回应,只是声音微弱。我想回屋拿饭粒诱它到堂屋,我一动身,小雀儿又飞走了……

母亲在喊我担水,我放下雀儿,回屋找扁担、水桶,穿上靴子往村口的双井去。

齐叔的木屋倾斜了,厚厚的雪压着,有点不堪重负。妻子病故,女儿远嫁河南后,齐叔一直独居这木屋。头发花白的齐叔蹲在屋前的枇杷树下,拿着米升子往那片扫干净雪的空地上撒谷粒。

"齐叔早啊,清早就喂鸡了。"齐叔耳背,我晃着水桶大声地问候。

齐叔瞟着屋后的山林,幽幽地说:"下雪天不放鸡,鸡跟人一样,怕冷。我喂鸟雀儿。"

"哈,您准备捉雀儿给谁家孩子开荤吗?"我想起了我们这里的习俗,孩子断奶前有一个开荤腥的仪式,如果是男孩子,父母用"猪全身"(请屠夫从猪脑到猪尾都割一点)煮汤喂孩子吃,预示福禄绵绵;如果是女孩子,父母用鸟雀煮汤,期待伶牙俐嘴,活泼可爱。

"我不捉它们。大雪封了田野封了山林,它们寻不到吃食。"

衔泥带得落花归

我怔住，脸红起来。我家柴堆下的那只小雀儿，肯定也是饿了，可我刚才还在想着诱它进堂屋把它抓了玩呢。

双井边的鱼塘和水田都白茫茫一片，只有两口井张着大嘴吐着热气，洗菜用的井上还漂浮着几片嫩绿的菜叶。我拿起水桶从做饭用的井里打水，井水格外清澈，几只红鲫鱼在水草间欢快地游着。忽然间，我觉得内心简单的齐叔，就像这口纯净的井，即使在大冬天也冒着热气。

我担着水回到齐叔木屋边，一群鸟雀儿从枇杷树下扑棱一声飞走了。我赶紧停下脚步，齐叔在屋内的窗格后面说："不要紧的，你尽管过，它们等一下又会飞来的。"

我想看鸟雀儿啄食，放下水桶等着，但脚都凉了，它们还不来，不禁想起王摩诘的"海鸥何事更相疑"，莫非我想逮住它们玩的奸诈念头也被鸟雀儿识破了吗？

回到家，我对母亲说："齐叔在喂鸟雀呢。"

"他呀，是鸟国来的，傻傻憨憨跟鸟亲。燕子在堂屋做窝孵崽，拉屎落泥巴，堂屋不得干净，大家都把木格窗改成了玻璃窗，他倒好，天天敞着窗户，还在堂屋的横梁上钉了一排竹钉，织上竹片，迎接贵宾一样等待燕子的到来；大家在后山茶园里种黄豆，豆荚鼓起来时，都忙着扎稻草人赶鸟雀，他不扎，随雀儿吃，说老天给鸟雀儿也准备了一份；麦子黄时，一个外乡人拿录音机在老虎凼里呼鹌鹑，每天晚上抓一网袋，卖给街上的人炖着吃炸着吃，他心痛得不得了，有天晚上，他事先躲在老虎凼的柴篷里，等那个外乡人安置好场面坐下等鹌鹑自投罗网时，他悄没声息地从后面把一个大麻袋套住了外乡人，外乡人以为遇到了鬼，吓得再也不敢来了……"

"没想到瘦小的齐叔还这么勇敢。齐叔还种田吗？"

"种啊，村落就他的田土种得最齐整，一根杂草都没有，农闲时节就在村里打打零工。村里看他孤身一人，给他评为低保户，他拉着村干部到家里看他的谷仓、柴楼和箱子，说有吃有穿，不要国家的照顾。大家都笑他真的活成了一只鸟，知足，快乐。"

雪还在飘，纷纷扬扬，一群鸟雀叽叽喳喳向着齐叔家飞去。此刻，齐叔一定躲在窗格后看鸟雀啄食，心里溢满了喜悦吧。

挂社钱

秀禾是我的儿时好友，她从村头嫁到了村尾，青溪就是她的世界。每年正月回青溪给母亲拜年，我总要去看看她。

推开虚掩的木门，门轴尖脆的吱扭声、木槌声和满屋子的亮白吓了我一跳。秀禾见我，忙放下手中的木槌，拍拍围裙上的纸屑高兴地说："你来了就好，我正急呢。"说着，从竹篾纸堆中找出了一个木墩让我坐。

我接过木墩坐下，说："今天还是正月初三呢，你就差遣我了？什么活儿这么急？"

"去年重阳，村里的珍婆婆不是走了吗？临了交代女儿月桂给她挂三年社钱，每年三十竿，要我亲手给她做。"

"哦，那你答应了人家就要提前做好准备啊。"我看她蓬乱着头发，急匆匆地，不由责备起她来。

"三十竿社钱我在年前就准备妥当了，可按着习俗，打冥钱飘带、串金银元宝必须孝子孝女亲手置办的。'新坟不过社'，头社应在立春后的第一个戊日前后挂，袁先先说，正月初四挂开社大吉昌。我打月桂电话，催她回来给珍婆婆挂社钱，可她说人死如灯灭，这些没意义的事不做了。我说既然不想做，当时就不应该答应啊，答应了，珍婆婆肯定在那边盼着呢……"秀禾絮絮叨叨中带了几分埋怨。

"人家做女儿的都不在乎，那金银元宝和冥钱飘带就省了吧。"

秀禾放下木槌，用手捶捶腰，说："珍婆婆恭谨得很，每竿社钱四串金银元宝，每串七个；八条飘带，每条必须打满九个冥钱印子，不能多也不能少。我答应了的事就不能敷衍。我打飘带上的冥钱印子，你帮我串金银元宝，糊飘带。只要做起来，就能完成的。"

看着秀禾的坚定,我不再说什么,系上围裙和秀禾一起,在一堆雪白的社钱中忙碌起来。

珍婆婆是从瓜麓山那边嫁过来的,家务农活,样样在行。她还有一绝活,做纸马。曾经不准做纸马,她就剪窗花,一张红纸,一把剪刀,几折几剪,喜气洋洋的双喜,叽叽喳喳的喜鹊,慈眉善目的观音就在她的指间活了起来。村里谁家有喜事,她都会早早地剪好送过去帮忙贴上。珍婆婆灵性能干,命却不好,生下月桂不久,丈夫患病去世了,珍婆婆带着月桂艰难度日。

月桂初中毕业后,跟随村里的女孩一起去广州打工,自作主张嫁到了河南,也曾回来接过珍婆婆,但珍婆婆怎么也不愿离开乡土,就这么一个人种田种地,闲时做纸马做社钱。

珍婆婆制作的社钱完整精致,从不偷工减料,仙鹤编得栩栩如生,灯笼织得圆圆鼓鼓,用藤条把它们一一固定在竹竿上,仙鹤独立于灯笼上,灯笼连着竹环,竹环上种四棵摇钱树和两条金箔龙,最下端还须盘上一个竹环,用剪好的蜂窝纸糊了,饱满厚实,留与孝家子孙尽孝祈福。有人来买社钱,珍婆婆就教孝男孝女亲手在飘带上打冥钱,用棉线串元宝,然后一条条糊好,一串串挂上,一竿寓意驾鹤西去、富贵荣华的社钱就做好了。

珍婆婆很想把自己这个从娘家带来的手艺传给月桂,但月桂远在河南,一年都难得回来一次。倒是秀禾时常去看看珍婆婆,菜园里有什么时鲜蔬菜总会先给珍婆婆送去尝尝鲜,节日做了什么糕点也会送上一份。

秀禾心灵手巧,做鞋织毛衣等手上活儿一看就会,有时去看珍婆婆,总喜欢给珍婆婆打个下手,用细细软软的竹篾编仙鹤,用冥钱印子打冥钱,用金箔织元宝,遇着珍婆婆做什么就跟着学什么。珍婆婆慢慢地破篾、编织、糊裱,慢慢地跟秀禾讲着挂社的规矩:头年开社,挂的社钱是全白的,寄托亲人无限的哀思;次年团社,挂杂色的社钱,让死者打点各路神灵,以便生活自由无碍;三年圆社,社钱一色的艳红,祝福孝顺的子孙满堂红火……

当我帮着秀禾把三十竿白亮的社钱从木屋搬到屋前坪里时,太阳已从村庄后面的山林里升起来了。秀禾忙着打电话联系镇上的三轮车师傅,但都回绝了,因为去珍婆婆墓地的路又窄又陡。秀禾着急地问我怎么办,挂社钱越早越好,过了午时,元宝就成了铁钱,珍婆婆领了也没多大用了。

我被秀禾的着急和认真逗笑了,说:"这有什么难的,我们家这几天大大小小三桌人吃饭呢。"我打电话把侄女从睡梦中喊醒，说了这事。不一会儿，侄女领着一大群人来了，孩子们蹦跳在前，大哥和村里的老人们随后，精瘦的楚爷爷也来了。

秀禾高兴起来，忙进屋端来瓜子花生糖果要大家吃，孩子们看到花团锦簇的社钱又兴奋又有点害怕，楚爷爷说，这是告慰，是祈福，没什么可怕的。告诉大家怎么拿更省力，示范地扛起一竿走在前面，大家都学着扛在肩上，浩浩荡荡往珍婆婆墓地走去，秀禾忙用竹篮提了三牲祭礼跟上。

我扛着一竿社钱走在最后，看着沿着山路迤逦而上的人群和社钱，不禁想，珍婆婆还真有福气呢。

电，从冰雪山野来

朔风凛凛，瑞雪霏霏，多彩的紫鹊界褪成了一幅黑白照。通往镇上的车都停开了，可我必须赶回城里去。

隔壁的木哥帮我联系上了一名司机，虽然价格是平时的三倍，但我欣然同意，很感激他愿意接这个活儿。

越野车在冰雪泥泞里爬行，小心翼翼地，到紫鹊界山顶时，套在轮胎上的铁链子竟然断了。在这样盘旋、陡峭、冰冻的山路上，没有铁链子根本不敢前行。

司机想尽办法也没能把铁链子接好，很懊丧，只好打镇上一个修车师傅的电话，一再央求，对方才同意送副铁链子上来。我们坐在车里等。

雪花还在飘，对面山坡上被雪覆盖的竹林中，矗立着一根水泥电线杆，两个穿橘红色衣服的电力工人，戴着黄色的工作帽，爬在电线杆上检修线路。一个在电杆顶端，像蜘蛛侠一样，在那些交错的电线之间忙碌。冰封雪飘的天地间，他们小如鸟雀，但又火热灵动。

一阵阵油锯的轰鸣声打破了山村的宁静，在黑黑白白的树林子里，还有几个橘红色的点在动，他们正冒雪进行竹木障碍清理。

"电力工人真是辛苦呢！"我由衷地说，因为我坐在车里都感到寒冷。

"那些奋战在一线的人都是辛苦的。他们是水车供电所的，负责紫鹊界山系输电线路的检修维护。电线杆顶端的那个是郑爱中，已经在供电所配检四班干十几年了，正往上爬的是罗晓辉，也干了六七年了，他俩是所里的技术骨干。农网改造之前，我们这里的电杆都是杉树，电杆矮电线细，经常停电，现在用电稳定安全多了，电力部门的服务意识也增强了。供电所印制了卡片，分发到每家每户，方便大家在出现险情和问题时及时给供电所反映情况，无论险情大小，他们都会及时派人前来检修。"司机从他钱夹里拿出一张蓝底白字的卡片，给我看。

我是一个不太相信名片的人，但此时此刻，在这个冰天雪地里，摸着这张"国家电网：你用电，我用心。水车供电所二十四小时抢修电话……"的卡片，看着风雪中爬在电杆上、钻在树林里的电力工人，温暖、敬意在心里升腾，这不是宣传单，这是一份承诺，一种责任。

"这些号码不是虚设的，都有人值班。去年除夕，我们正兴致勃勃观看春节联欢晚会，突然停电了，整个院落十多户人家里陷入漆黑。我翻出卡片准备拨打抢修电话，我父亲说，人家也过年呢，明天再打吧。我抱着试试看的心理打过去，居然通了。没多久，郑爱中和罗晓辉，就是对面电线杆上那两个人，骑着摩托来了……"

山脚下上来了一辆皮卡车，我们以为是修车师傅送链子来了，高兴地下车去迎接，没想到那车在半坡的一棵树下停下了，一名系着围裙的工友走下车来，吆喝起来："伙计们辛苦了，快过来吃口热饭。"

在我们失望之际，司机的手机响了，他高兴地嚷起来："我看到供电所的送餐车了，你抬头看，我们就在上面的坡上。"

一个中年男人从供电所的餐车后座下来，背着一个大袋子，朝我们挥挥手，向着我们的车走来。

电力工人从冰雪中走到餐车边，抓一把雪洗洗手，端起了盒饭。盛饭的泡沫箱子就是餐桌，他们围着，或蹲或站，津津有味吃起来。

修车师傅熟练地上好链子，我们的车继续往前行走。刚到镇上，听到镇上的人们在欢呼："电来了，电来了。"广告彩灯亮起，店内音乐响起，街市一片繁华。

一个声音在我心里盘桓：电，不是自己来的啊，是风雪中的那些人，冒着严寒，冒着危险，一路接来的。

呆头鹅的老来福

　　三婶本来是去双井洗菜的，看到雪香在我家门口闲聊，把一竹筛青菜倒在菜井里浸着，走了过来。

　　雪香是村里的媒婆，腿勤嘴快，人缘广，还有满肚子故事，她到哪儿，哪儿就热闹。

　　母亲忙把我带回来的水果、糕点端了一大盘出来，要三婶和雪香吃，三婶客气地推辞着，雪香吃东家喝西家惯了，抓个橘子剥着，说："那只呆头鹅交好运了，和镇街上的一个退休老头扯了结婚证。"

　　这新闻颇具震撼力，母亲和三婶都怔住了，吃惊地望着雪香。

　　呆头鹅大名游素娥，是村里出了名的没操持没脑子的女人。家务、农活样样干，但都干得不入眼，脑子迟迟缓缓，手脚粗粗笨笨，嘴巴也拙，谁骂她，她都只会小声嘀咕几句，然后翻着白眼望着你。她生柴火生得满灶膛浓烟不见火苗，婆婆用铁钳打她；莳的稻秧弯成了一条龙，生产队长把她一个人留下莳到月亮出来；到河里捞沙子半天没捞满一担，她捞虾米去了，丈夫抓住她的头发按在河里淹；她在家里连一只带锁的箱子都没有，卖小菜、摘银花积累的零碎钱放在枕头里，结果全被那个爱打牌的儿子偷走了。除了身份证，除了那个天晴落雨戴在头上的斗笠还写着她的大名外，认识她的青溪人，都直接或间接喊她"呆头鹅"。

　　前年，她那做事狠对人狠的丈夫被确诊为胃癌，她在医院的过道里打起滚来哭，丈夫吼她丢人现眼；她听从医生的话，把酒藏了，熬粥给他喝，丈夫骂她要饿死他，把粥碗扔过去砸她；丈夫去世了，她想按照乡俗为他做个道场，儿媳妇要她少兴名堂，叫她去厨房洗碗，她边洗碗边哭苦命的男人……

　　做纸马的七奶奶说，你男人不苦，你才苦呢，十几岁从瑶山上嫁到青溪，现在六十多了，谁疼过你敬过你啊？呆头鹅翻着白眼望着七奶奶，说，被黄土埋了才苦，我还能看花花世界，有什么苦呢？

主持丧事的冬伯来厨房添茶水，听了呆头鹅的话，说，嚙，今天真热，蒙在心上的糊涂油都融化了。呆头鹅忙揭开装猪油的油罐盖子，说，冬伯，猪油没融呢。冬伯说，又冻上了。大家哈哈大笑，呆头鹅不知他们笑什么……

三婶终于反应过来，用几乎全青溪都能听到的大嗓门说："六十岁了还嫁人，她不知羞啊——如果她婆婆、男人在，非打死她不可。"

三婶可能意识到自己说的话等于白说，因为她婆婆、男人都不在了，丧气地说："真是只呆头鹅。那退休老头肯定也不是什么好货色。"

"人家条件好着呢，是个退休老师，有文化有工资，老婆去世好几年了，两个孩子都已成家。"雪香吃着橘子，夸着退休老头。

"那你怎么早没帮他牵根红线，赚个大红包呢？"三婶不以为然地揶揄着雪香。

"我给他谋过几个呢，交往了几次就没有下文了。老头说，她们都是冲着他的退休工资来的，有要工资卡的，有要求每月负担多少钱的，有要求写养老送终协定的……老头再不要我谋了，说一个人还清静些。"

"那呆头鹅是怎么认识老头的？"听雪香这样说，三婶也认起真来。

"她不是经常去街上卖小菜吗？别人卖菜趁雨天或者早晨露水深重的时候摘，水淋淋的，既压秤又看起来新鲜，她要晴天摘，还要把露水敞干再去卖，且从来不带秤，用棕叶大把大把扎着，这退休老头做事精细，经常到她那里买菜。有次来买菜时，腿一瘸一拐的，膝盖上贴满了风湿膏，原来这老头风湿关节炎犯了。呆头鹅不是从瑶山上嫁来的吗？她唯一的嫁妆就是十几个大小不一的竹罐，她从家里取了竹罐帮老子拔火罐，拔了几次，老头的腿好多了。这样一来二去，老头觉得她本分，对她动了心思，主动来托我去问她愿不愿意。这呆头鹅竟然什么要求也没有，只说自家的菜园不愿丢下，老头也是勤劳的人，巴不得有个地方锻炼身体。"

"还真是天公疼憨人，傻人有傻福呢。"三婶瞧不起呆头鹅，又不得不服气。

"夕阳是晚开的花，夕阳是陈年的酒……"三婶的老年机响起，声音格外嘹亮，三婶一看是三叔打来的，嘻嘻哈哈地回应着"来了来了"，急急忙忙往井边去，刚跨出门槛，又折回来悄声对我们说："快看快看。"

我们顺着三婶的目光望过去，对面小路上，那满头银发的退休老头，背脊挺直地扛着锄头，呆头鹅戴着斗笠，背着菜篮，一前一后往家里去。

衔泥带得落花归

病房里的庄稼花

大哥患急性胰腺炎，从村卫生室到镇卫生院，最后住进了县人民医院。

大哥六十有二，这是第一次住院。从第二天开始，陆陆续续有人来病房探望，有的拿了猪肉，有的拿了鸡鸭，听说禁食，只好又拿了回去，说等他出院后给他送家里去。大哥很领情，这些东西在乡里很寻常，但被乡邻背到县城医院后，就不同寻常了。

那个脂肪乳滴起来很慢，要打一大半天。大哥躺在床上望着吊瓶，胡思乱想，想鱼塘，想田土的庄稼，想一个个来看他的人，整个院落就袁跃进一家没来。袁跃进不会来的，他不来好啊，正不想要他看到这个插满管子的样子呢，大哥想。

想起袁跃进，大哥自然想起了大嫂。

大嫂是从老山冲嫁过来的，嫁妆只有三只木箱，但有满身的力气，生产队出工总是能赚七分工，那是妇女的最高工分，袁跃进老婆矮小如谷箩，队长只给她记六分工。田土分到户后，大嫂从娘家带来的编织手艺有了用武之地，自留山上有的是竹子。空闲时间，大嫂篮子筛子、晒簟鸭笼，编着攒着，赶集时就去街上卖，家里孩子的学费、零用开支都是大嫂用竹子换来的。

那天清早，大嫂去山上砍竹子，正碰上袁跃进扛着一根竹子从山上下来，袁跃进看见大嫂，慌忙从路边快步溜过。大嫂感觉不对，跑到自家山上一看，果然看到一个饭碗大的新竹蔸。好你个袁跃进，兔子不吃窝边草，你竟然偷到自己院落来了。大嫂一口气跑下山，从后面拖住竹梢，大骂起来。袁跃进强词夺理，说："捉奸拿双，捉贼拿赃，你看见我在你家山上砍了？"说着扛起竹子要走。

大嫂哪里肯依，一双手狠命拽着竹梢，袁跃进挥起砍刀落下，想如壁虎断尾一样断了竹梢子逃走，谁知正砍在大嫂右手腕的脉筋上，顿时，血涌而出，染红竹叶，滴落在地上。

赤脚医生简单处理后，大哥把大嫂送进了镇上卫生院。

袁跃进在当天夜里把留在山上的竹蔸挖了，把山土掩埋好，矢口否认他砍了大哥家的竹子，拒绝付医药费，因为他知道，付了医药费，也就等于承认了自己偷了竹子，偷邻家东西，多么令人不齿。大哥带了亲戚，把袁跃进家里的鸡鸭猪狗全捉来卖了。大嫂的手终究落下了残疾，不能伸直，拿不了重物，再不能编织竹器。

这样一来，两家结下了仇怨。大哥一家出入要经过袁跃进门前，袁跃进那谷箩高的老婆用粪勺舀粪泼洒，用刀剁着砧板骂，当然，袁跃进家的鸡一进到大哥的屋坪，大哥就用鸟铳打，两家吵得不亦乐乎，唱尽了戏给院落人看。

大嫂一直说头疼，大哥带她去省医院检查，结果是脑瘤，只能药物保守治疗。大哥特意咨询了医生，这病与当年手臂上的筋脉砍伤有没有关系，医生说，这之间没有直接关系，但长期的情绪恶劣肯定是对身体有害的。

不到半年，大嫂撑不住，走了。大哥尽家之有给大嫂做了三晚道场，火爆热闹，可抬棺椁的抬夫却成了大问题。院落只有二十来户人家，年轻人都去外面打工了，按规矩自家人不能抬棺椁，家务长只好把七十岁的哑巴叔也喊了来做抬夫，发给他一双解放鞋和一条长腰带。

吉时发枢，院落的老老小小都来送行。墓穴选在牛形山，不远，只是山顶处有个手肘弯，八人抬着灵柩很难转过来。在八音锣鼓的喧闹和道师的祭祷里，其余人还好，涨红脸咬紧牙顶着，哑巴叔不行了，撑不起来了，眼看着棺椁斜了过来，如果棺椁落地，不但会伤了哑巴叔，也犯了葬礼中的大忌。这时，旁边的袁跃进毫不犹豫地把肩膀顶了进去，让哑巴叔从他脚边缩了出来。袁跃进一顶力，其他抬夫都感觉到灵柩一下子轻了，迅速爬上了山冈。

事后，大哥请家务长给袁跃进带去了一双解放鞋和一条长腰带。

去县城看过大哥的人，在院落里说着情况，袁跃进听着，一语不发，回去躺在床上，望着天花板，想起那根让自己后悔了一辈子的竹子。

邻家的鸡总是到院落里来抢食，老婆天天叨叨要砍根竹子来织一片篱笆。那天清早，本来是去自家山上的，谁知竟被那根饭碗粗的竹子诱惑了，那竹子定是一个巫婆变的。我只是想砍断竹梢子逃跑啊，谁承想会砍到手呢？你们卖了我的鸡鸭猪狗，为什么一定要把我为娘修建的老屋也抬走啊？

东想西想，一滴眼泪从袁跃进的眼角滑落。

大哥躺在病床上强忍着饥饿。病房里除了墙壁上的那台电视机，除了天花板空调口飘动的红布带子和自己这个黑不溜秋的人，一切都是纯白的。白色把很多东西都过滤了，就像禁食，把一个人其余的欲念全都禁止了，只剩下一个欲念：想吃饭。

门开了一条缝，挤进了一撮白发和满是皱纹的长条形脸，眼睛骨碌一下，看清了躺在床上的人，笑了，推开门，双手捧着一束花草，走了进来。

大哥惊愕地坐起，以为是饿晕了出现了幻觉，使劲眨眨眼，再看，真是袁跃进，头发全白了，背佝偻了，脸上长满了皱纹。他们好多年没这么近距离看过彼此了。

袁跃进要大哥躺好，拿过一条凳子，抱着花束坐在大哥的床头，说："听他们说，医生不让你吃东西，饿坏了吧？生了病，没办法的，只能忍着，很多事忍忍也就过去了。这么久了，我想你肯定挂念你的庄稼了，我把它们带了来让你瞧瞧。"

大哥听他这么一说，兴奋地坐起，伸出双手，迎接自己的庄稼。

袁跃进走过来，解开青草拧成的绳子，一枝枝递给大哥："这是你种在老虎凼的红薯花和玉米穗子，这是你鱼塘边的南瓜花和丝瓜花，这是你四方丘刚吐的稻穗，这是你菜园边的红芭蕉，全开了，火红一片，惹得院落里的孩子摘了吮蜜吃，这狗尾草、青草花是我每天帮你扯的鱼草……"

大哥抚摸着这些来自自己田头地里的庄稼花草，仿佛见着了久别重逢的老朋友，眼眶都湿润了。

"你好生养病，不要挂念庄稼鱼塘，我会帮你打招呼的，我坐下午的班车回去。"袁跃进轻轻关上门走了，大哥想去送送，可输氧管输液管把大哥绚在床上。

小护士把庄稼花草插在一个剪成花瓶的可乐瓶子里，摆在窗台上。紫色的小喇叭是红薯花，金黄的是南瓜花丝瓜花，火红的是芭蕉，淡白的是稻穗和玉米穗，绿绿茸茸的是狗尾草花。大哥第一次发现，自己种的庄稼花竟然这般美丽、尊贵。

小路

　　村子连接镇上的，是一条弯弯曲曲的小路，伴随它的，有时是青溪，有时是稻田。

　　最初是跟着母亲去镇上赶场。母亲用箩筐担着青辣椒走在前面，我半跑步跟着，到了集市上，人多起来，母亲叮嘱我抓住后面箩筐的绳子，在拥挤的人群里，抓箩绳的小手几次被挤开，但我又努力地抓紧了。可来到摆菜的大栎树下，才发现我抓住的竟是别人的箩绳。我慌了，像只小老鼠一样在人群里钻，到处找母亲，可怎么也找不到，我只好沿着小路往家里走，竟然在小路上看到了焦急寻我的母亲。

　　十二岁那年，我考上了区中学的重点班，父亲担着箱子被子送我。走到道水坝那些长满青苔的石头墩上时，父亲摔倒了，望着父亲满头大汗，膝盖上鲜血直往外流时，我哭了，父亲忙说："不要紧的。"随手捋了一把檵木叶塞进嘴里，嚼碎敷上，血止住了。父亲瘸着腿捡来箱子，箱子角上竟摔去了一大块，我的眼泪真的流下来了。"莫哭，等你考上大学，我给你买只皮箱。"听到父亲的许诺，我高兴前行。

　　寄宿生活的清苦和田地承包后对劳动力的需求，同伴们一个个辍学了。母亲担心，总叮嘱我走小路要小心河水和狗。一个人走在小路上，也不感到孤单，因为校园有太多的诱惑，那些乐事足够陪我走完小路，何况心中还有父亲许诺的那只皮箱。

　　黄布米袋全洗白了，上面被母亲缀满了线疤，带子一次次断，一次次接，变得很短了；装菜的大搪瓷杯的白瓷被我摔去了一块又一块，锈迹斑斑。它们胀了又空，空了又胀，装进了母亲的多少爱意，父亲的多少期盼，陪着我在小路上颠呀晃呀，把一个黄毛丫头晃成了大姑娘，晃回了一张师范的录取通知书。

　　去县城读书得走过小路再去镇上乘车，姐送我，还是那只去了一角的小木箱，因为父亲已被胃癌这个魔鬼缠住了，正躺在医院。那天清早，走过道水坝时，我对姐说了三年前父亲送我上学时膝盖摔伤的事，心里充满了对父亲的愧疚和担忧。姐嘱我安心学习，家里有她。

毕业后，我回到了母校任教，又走起这条小路。小路依旧蜿蜒，心中不由得涌起时光倒流之感。

在20世纪90年代初，乡村的孩子随便找个理由就能中止自己的学业，那些安心在土地上忙碌的父母对孩子的期望值也不会太高，广阔的原野有干不完的农活，可以接纳很多人。除了农活，还有各种手艺可以养活人，农村是最好的退路。

我不愿意看到学生辍学，我会想尽办法去家访。在乡村工作了十八年，几乎家访过镇里所有村落，对小路的每一个分岔会通向哪里都很熟悉。经常是我一个人去，总有学生跟着我回校，但那一次却是个例外。

开学一个星期了，有个叫李小青的学生还没有来。那天上完课，我一路问询往他家去。远远地我听到了办丧事的锣鼓铳炮之声，谁承想竟然是李小青的父亲葬身煤窑了。我看着他家歪斜的木屋，病恹恹的娘和两个尚不谙世事的妹妹，没再提上学的事，只是帮李小青擦了擦眼泪就往回走了。掌灯时分，我才从田垄七盘八绕地来到熟悉的小路上，心里总算舒了一口气。就在我高兴的时候，前面路口有一只狗狂吠着飞奔过来，我发现了路边的一根木棒，想捡来赶它，在我分神之际，它已咬住了我的小腿。一位劳作回来的老人，扔了箢箕拿着扁担跑了过来，把疯狗赶跑了，我的裤腿被撕烂，小腿被咬伤了。我谢过老人，拐着腿往镇上卫生院去打疫苗。

在这条路上走着走着，身边多了两个人：爱人和儿子，小路不再寂寞。

星期天我们回去帮母亲摘茶、收稻、挖红薯；河岸边的杜鹃、百合、野菊经常会被插进我们家的花瓶；收割后田野里还有很多的美味，我最擅逮草束下的蛤蟆，爱人喜欢放干水沟翻泥鳅，儿子呢，帮我们提鱼篓；遇上工作忙，我们就差遣儿子给外婆给爷爷送东送西，儿子也在小路上走着走着长大了。

现在，这条泥巴小路已铺成了水泥路，承载着更多忙碌的脚印。独轮车、摩托车、三轮车、小车，人来车往，比以前热闹了许多。女孩子的高跟鞋再也不会陷进泥泞中，而是清脆地敲击着路面，即使走在乡村也能秀出模特步。最让人感觉与城市接轨的是路旁安装的太阳能路灯，让乡村的夜晚也毫光显亮。

洒落在小路上的每一个日子，都是珍贵丰满的。沿着小路向前，我还有个归处，我的母亲还健在，我还是个孩子。

疼痛的村庄

暑假，我回乡村陪了母亲一个星期。

一

那天，刚到村口，就听到了铳炮喧天，鼓乐齐鸣，我心一沉，又是谁家老人走了。这两年，村里的老人一个接一个离开，连一向胆大的母亲，夜幕一降临就把大门闩上了。特别是同年好友去世后，母亲沉闷了好长一段时间，时不时说些丧气的话，"过得了年，莳不了田""买什么新衣，穿不烂了"……我知道母亲并不是真的舍得"走"了，而是看到身边一个一个的伴儿不见了，难受。

今天又是谁呢？

母亲站在屋前石阶上眺望远处送葬的队伍，见我回来了，迎了上来，说："二十多个花圈，三套西乐，放了无数的花炮，披麻戴孝的几十个，又有什么用呢？"

"妈，是哪个老了？"

"对岸的孙家奶奶，八十多岁被狗咬死了，这么心慈心善的人竟然不得善终……"

"谁家的狗？是疯狗吗？"我听得毛骨悚然。

"孙家奶奶自己喂的狗，喂了好几年的，不上相的畜生。"母亲愤愤然起来，"孙家子孙们回来用锄头把它砸死了，扔进河里，吃都没人吃。"

听母亲的口气，一只禽兽有人愿意吃才是福气。

孙家奶奶五十多岁打单身，养了四个儿子两个女儿，都成家了，老人一个人住在河边的老木屋里，今年正月就病了，说好四个媳妇轮流服侍，但三媳妇四媳妇在外面打工，大媳妇要带孙子，都花点钱要那个半聋半哑的二媳妇服侍，二媳妇自己的事都做不太明白，爱好洁净体面的孙家奶奶屎尿都在床上，熏死人了，没人敢进她的房间。

　　二儿媳妇的媳妇要添孩子了，接生婆也请到了家里，但一天一夜都没生下来，只好赶紧喊车送镇上医院。等二儿媳妇记起孙家奶奶，赶紧去送饭时，门从里面关着，怎么也喊不开，只有狗狂吠不已。二儿媳妇忙从窗户爬进去，孙家奶奶早已死了，脸上、手上、腿上都被狗咬得稀烂。村人唏嘘不已，不知孙家奶奶是活着被狗咬死的，还是死了后被狗咬烂的……

　　对岸长长的送葬队伍正往山上蜿蜒，砰——砰——砰，绚烂的烟花一个接着一个炸响，血色的火光过后，乌烟瘴气弥散开来。

二

　　吃过饭，母亲说要我去加工厂磨点米粉回来蒸米粉肉。

　　端着炒得喷香的米，走在青溪边上，心里很是轻松愉悦。走到岩生哥家门口时，听到里面笑语喧哗。我很纳闷儿，儿时摔到火膛里几乎毁容、去年妻子患病去世的岩生哥时来运转了？我拐个弯走了进去。

　　一桌麻将，一桌字牌，一桌扑克，还有一桌人正围着一些书纸讨论得很热烈。在我惊疑之际，岩生哥喊了起来："穗穗，你回来了？"

　　好几个刚才低头忙牌的嫂子也抬起了头，笑着说穗穗回来看妈妈了。

　　我忙着点头回礼。

　　岩生哥邀我坐，我发现平时最勤劳的三爷爷也在，我忙问三叔爷爷好。

　　"穗穗，你是老师，你来帮我解释一个字。"岩生哥说着递过来一张油印纸，上面密密麻麻，有字有图画。

　　"这是什么？"

　　"码报。你甭管它，你只帮我解这个字就行。"岩生哥指着纸正中间一个很大的"牺"字。

　　"牺牲，现在的意思就是为了正义事业而献出生命，它的最初意思是做祭品用的毛色纯一的牲畜，有太牢和少牢之分，太牢指猪、羊、牛；少牢只有羊、猪，没有牛。"

"老师知道的就是多。"岩生哥已帮我倒上了一杯热茶。

"把曾道人玄机诗给穗穗看看。"秋生嫂子忙递过来另一张"码报",并指给我看。

"百花争艳一片红,心情舒畅去郊游。这就是说春天来了,百花开了,大家可以心情舒畅地去郊外踏青野游。"

"你再看看黄大仙救世报上的诗。"岩生哥从一大堆"码报"中翻出一张来,正对着我摆上。

"亡羊补牢时未晚,铁面无私天下闻。这是说虽然羊逃跑了但还是要把羊圈补好,以后关羊关牛就不会跑了,后面一句是说像包青天一样公正无私的人天下都知道。"

"穗穗,你再看看这个成语。"三爷爷递过来一张"白小姐救世报"。

我顺着三爷爷苍老变形的手指望过去,上面写着"袖手旁观"。

"三爷爷,袖手旁观的意思是:把手放在衣袖里站在一边瞧热闹,对身边发生的事不管不问。"

秋生嫂子又翻出了一张"黄大仙救世报",岩生哥说:"别问了,穗穗要去磨米粉了。我已经听清楚了,今天晚上大家买'牛'。"

"你在吹牛吧,岩生。"麻将那桌传来一个清脆的声音。

"你们听我说呀。刚才穗穗说这个'牺'字就是猪、牛、羊,有个'牛'吧;'心情舒畅去郊游',就是说买了'牛'就心情舒畅;'亡羊补牢'这个'牢'下面有个'牛'吧;'铁面无私'刚才穗穗说是'包青天',包青天既是大将,又长得牛头马面,是'牛'吧;特别是成语中特的'袖手旁观',刚才穗穗说把手放在衣袖里,我就把'手'上面的一撇放在旁边,你们看,是不是个'牛',我说仙了吧?"

大家被岩生说得哈哈大笑,我却被他说得云里雾里,我争辩说:"岩生哥,有些是你的歪解,不是我说的。"

"是是是,穗穗,别急,你教书有你的路数,我们解码有我们的路数。今晚出'牛'我请你的客,没出不要你负责。晚上九点我打电话告诉你。"说着用纸记下了我的电话,"以后还要多向老师请教呢。"

我晕晕乎乎端着米粉回到家里,母亲责怪道:"怎么磨了这么久?"

我说去岩生哥家玩了会儿,母亲惊诧莫名:"你也去他那儿玩?"

"怎么啦?"

"岩生这浑小子自从死了老婆后走坏路了。田也不种,土也不挖,都荒芜了,开个麻将馆,村里好吃懒做的都聚在他家,赢了就胡喝海吃,输了就东挪西借,还和你秋生嫂子不清不楚,可怜你秋生哥顶着长沙四十多摄氏度的高温还在工地上装模呢。还有你那个三爷爷,天天谈码、买码,连菜都不种一兜了,就算天上掉东西下来也要起得早啊。"

"妈,秋生嫂子的事不能乱说的。"

"我乱说?你二伯娘去岩生家闹了好几回了。你二伯娘对我说,她要去报告派出所把岩生一锅端了才解恨。"

乡村的夜晚来得早,黑得透,除了几家的窗户透出一点光亮,只有天上点点的星光。我和母亲坐在院子里乘凉,还没到八点,母亲就说倦了,我只好跟母亲进屋歇息。不久,母亲已响起了鼾声,而我怎么都不习惯这么早睡,只好玩手机,等待岩生哥的电话。九点半了,电话还没响起,我倒后悔没要岩生哥的电话号码。一个晚上辗转反侧,天亮时分终于睡沉了,醒来时太阳已从窗棂射进来了,葱花炒鸡蛋的香味飘了进来。要在小时候母亲早已用竹棍敲着床脚催我起来看鹅了,母亲越老越慈爱,女儿还真成了娘家的皇帝了。

我舀了一瓢凉水去屋檐下漱口,见三爷爷站在塘基的四季青树下对我打手势,我端着水瓢忙跑了过去。三爷爷压着嗓子说:"穗穗,你真神,昨晚真出了'牛'。"

"那是岩生哥说的。你们都买中了?"

"正准备买呢。派出所的人来了,把钱都没收了,岩生也被抓走了……"

"穗穗,吃饭了。"母亲扯着嗓子在灶屋喊,三爷爷怕我母亲发现,闪了。

三

我低头扒拉着饭粒,想着岩生哥被抓走的事。母亲见我木着,说:"离久了连床铺都生疏了吧,没睡醒?"

"在妈妈身边,睡得很好呢。"我忙伸长筷子,夹回了一大块葱花蛋。

母亲高兴地说:"饭要吃饱,活要干好。趁着天气好,今天要把后园里的苞谷全掰回来。"

我忙愉快地应承着。

来到后园，看到这些长得密密挤挤的玉米棒子，我真是惊讶弯腰驼背的母亲竟然能种出这么好的庄稼，心中对劳动充满了敬意，既而觉得岩生哥家那些大男人小媳妇在阳光灿烂的日子里，打牌赌博偷情取乐，任野草在自家土地上疯长，真是不应该。于是抛开岩生哥，全力以赴掰起玉米棒子。

正忙着，雨生嫂子背着一大篮子鱼草从山路上下来，见我们在掰玉米，把草篮子放在路边，朝我们走来，我提醒踮着脚跟在掰玉米的母亲，母亲忙停了活从玉米地里钻了出来。

"姑姑，我家雨生整日里坐在轮椅上闲得发慌，嘴里能嚼点什么就好过些。您玉米掰了，这些还嫩的玉米秆子不要了吧？"

"不要了的，做柴也不好烧。只是这个都老了，嚼着没么子滋味了。"

"让他过过嘴瘾，打发时间吧。"

"也对。"母亲帮着拗断了一大捆，雨生嫂子将沉重的鱼草篮子起肩背好，母亲就把那一大捆玉米秆子再放在篮子上，雨生嫂子伸过一只胳膊压住，打了个趔趄，一步一步地往前移走了。

我也拗断一根嫩的玉米秆子，撕掉叶子，放嘴里嚼着："妈，这一点味道都没有。雨生嫂子怎么不给雨生哥买点水果吃呢？"

"买水果不要钱？你是站着说话不腰疼。"母亲嗔怪道。

雨生，村里第一把砖瓦刀子，非常勤快的一个后生，前年帮村里财叔建房子，不小心从顶层摔下来断了脊椎骨，再没有站起来过。现在天天要吃药，三个孩子要读书，全靠雨生嫂子一个撑着。财叔也可怜，建个房子用了二十多万，医药费赔偿费也花费了十多万，六十多岁了还在工地上担砂浆，精瘦精瘦的，走路脚都打颤……

"前天又听说竹溪村有一个在外打工的泥瓦匠从屋顶上摔下来死了。"母亲突然幽幽地说。

"还是我妈妈种玉米安全。"

"唉，种玉米又怎能盘活一家人呢？"

四

母亲担心变天，坚持要将玉米粒脱下来更容易晒干，但刚掰下来的玉米棒子湿润，粒与粒之间密不透风，简直无从下手。母亲总能想出办法，找来大哥的电工起子，先在玉米棒子上起开一行，有了突破口就好操作了。但没多久，我的手还是开始火辣辣地疼起来。

一个收鸭毛的老哥经过，告诉我把一只旧解放鞋挂在凳子脚上，把玉米棒子在鞋底摩擦就能很快把玉米粒脱下。我赶紧在家里搜寻起来，其他的鞋倒是找出了不少，唯独没有橡胶底的解放鞋。

母亲说："你春生哥经常帮别人做抬夫，肯定有旧解放鞋的。"

我的手正火辣辣地疼，巴不得有机会逃脱一下，忙往春生哥家寻来。春生哥正打扫院子，迎上来问我有什么事，我说明来意，春生哥放下扫帚进房去寻了。患半边瘫十多年了的春生嫂子端着那只没知觉的手坐在屋壁旁晒太阳，大六月天，脚上趿着一双棉拖鞋。看见我来了，张开嘴笑着说些含混不清的话，涎水顺着嘴角流了下来，我忙走过去握住她的手，冰凉。

春生哥的儿子小石在厅屋桌子上摆花生、瓜子、橘子，我问："小石，今天有客人？"小石腼腆地笑笑，不置可否。

我感激地接过春生哥找来的半旧的解放鞋，说用完了就帮他送来。刚出门，就见权婶带着几个人来了，其中有一个又黑又胖又矮的姑娘。

我跑回去对妈说，小石今天相亲。

"哦，那就好，是权婶做媒吧？你春生哥都快六十岁了，小石也快三十了，打工时带回来的河南妹子，生了一个小女孩后，偷偷地跑了。小石一直没能娶上。"

"我看小石高大健壮的蛮不错嘛。"

"人不错有什么用，拖着个小女孩，特别是你春生嫂子的病一直没见好。那姑娘你看见了吗？"

"看见了，又黑又胖又矮，配不上小石。"

"黑点矮点胖点都好，只要人家愿意。我们村现在还十多个后生没娶到老婆呢。"

"我们村还属于平地，在我们镇还算好地方，怎么就娶不到媳妇呢？"

"自己地方的女孩出外打工就嫁到外面去了，外面的女孩就不愿到我们山区来，有几个标致些的后生像小石小松带了外地妹子回来了，生下个孩子就偷偷地跑了。地方穷，留不住人家啊。"

俗话说，人强不如家伙强。还没到中午，我和母亲就把玉米粒全脱下来，我看母亲心里挂念着小石相亲的事，就说："妈，我煮中饭，您去还鞋吧。"母亲拿着鞋向春生哥家走去。

我还在切菜,母亲就回来了,我忙问:"成了吗?"

"没有。"母亲没精打采地,"权婶说,人家姑娘看见小石很高兴,后来说有一个小女孩也没说什么,只是看到你春生嫂子一泡尿从轮椅上滴落在地上,就拉着他的父亲和哥哥走了。你春生嫂子真是害了小石了。"

"妈,春生嫂子是个病人,管不住自己。"

"病了也要为孩子着想嘛,有她在,小石只能打一辈子光棍了。"母亲难过地摇着头。

五

母亲的黄豆种在后山的茶园里,要翻过一个高坡才能到达。由于太远,我们兄妹都反对母亲去茶园种作物,但母亲是一个对土地充满深厚感情的人,只要有一寸土地荒着她的心就会慌着。

我担着筲箕,母亲佝偻着背走前头,母亲真是老了,腰身几乎弯成了九十度,膝盖严重变形,往外扭着,脚底长满了鸡眼,一走一颠地,又慢又累。好不容易爬上了山坡,母亲喘着粗气说:"在前面那个石头上歇会儿吧。"

我放下筲箕,取下斗笠,纵目远眺,哀伤从心底升腾、蔓延。曾经的那个绿浪滚滚的千亩茶园呢?那些穿梭其间色彩缤纷采茶女子呢?还有那些音润婉转的茶花鸟呢?今天天光地晴,但满眼只有荒凉。

"这个茶园已经被卖过两次了。"母亲幽幽地说。

"怎么卖?"

"几年前,有个高高大大的男人腋下夹着皮包到我们村里来说,国家有政策,要退耕还林,区里的大茶园要全部种杉树,他承包了,要我们去把茶树挖了,把杉树苗种上,工钱一百块钱一天,村里春生他们都去了,还担回了好多茶树柴。我呢,莫说没力气,就是有力气也不去赚这个钱,茶树可是摇钱树啊,一棵棵挖了,烧了,多可惜啊。你看他们几年前种的杉树活了几棵?不是被牛吃了、踩了,就是旱死了。"

"那个承包人呢?"

"他只负责当时栽上杉树应付了上面的检查,领取项目资金就走了啊。"

"那第二次又卖给谁了?"

"卖给了一个砖厂老板。你看挨着三拱桥那边，原是一座大乱石山，我们搞集体时，几个村的人搞大会战，砍倒荆棘，移走石头，然后平整成梯田一样的垄，在每一条垄上种上一行茶树，后来茶树长大了，远远望去就像一条条绿色的龙。"

我顺着母亲的手指望过去，绿色的梯田不见了，只见东一个大坑，西一个洼地，有的地方生着一小丛杉树，是上一个承包者残存的果实，千亩茶园已是千疮百孔，杂草丛生。

"砖厂怎么停了呢?"

"听说生产的砖不耐压，卖不出去。"

我和母亲再翻过一个小坡，来到了我们村里的茶园，远远望见我家的茶园上插着三四根竹竿，竹竿上悬挂着褪色的红色塑料袋正迎风招展。

"妈，茶园里又没人喂鸡鸭，你插这个干什么?"

"赶鸟雀呢。这几块土，我补了三次豆种子豆苗才长齐整，开始我也不知道是咋回事，还是你奇叔蹲在茶树下守了半天才发现全是鸟雀把豆种啄走了。"

"以前这些茶土间都种玉米、红薯、花生、黄豆，好像没听您说过鸟雀搞破坏的事。"

"是啊，以前，土地是宝贝，恨不得茶树兜底都插一株红薯藤，大家都种，满山满岭，喂饱那几只鸟雀还不容易？哪像现在，这么大的茶山上只有我和你奇叔种了作物，整个茶园全荒了。"

我环顾四周，除了虫鸟的啁啾，微风的吹拂，整个茶园一片死寂，不见一个人影，只有荒草连天，把茶树，把土地全吞没了。我扯着黄豆株，眼泪滴落在印满儿时足迹的黄土地上。

六

刚把金黄色的玉米棒子处理好，黄绿色豆荚又堆满了厅屋，这是大地对辛勤劳作的人的馈赠，即使对我母亲这样的垂垂老者，天地是一样的慷慨慈祥。

吃过中饭，我和母亲开始整理豆荚，突然砰的一声铳响，我的心提到了嗓子眼。

妈瞪着我，问："哪里放铳？"

我扔掉豆荚，来到坪里往院落一瞧，发现春生哥屋门前的路上正烧着什么冒着青烟，村里的老人小孩从各条小路上跑来。我忙叫来母亲，母亲一看阵势，要我回去锁门，她先往春生哥家走去。

春生嫂子投塘自尽了。

小石在哭着打他姐姐电话，要姐姐先到镇上买了装殓的衣服回来。

春生哥哭着跟四爷爷讲述："吃中饭时，小石他娘要我帮她起开一瓶罐头，说她想吃，吃了一半就给了我那小孙女。我说明天是七月半，去镇上买点肉回来祭奠一下先人，她说，你要权婶再帮小石谋个姑娘，我还吼她瞎操心。等我从镇上回来，见轮椅上没人，就往屋里寻，屋里也没有，我心慌了，忙去屋门口看东叔的鱼塘，没发现什么，再往我自家的鱼塘走去，发现她已漂浮在水上了……"

四奶奶烧了一大盆热水，和母亲一起开始为春生嫂子净身，我不敢看，想抱抱小石手里的小女孩，那小女孩认生，哭着不肯。我来到屋外的台阶上，看大家忙出忙进。

不一会儿，袁道士来了，要过亲人的生辰八字，掐着手指，翻着历书，好一会儿才说："你们也不要哭了，人家思前想后都想清楚了的。你们想，她腿脚不方便，却没有就近投东叔的鱼塘，而挪到自己家里的鱼塘，她不想为你们留下一点麻烦呢。明天是七月半，打发先人们回去的日子，她想跟着先人们走，免过奈何桥，免受苦难，下辈子做好人呢。"

"明天，太急了吧？"四爷爷说。

"明天不上山，就要过五天才行，您说这家子撑五天得花费多少钱啊。"

四爷爷跟春生哥说了，春生哥不太情愿，四爷爷说："如今死顾死，生顾生，明天送她上山，遂了她的愿吧。春生，你跟袁道士去踩山，我去你东叔那看看料（棺材）。"

当夕阳淡淡的光线射进昏暗的厅屋时，母亲和四奶奶终于从里屋出来，我忙跟着母亲回家。母亲看我哆嗦着，拉过我的手，讶然道："大热天的，手怎么这么凉啊？"

眼看太阳就下山了，母亲忙着将鸡鸭归笼，我就站在门槛边拿个响竿帮她，她要我去灶屋煮饭，我磨蹭着不走，等她关好鸡鸭到了灶屋我马上跟了过去，她拿着米升子去房里打米，我又跟到了房里，母亲烦我了，吼道："你今天怎么啦？"

借着这吼声，我的眼泪终于流下来了："妈，我怕。我满脑子都是春生嫂子湿淋淋的头发和胀鼓鼓的身子。"

母亲笑了，又哭了，擦着眼泪说："现世宝，人死如灯灭，有什么怕的。"可我就是怕啊。

终于可以躲进被窝里了，母亲说："是不是我那天说'有她在，小石只能打一辈子光棍了'的话被她听到了？她怎么就投塘了呢？"

"那么远，怎么能听见呢？春生嫂子虽然病了，但心里明白得很，她知道自己是家里的拖累，她走之前不是还要春生哥求权婶给小石谋一个姑娘吗？"

透过窗棂，正好看见淡白的天空上挂着一轮圆月，我毫无睡意，锣鼓声、铳炮声、哀乐声，搅在一起，心里格外忧伤。

"妈，明天我要回去了。"我试探着说。

"放假也不多陪我几天？"

"学校来电话，说明天开始进行教师暑期培训。"我抓住母亲把工作看得比什么都重要的弱点撒了谎。

母亲郑重地说："死者为尊，活人为大，那明天你早起早出院落门。"

夏天的早晨，所有活物都醒得早。当太阳投出它第一缕绚烂时，我已在母亲的催促下走出了村口。刚转过山坳，身后传来了"砰——砰"铳响，我知道春生嫂子上路了。在淘沙船的轰轰隆隆里，青溪枯涩地往前流淌。走在青溪边上，我感到了村庄的疼痛。

燕子衔泥垒香巢

小妹新居落成,我们欣然前往祝贺。刚到村口,大家就被惊艳到了,盈盈绿野之中,一栋精致的三层小洋楼,用典雅的镂空花墙围着,安静地立在虎形山脚下,藏风聚气,宁静奢华。

小妹在院落的树荫下摆好了桌椅、茶具、糖果,我们悠然地或坐或躺,逗猫唤狗,摘花戏鱼,喝茶闲谈,做一回富贵闲人。

小妹高考落榜那年,父亲身体越来越差了,小妹只好去乡中学做了一名英语代课教师,她初中时的同学中师毕业后也分回了乡村,两颗年轻的心不久就走到了一起。妹夫家兄妹六人,根本腾不出住房,成家后,小妹一家一直住在学校一间十几个平方米的办公室里,在走廊里煮饭炒菜。后来,学生教师人数不断增加,学校不再允许教师在教学楼办公室住家,小妹的孩子也天天长大,住房还真成了一个问题,只得在学校周围的农民家里租房住。

"寄居篱下十多年,真是不胜其扰,做梦都想有自己的房子。"小妹说,"我和孩子是农村户口,家里有一份田地,可以申请宅基地。孩子考上大学后,我们开始做关于房子的梦,这一梦五年,有点长,有点苦,但现在想来也有点美。"

走进小妹的美丽城堡,迎面挂着一幅宽大的牡丹油画,典雅富贵,客厅大气亮堂,洁白的墙壁挂着三幅丝带绣,淡雅清新。大理石台阶、红木扶手、别致壁灯,将我们带上了二楼,双扇的玻璃门后是一个如大公司董事长办公室般的书房。

一整面墙的落地窗,让室内光线充足,空气清新,一整面墙的书橱,整齐地摆放着书籍;中间大大的书桌上摆了两台笔记本电脑和文房四宝,字帖正翻着,一沓毛边纸用淡绿色的镇纸压着,笔架上的毛笔还润泽着。

"你妹夫说，辛苦了这么多年，就想有间像样的书房。"

嗅着满室墨香，想象他们夫妻劳作之余伏案学习，心里很是欣赏，三十多年的乡村教学生活并没有使他们变得平庸，他们还在坚持一些值得坚持的东西。

再往上走，敞亮的健身房内摆着一张墨绿色的乒乓球桌，红色的拍子边静卧着雪白的小圆球。小妹打开窗子，风吹进来，小球滚落在地板上，啪嗒啪嗒，甚是好听。我捡起乒乓球，仿佛拾起了一个遗落了很久的梦。

来到了阳台上，凉风习习，远山如黛，田野盎然。摸着晾衣架上干爽挺括的被子，我说："好久没闻过这种阳光味了。这房子建得这么精致，建了多久呢？"

"主体只用了暑假两个月，但全部完工却用了三年，利用了住房公积金。房子是我们自己设计的，围墙、水泥坪都是他们兄弟做的；屋顶上的琉璃瓦是我们夫妻一片一片盖上去的；家中窗帘是我自己买布裁制的；房子的水电是你妹夫安装的。三年下来，我们像燕子衔泥一样垒成了这个窝。现在你妹夫成了我们这一带的房屋义务设计师和水电安装顾问。"

回家的路上，大家称赞小妹两口子会过日子，两个乡村教师竟然积下了这么大一份家产。而我更佩服他们有梦想，能专注，有干劲。三年来，他们夫妻放下书本粉笔，拿起砖刀、锄头，一砖一瓦、一草一木筑成这么个爱巢，这是一件多么幸福的事。

我从不同角度拍下了小妹的乡村别墅，配上我的诗发了朋友圈，告诉大家也告诉自己，梦想还是要有的，万一实现了呢？

Part 3

第三辑
小城来客

小城来客

一

有段时间，当电梯下到九楼时总会停下，一位清瘦的老人担着菜篮子进来。我忙往里边靠，生怕他的篮子刮了我的丝袜。他歉意地对我笑笑，我向他道声"早"，我们成了熟人。

他老家在辰溪，那儿少水田多沟壑，漫山遍野生长着翠竹。老伴过世后，在城里教书的儿子把他接来同住，他在儿子的家里清坐了一个星期，心如一块荒地，空空荡荡，没有着落。

"没有吃不了的苦，只有享不了的福。肩膀上挑起了担子，手里有活计，日子就顺溜了。"他把扁担放进菜篮子的棕绳套里，挑着出了电梯。

下班时，我顺路去菜市场，在菜市场的边上，看到了他。他戴着草帽，穿着发黄的白汗衫，扁担横放在地上，坐在扁担上忙活，我记忆中乡村的爷爷伯伯都是这个样。

他在小木墩上削竹筷子，看到我，有些羞涩地笑笑："没有什么时新菜，都是些乡里的土货。"

我搜寻着他的担子。一个菜篮子装满了加工好的竹器，另一个装着生姜、蒜瓣、马铃薯，外相不太光鲜，个头也不齐整，但土块抹得很干净。在菜篮的一角，码着一小堆草药，矮山茶、万岁藤、车前草等，都用翠绿的棕叶扎着。

我欣喜不已。这些生长在田边山野的草药，在儿时，母亲都教我认识过，伤风脑痛都靠它们煎水喝，还挖了葛根、山麦冬去药铺换零花钱，还有那用来捆扎的翠绿棕叶，更是我心底的一个情结。母亲去镇上卖菜，长长的丝瓜、豆角、紫色的茄子、嫩嫩的白菜苔，都用绿绿的棕叶一把一把扎好。母亲说，过去学生给私塾先生送菜，如果用草扎着，先生会训斥学生把他当牲口，送草给他吃，当场把菜扔了。菜是卖给人家吃的，也不能用草捆着。母亲的菜每次都最早卖完，这些长长软软的棕叶也帮了大忙吧。

我知道矮山茶、淡竹叶、山麦冬、白茅根煎水能润泽我那嘶哑的喉咙，每样都拿了一小把，我还喜欢他剖得细致而匀称的锅刷、竹筷子和量米的竹升子，那些，都是儿时厨房的味道。

有个女人有点匆忙地走过来，看到菜筐里有一袋选好了的蒜瓣，提着那袋要老人称，老人说："这是别人买了忘记拿了，我给他带来三天了，他怎么还没记起来。"

买蒜的女人说："你先卖给我，他什么时候来拿，再给他称几斤不就行了吗？"老人停了一下，说："那不行，人家付了钱，东西就是人家的了，我怎么能随便调换呢？"

围在他担子边上的人都笑了，他的话，他的土货，充满了古意和温暖。

二

爱人挂在裤扣上的一大串钥匙丢了，是晚上来学校接我时丢的，爱人很懊恼。

我安慰他说："明早去学校我再找一遍，兴许就找到了。"

第二天清早，行人稀少，路面一目了然，但街道已被打扫干净了。我心里打鼓：钥匙真的丢了，要换好几把锁呢。来到红绿灯街口，一辆垃圾收集车停在那儿，橘红色马甲们忙碌着，我抱着侥幸心理向他们打听有没有人捡到钥匙，他们都说没有。那个蹲在地上的司机问我在哪一线路丢的，我告诉了他，他说，那一路的清扫是由一位老姑婆负责的，她平时都到得早，今天还没把垃圾装来。

过了一会儿，一个头发花白、身材瘦小的女人吃力地拖着垃圾桶急匆匆赶来了。

"怎么搞到这个时候？"司机大声喊道。

"那个摆夜宵的地方，到处是垃圾，我用力扫过去，听到一串钥匙落到排水沟去了。我想，糟了，钥匙丢了多不方便啊。如果落在路上，总有人寻到，我把人家的钥匙扫进了水沟，不捡上来人家就永远找不到了。我只好挪开排水沟上的水泥花格，在水沟里淘了好一阵……"

　　我赶忙走过去，从她手里接过钥匙看，真是爱人的那串。我高兴得很，拿出钱包掏钱感谢她，她说："这有什么，我捡的钱包都还给人家呢。是你家的，你拿走就是。"她倒完垃圾，疲惫地坐在水泥台阶上。

　　见我还站在那里，她挥动着那只青筋凸出干瘦乌黑的手，示意我走。我对她道了声谢，走了。

　　一连几个早晨，在红绿灯街口，在那一溜橘红色马甲中，都没有见到这位老姑婆。我忍不住向司机打听，司机说，农村正在搞美丽乡村建设，她回乡里做保洁员了。

　　洒水车那熟悉的音乐裹挟着水花，从街口呼啸而过，留下一片清爽。我迎着湿润润的空气，走在洁净齐整的街上，想起了她。

青涩时光

十四五岁的我们，从新化、涟源、冷水江的乡村，带着浓浓的泥土气息和小小的荣耀，挑着书箱和被褥，来到了新化师范。

一

最先迎接我们的是校门左边的那棵高大茂盛的柚子树，树叶婆娑，香气馥郁。惯于在山野树上搜寻野果的我们发现，有几个枝丫间还藏着黄绿色的柚子。我们舔舔干渴的嘴唇，笑了笑。

进得门来，即见一块高大的水泥碑矗立在花坛边的槐树下。正面是"忠诚党的教育事业"，背面是"学高为师，身正为范"，字体鲜红、遒劲，心里读着，不由挺了挺单薄瘦小的腰身。

即使在山村孩子的眼里，新化师范的校园也是不大的。两栋教学楼，两栋寝室，吃饭、集会两用的食堂，一栋综合楼和教师家属楼，操场不大，楼房不高，围墙内面积不足二十亩，比我家门前的田凼小多了，田凼是不断向远山延伸的，而学校围墙外是高高低低的房屋，遮住了天空和远处。

但师范的校园是干净、紧凑、精致的，校园的每一处建筑，每一条小路，每一株草木，都安排得妥帖。教学楼前高大的槐树，是鸟雀和鸣蝉的摇篮。早晨，我们在读课文时，鸟雀在树上演奏它们的曲目；下午的物理课，物理老师关于力和磁场的声音总是和蝉的声音同时响起。宿舍楼前的那一排梧桐，高过屋檐，树干矜持地挺立着，枝枝叶叶早已交错相拥，如同那些大户人家间斗权斗势斗富，老死不相往来，后辈却关系密切甚至生起了情愫；夹竹桃齐整浑圆地长在从校门通往教师家属楼的水泥路边，墨绿、肥厚的叶片已能支撑起一路风景。

二

"半大小子，吃穷老子"，对十四五岁的乡村孩子来说，发饭菜票的日子是最美好的。红色的饭票，绿色的菜票，握在手里很富足。

20世纪80年代初，家庭联产承包责任制的实施，使广大农村经济迅速好转，已不至于饿肚子，但吃杂粮饭的现象依然普遍。梅山地界属于丘陵山区，山多田少，盛产红薯，但红薯容易腐烂，乡民就把红薯切碎晒干成红薯米收藏，煮饭时，总是在极少的稻米里掺进几升红薯米煮成黑不溜秋的干薯米饭，那气味就跟猪食一样。吃的时候如果碰上一粒烂薯米，那个苦涩比黄连还让人倒胃口。

能吃上白米饭已是幸福的了，更何况平均每天还有五毛钱的菜票。那时食堂最高的菜价是三毛钱，我们可以吃上一份米粉肉或者青椒炒肉，最低价是五分钱，可以买一份米豆腐或者煮黄豆。当时的食堂又是集会的礼堂，没有桌凳，自己准备碗筷勺子。虽然我们都被父母教育吃饭前不能敲碗，敲碗是叫花子讨饭的情形，但排队买饭时，长长的队伍里，敲碗的声音总是此起彼伏。

那时最奢望的是教室旁边小食堂的肉包子。小食堂是教工食堂，负责供应教师的早餐，但那些家境好能从家里拿钱补贴饭菜票且敢于在早自习下课铃响之前溜出教室的同学总能弄到，大部分同学三年都只能闻肉包子的香气。

校门口的门卫师傅那儿也是有诱惑的地方，那儿有面包、炒瓜子花生和蚕豆卖，可以用饭菜票买。到月底，我们会把从牙缝里省下的饭菜票买了瓜子花生嗑，买的次数最多的还是蚕豆，蚕豆便宜。男同学还用饭票做扳手劲下棋投篮的赌注，有个男同学赢了，晚餐吃一斤二两米饭继续打篮球。

师范三年，思饭的年华。

三

师范的音体美课都由专业教师任教，每节课都上得规范、认真。

体育伍老师精干风趣，着装严谨，白色运动鞋干净爽洁，鞋带系得规规整整，天蓝色运动衣的拉链从来是拉到第二粒扣子的位置，拴着深红色绸带的哨子挂在胸前，篮球排球铅球，跳高跳远拳术，每一项都要求我们打满分，做不到的就罚每天晨跑到北塔。班上有个男同学个子不高，但三步跨栏再反手投篮的动作优美极了，且投篮命中率百分百。这一绝活不但让伍老师竖起大拇指，还俘获了班上"冰美人"的芳心。

美术邹老师更是把我们当专业生要求，每星期交一张素描和写生，美术室的大卫和维纳斯是我们的情人，百看不厌；校园的花草树木描摹遍了，就去资江河边写生，画远山、落日、水上人家。三十多年过去了，还记得满头银发的刘老师端坐在钢琴前教我们击拍、练习音阶的情形，我们这些拿惯了锄头、柴刀的农村孩子将桌子敲得很响，刘老师停下弹琴，清清嗓子，说："孩子们，这是音乐，是美，轻点，再轻点……"

说好普通话、写好"三笔字"更是师范生必备的素养。每天中餐后半小时是练字时间，有的练钢笔字，有的在教室外面的黑板上艺术板书，有的拿起毛笔挥毫，可我却沉浸于看小说，直到现在都不敢拿起毛笔写字。

对于乡村的孩子，晚自习前半小时练习普通话比练字难多了，即使语基课唐老师帮我们把一个个的拼音都纠正了，但要朗读课文、口语对话的时候，舌头又大起来。普通话必须合格才能毕业，班主任游老师很重视，把全班同学分了组，让那些普通话说得好的同学担任组长。我们那组的组长是梅子，个子不高，白白胖胖的，是煤矿子弟，普通话说得很好听，对我们要求很严，谁说错了就罚谁说十遍，小老师劲儿十足。她毕业实习成绩优秀，与我们给她锻炼的机会是分不开的。可惜的是，毕业后回到乡村，又跌进了舒适亲切的乡音里。

四

师范的校园充满了活力，学校体育室、风琴房、美术室、图书室都是开放的，球赛、舞蹈、书法、美术等课外活动搞得风生水起。

在县城，我连一个远房亲戚都没有，周末寝室同学都回家或者去了亲戚家，我没地方可去，于是报名参加了学校生物课外活动小组。星期日早晨，只要天气好，张老师会领着我们去郊外。县城周围的山林我们都去过，还去过冷江的红日岭。

张老师五十多岁了，但精神矍铄，走路爬山轻快有劲。他喜欢戴一个草帽，背一个军用水壶，穿一双解放胶鞋，在胸前挂一个口哨，那是我们在野外的号令。组长举着红旗走在最前面，张老师在队伍中间，随时给我们讲解路边的植物、昆虫，遇上少见的，就要求我们采集下来，回去制作成标本。

从小母亲就告诉我，在山野，伸手就是药。咽喉疼痛了，挖几棵矮山茶和淡竹叶煮水喝就好；手脚弄伤出血了，捋一手檵木叶放嘴里嚼碎敷上即能止血。在张老师的指导下，我更惊叹大自然的富有和神奇，原来每一棵小草都有名字，都有脾性，都有用处，而无知的我们把它们统称为猪草或者牛草。

那次在青峰山上，我们遇上了一树已经张开了嘴的野生板栗，欢呼雀跃，我们有的爬树，有的用木杆敲打，所有袋子都装满了板栗，还有一堆没装下，一个男同学脱下外衣，把板栗包了回来。

三年间，我记了两大本关于草药的笔记，经过十几次搬家，两个笔记本还在我的书架上，虽然纸页早已泛黄，但对于山野百草的爱，依然如故。

五

小时候爱电影，纯粹是喜欢那份热闹、自由的劲儿，真正看懂电影还是在读师范的时候。一到周末，生活委员就会高举着一把粉红色的电影票，旋风般地跑进教室给我们发票。票发完后，想要坐到一起的同学千方百计央求别的同学换票，开始只是要好的女同学有这些小心思，慢慢地我们发现有"几对"的票总是在一起，后来才知道是文娱委员眼尖心细又善解人意，给他们提供了机会。

印象最深的是《人生》和《高山下的花环》这两部影片。我们哭着看完了《高山下的花环》，围绕靳开来应不应该评为英雄展开了激烈的辩论。而《人生》奠定了我最朴素的爱情观：志同道合的人走在一起才能幸福。

当时我们还看过立体电影，进电影院的时候每人发一副眼镜，带上一看，屏幕上的火车直朝我们呼啸而来，全场一片惊叫，那个美国枪手黑洞洞的枪口正对着我们的脑袋……女同学们赶紧取了眼镜保命，有的中途退场，男同学为显示自己的勇敢，也许是真的喜欢这种刺激，尖叫着欢呼着。

很快，毕业实习开始了，很快，我们又回到了各自的乡村，以哥哥姐姐的年龄担当起师长的责任，三十多年过去，我们已然活跃在讲台上。

而师范那段青涩时光，久久地留在我们心里。

小县城的俗世生活

　　千年的时光，把粗粝的"化外之地"古梅山，雕琢成了灵性、温润的小县城。

　　小县城的外围有山有岭有河有塔。狮子山主峰高起，余脉绵延，山上林木繁密，以油茶树最多，茶花开放，芳香馥郁，登上雄狮阁，小县城尽收眼底；跑马岭上菜园果园茶园相连，阡陌纵横，打马前行，心旷神怡；"北门锁钥"七层宝塔造型古朴，精巧宏伟，历经一个半世纪的风雨沧桑，至今仍巍然屹立；资水滔滔，穿城而过，长桥飞架，沟通东西，小城展开双翼，振翅奋飞。

　　城内曾有着"九巷十八街"的格局，作为主干道的十字街，路面用青石板砌成龟背形，两旁设下水道，整齐划一，雨止路干。南北走向的青石街最繁华，这街后来更名为天华街，为了纪念从小县城里走出去的近代民主革命家陈天华烈士，街道南端的火车站广场还矗立着烈士的铜像。这条街店铺一间紧挨一间，餐馆、超市、药店、金店、服装店生意火爆，街道上商贩吆喝此起彼伏，人来车往。

　　东西走向的青石板路通向资江大码头，这里曾是毛板船的停靠点。毛板船带来了小城的兴旺，也带来了临河的向东街的繁荣。两排明清老宅隔街相望，在高耸的马头墙后面，在青砖黑瓦之间，残留着昔日的光彩。水运时代一去不返，但传统小吃的味道依然飘荡在这条老街上，如同资江的水声，经久不息。在清晨的第一缕阳光里，牛肉面在青花瓷碗里飘溢着芳香，箬叶包裹的糯米粑在红漆木盘里挨挨挤挤，网里的鱼虾在蹦跳，篮里的蔬菜还带着露珠，油锅嗞嗞作响，猫儿喵喵乞食……这里充满了人间烟火，也承载着小城的千年历史。

后院的舒适清爽只有主人和熟客才知道，小县城的温暖体贴更在大街后面的工农河街。这里的商品没有精美包装，有的店子连店名都没有，但东西实在、耐用。棉衣棉裤棉鞋棉被，针线纽扣窗帘桌布，竹床竹簟竹筛竹筷，木盆木甑木桌木椅，坛子罐子茶壶酒瓮，鲜菜干菜腌菜调料……应有尽有，随你所喜，如你所愿。满街的物件，满眼的精致，让你想感恩时代，感恩土地，感恩那些勤劳手巧的人。

　　小县城还有一条僻静的老街——泡桐树街，那是市井边上的闲散地。泡桐树下，有的拉二胡，有的翻看手抄或是油印的老本经，有的坐在那里静默，没有吆喝，没有焦躁。小县城如极具包容的大自然，雄鹰飞上天空翱翔，地上的蚂蚁也生活得很从容。

　　小县城方圆不足十里，早晨你尽可以多睡会儿，骑个电动车或者安步当车都行，街道有点窄，车辆增加太快，但不管如何堵，都堵不住你的小毛驴和大脚板。热气腾腾的地方都是早餐店，你可以情有独钟，偏爱一家，也可以喜新厌旧，每天一换，包子、油条、炒粉、锅盔……只要你愿意，可以天天轮着来。如果一个推着木板车的男子从你身边经过，低低地喊着"豆子管粉"，那就是你最好的早餐了：粉巴巴的红豆，滑溜溜的管粉，配上葱、姜、碎红辣椒、白酸萝卜丁，好看好吃。

　　中午下班，你悠悠然走着，几个挑着菜篮子的阿伯阿婶刚从菜场撤回来，菜还没卖落底，急着回去给孙儿弄中饭，或是要去赶渡船，如果菜篮里有你看中的，那会很便宜，几块钱全倒给你，说，懒得称了。你还可以顺路拐进菜市场，那里荤素齐全，还有净菜社、熟食区，随你挑拣个够。

　　晚餐后，资江边的十里梅堤陪你看夕阳吹河风，还可以带上你的小狗狗。夏秋的黄昏清爽、绵长，你可以尽情欣赏梅堤上的每一树花，每一片草地，每一个文化故事；可以钻进木芙蓉里，让"芙蓉向脸两边开"，来张美照；可以逗逗桂花树上的鸟雀，当它婉转叫起时，你也尖起嗓子学一声，吓得它扑棱棱飞走；可以在草丛中寻个瓦片，蹲下身子，平着河面扔过去，温习儿时练就的水上漂绝活；可以租上一辆脚力车，两人三人四人皆可，嘻嘻哈哈踩过去，让衣衫里兜满了风。冬春时节，黄昏一眨眼就溜走了，梅堤上黑影幢幢，只有满河的水泛着光亮，你也不要着急，权当回味一下在乡野干活晚归的情形。忽然之间，一线光亮闪过，十里梅堤成了梦幻世界，五彩霓虹魅惑着你的眼。

热歌劲舞，高雅音乐会，健身俱乐部……永远只是小城的一个点缀，小城有自己的健身、娱乐日常——武术和山歌。早晨，无论你走进公园还是私家庭院，火车站广场还是资江河边，只要有点空隙地，就有人在练拳术，打太极，舞剑弄棍。有单练，静静地吐纳，伸展拳脚；有对打，快捷使劲，各自喊号助威；有群舞，剑闪亮，棍生风，音乐热烈激昂。不管你有多瘦弱或多臃肿，都会被感染，会忍不住跟着动起来。

山民劳作于山野，辛苦、孤独，很本能地哼唱山歌来驱赶寂寞，消除疲劳；喜庆节日、婚娶祭丧之时，以山歌代言，甚至代哭，来抒发情怀。时光流转，那些泥土里长出的歌如蒲公英的种子，被风带到四方。采茶姑娘在唱，撒网汉子在唱，铜匠抖响铜板，货郎摇动拨浪鼓，把山歌从乡间唱到了小城，文人雅士欢喜这民间性情之响，收集、辑录在册，谱上曲子，诉诸乐器，留与人永远吟唱。资江边的小亭子，二胡拉响，鹤发童颜的歌者唱起来，围观的人掌声不断。

周末，如果天气晴好，可以邀上三五好友去郊外，看看山水和村落。去世界梯田王国紫鹊界，感受农耕文明，惊叹线条的流畅；去蚩尤故里大熊山，祭祖祈福，领略原始次森林的清幽；去梅山龙宫，欣赏洞中王者的大气磅礴；去金石桥的热水井，让"温泉水滑洗凝脂"……云水之间，红尘抖落，味蕾无限舒展，有滋有味的"三合汤""米粉肉""雪花丸子""冻鱼""腊肉"，诱你回到生活最本真的状态。

如果你愿意，还可以在这圆满的俗世生活之上保留一片天空。古梅山的民歌、舞蹈、曲艺、工艺美术，在口耳相传中得以保存、发展，小城的街头巷尾都能觅到民俗文化的芳踪；蒇江诗社活动纷呈，佳作频传，为小城赢来了"中华诗词之乡"的称号，诗社长者慈祥，少者朝气，随时吸纳同行者；寻常巷陌，还有那么一群不相宜者，不言商不言官，热衷论诗谈文聊小说，他们的好些作品孕育于小县城，诞生在繁华的都市。他们是小城的眼、喉舌、记录者、思想者，你无须在意两手空空，你可以走近他们，甚至与他们并肩战斗。

身边的人一直在折腾。去省城，去一线城市，谋职，买楼房；回乡下，回旅游开发区，圈地，建别墅。而我，只想待在这熟悉的小县城，吃吃喝喝，来来往往，过我的俗世生活。"杯子糕呃——""烤红薯咧——""破铜破铁收呢——"一声一声，不紧不慢，不急不躁，平常生活至高无上，永恒不朽。

三人行

在秋老虎的天气里，工作、生活中的烦琐烦闷，如同隔年的竹篱笆，一点就着，冒出的烟火灼烤着自己，有时还会殃及池鱼。逃离的念头，总在心里滋生，可一个在体制内讨生活的中年人，能逃到哪里去呢？

我只能逃到城西，何莲的家里去。

何莲是我初中同学，丈夫病逝后带着女儿果果和婆婆，在城西贸易城旁开了个裁缝铺，专门做百年后的福禄寿衣，一针一线换取生活日常和女儿的学费。生意虽然不算红火，但细水长流的，天天有活干。

我喜欢去何莲那儿，喜欢看她在沉闷的深色寿衣上用金线绣上祥云龙凤，喜欢看果果在裁衣的案板上埋头做作业，喜欢她婆婆炒的精致小菜。在这个没有男人的家里，天没塌地没陷，三个女人各自主演着自己的角色，然后交融、和谐成一台戏，领着日子往前走。

裁缝铺竟然关着门，这在我的记忆中从来没有过，我打何莲电话，电话也不接，我很奇怪，甚至有点担心，就坐在她家门前的树荫里等。

不一会儿，从旁边的小巷里上来三个人。走在最前面的是一个瘸子，身体重心全在右腿上，左腿几乎是拖着，脸部颈部手上的皮肤曾经遭受过严重的烧伤，没有一处平展的，全是皱褶疤痕，头发稀疏黄白相间，眼睛好像受不了强烈的太阳光，眯着，并用一只手挡着，他的另一只手拉着一个矮瘦的盲人，那盲人拿着一根探路杖，斜背着一个黑色布袋，摸索而上。最后上来的是"半个人"，没有双腿，我不知他是怎样在他的残肢上捆牢一双解放鞋的，他一挪一挪地跟了上来。

树下有一辆陈旧的三轮车，车上有一个小竹矮凳。三人来到车前，瘸腿的攀着车子的横梁跨进了车厢，坐在小竹凳上，帮盲人拿着探路杖。盲人把黑色布袋取下放进车厢，双手扶稳了车子的横梁。那"半个人"后来居上，麻利地上了三轮车驾驶位，开动了车子，三人哼着小曲往前走了。

"看什么呢，这么入神？"何莲清脆的声音在我身后响起。

我正想与人分享这个三人组合带给我的感动，忙指给何莲看。

何莲顺着我的视线望过去，说："他们是最近搬过来的，就住在我家后面。"

"哦，他们这是去哪儿呢？"

"去上班啊。那个盲人在康复医院做按摩，那个双腿高位截肢的在康复医院前面的街道上摆了个小摊，专治鸡眼，他家祖传的，很管用。我婆婆满脚板的鸡眼都是他给治好的，以前走路好辛苦，现在能跳广场舞了，婆婆说他是在积福，下辈子菩萨会赐他两条健壮的腿。"

"还有一个呢？"

"他是一个林场的守林员，一场大火几乎把他烤焦了，他在康复医院旁边的一家超市做仓库保管工作。去年，他妻子带着儿子悄无声息地走了，他不怪她，老是念叨妻子的好，说她精心护理了他三年，说能把孩子带在身边就是好女人。他下班后喜欢去街上去学校转悠，期望哪天能遇见妻子和孩子……"

看着渐行渐远的三人组合，我心里的烦闷一点一点地化小，消融。我悲悯他们的不幸，惊讶他们的生存能力，敬佩他们坚忍、互相扶持的精神。在他们面前，我还有什么烦恼需要倾诉呢？

果果拖着一只崭新的拉杆箱，挽着身材矮小的奶奶走过来，我记起来了，果果明天要去上大学了。

何莲问我有什么事，我笑着说，天气这么好，想邀你上山捡板栗去。

鼓咚咚响

　　一棵树，一条牛，生前遥遥相望，死后紧紧相依。鼓槌轻轻一点，贮藏在脉络里的风声、雨声、鸟兽声、雷霆霹雳，化作激越铿锵的咚咚声，在梅山的沟沟壑壑间绵绵回响……这份庄重、美好，借助了刘师傅那双粗糙的巧手。

　　刘师傅已年过花甲，头发花白，但身材壮实，不见一丝赘肉，裸露的皮肤呈古铜色，脸庞方正结实，牙齿洁白整齐，仿佛能咬碎一粒粒铜豌豆。刘师傅十几岁跟随父亲学制鼓，农忙种田耕地，农闲走村串寨揽活，制新鼓，修旧鼓，有时还会帮人打制木盆、木桶等生活用具。

　　20世纪90年代初，刘师傅来到县城开了这家鼓铺。鼓铺在县城的崇阳岭街上。这条街东西走向，日出日落，通街透亮。整条街上第一个开门迎接晨曦的是刘师傅，最后一个关铺门的也是刘师傅。别的店铺卖的农机、电器都是进的现成货物，没顾客时，店主玩玩手机串串门，刘师傅的鼓都是自己手工制作的，他一天到晚都在忙，甚至有顾客进店时，他也不停下手中的活。

　　四十多年来，由刘师傅手上制作出来的鼓，已上万只了。他说，做得最用心最满意的是仙姑庵里的那只鼓。

　　刘师傅家和村里的小学隔着一条小河，平时孩子们踩着石头过河如履平地，可有一次，由于刚下过雨，长了青苔的石头滑溜，刘师傅的三女儿阿满，一脚跨过去，滑进河里，卷进了漩涡，吓得同路的孩子哭喊起来，幸亏仙姑庵的云姑在河边洗衣服，忙扔了衣服，跨进河里救起了阿满。

　　从这以后，云姑四处化缘，请人在河上建了一座独拱石桥，给两岸的人们带来了方便，上学的孩子再没有掉进河里了。

　　为了感谢云姑，刘师傅谋取了一棵柏树，一张十多年的老水牛皮，处理好后放在楼阁上风干。平时一天可以打制一只鼓，这鼓刘师傅用了十天。柏木色泽温润，纹理细密，耐腐，散发着油脂清香，不生蛀虫，但木质坚硬，加工成弧形木板，拼接成圆形鼓桶要费时些；老水牛皮厚实，绷鼓皮的时候要用铁棍不断地"松皮"才能绷得更紧致；镶嵌鼓皮的每一颗篾钉，都是用三年以上的老竹制成的腊竹削好、钉牢的。刷上青漆后，鼓桶光洁透亮，鼓皮柔韧有弹性，用鼓槌轻轻一点，声音清脆响亮，余音袅袅。刘师傅和儿子一起把鼓抬到庵堂送给了云姑。

几十年过去，云姑不在了，但那面鼓还在，还在咚咚作响。

《周易》上说："鼓之舞之以尽神。"鼓，不是日常用具，是个派大用场的东西。春节舞龙耍狮，首先进村的就是报信鼓，两人抬着，边走边打，威严神圣的鼓声给人一种君临天下的感觉，家家户户开门摆糍粑点爆竹恭迎，吉狮祥龙在锣鼓喧天中依次进入每户人家驱邪赐福；资水边菖蒲滴翠艾叶飘香的时节，咚咚的鼓声就会响起，村落的汉子攒劲莳完最后一手稻秧，腿上的泥巴都来不及洗干净，跑去祠堂抬出龙舟，送入资水，那个鼓啊，敲得更欢快了，山妹子的心都会怦怦跳，呼朋引伴来到资江河边，看划船，看擂鼓的汉子；中元节前夕，三年内有亲人亡故的人家，会恭请道士，在神龛前敲响震耳的鼓声，召回亡灵歆享祭礼，寄托哀思。此外，庙堂里做法事，剧团里奏乐，甚至百姓家红白喜事，莫不是由鼓声开场，贯穿始终。

击鼓而歌，闻歌而舞，舞而振作。鼓，牵动人的悲喜，凝聚人的心性，鼓咚咚响起的场面威严浩大，但制作鼓的过程却是辛苦枯燥的。裁木料，围鼓身，刨鼓板，泡牛皮，蒙鼓皮，钉篾钉，刷青漆，无论是大鼓还是小鼓，都要耗费大量的心力，每道工序都要虔心静气，浮躁马虎不得。刘师傅手背上伤痕累累，手掌布满老茧。他进城开鼓铺时买的一把八公分宽的削刀，现在还不到三公分宽了，二十多年的时光，木头和牛皮把锋利的铁疙瘩一点一点吃掉了。

刘师傅的儿子也是十几岁跟他学制鼓。现在，他在老家开了一家鼓厂，制作腰鼓、手鼓、太平鼓、大堂鼓、儿童鼓等十多种鼓，在省城开了一家鼓铺，还通过网络把鼓卖到全国各地，生意做得红火。孙儿高中毕业后没考上大学，刘师傅要他学着制鼓，孙儿说，还是想去外面闯闯。刘师傅说，年轻人嘛，去外面看看也好，能找到自己喜欢的事更好，没找到就回来，那时，他的心性定下来，就可以学着制鼓了。

崇阳岭街上，人来车往，喧嚣热闹，刘师傅早已养成了闹中取静的性情，每天手握削刀，在木料和皮子间，将光阴打磨成咚咚的鼓声。

城里的苗市

立新桥下的泡桐街,是市井边上的闲散地。

一街上了年纪的泡桐树长得高大、疏落,清明时节桐花开,紫白的喇叭朵,一堆一堆挤在枝上,远看过去,像两片淡紫的祥云,飘在人行道上,空灵美丽。树上有蝉有雀有窸窣的风,树下有苗族阿婆有算命先生有一地的阴凉。苗族阿婆戴着用花带编扎的层叠高帽,坐在树下刺绣花边,编织彩带,等着人来买草药,刮痧,拔火罐;算命先生倚靠着泡桐树干摆张小木桌,周围散放几个小板凳,天冷了,就在木桌下放个小煤炉,罩块围布,在寒风中得些暖意。

刚过完年,春寒料峭,他们的买卖还没有支起,泡桐街成了小县城的苗市。

天空下着丝丝细雨,城里湿漉漉的,尘埃不扬,噪声也显得不透亮。我拐过一个红绿灯街口,来到了泡桐街。靠火车路基的一边,摆放着树苗,泡桐树下全是菜秧和花草。我明知家里不可能种下一棵树,但我还是不由自主地向摆满树苗的火车路基走去。在我的心里,最喜欢的还是一棵站在大地上的树,其次才是花草。

卖苗木的都戴着斗笠,鞋子、裤腿、手上甚至脸上都沾满黄泥,有的在从三轮车上往下搬树苗,有的在整理,不少撑伞的人在问询、挑选。我走过去,一个中年男子迎过来问我想买什么苗子,我说看看,他殷勤地向我介绍被修剪成球形的红檵木、罗汉松、红叶石楠、金叶女贞。在我的心里,树应该是开枝散叶、蓬蓬勃勃、旁逸斜出、各具形态的,怎么能统一成一个个圆溜溜的球呢?我不禁摇了摇头。

中年男子忙说:"你是要买来放办公室吧?那盆栽最合适。"

我随着他往前走,只见榕树、石榴、五针松等虬枝盘结在花盆里,还有苔藓、铜钱草、虎耳草也被掰成一株两株地拘束在更小的塑料碗里,它们在山上可是牵牵连连、簇簇丛丛的。我感到一棵草木进城的不易了,它们也要像我一样,在熙熙攘攘的人群里,必须改变甩手甩臂走路的习惯。

我皱着眉继续往前走,中年男子看出我不是一个真买家,没兴趣跟着我了，只站在原地指着那一捆捆的树苗说："红豆杉、山胡椒、板栗树。"

板栗树？我惊喜地向那捆光溜溜的板栗树苗走过去。种一棵板栗树，是我小时的一个大梦想。队长袁老虎屋后的山坡上有一棵很大的板栗树，寒霜降下，树上尖刺刺的栗果开始裂开口子，秋风一吹，深红色的饱满的栗子就会掉落到坡上的灌木草丛里。这时节，院落里的每一个孩子都被板栗勾了魂，每天早晨上学之前，下午放学之后，都要到袁老虎屋后的山坡上翻找一遍才安心，能捡到一只板栗是极大的幸运，山坡上茅草灌木都被我们的小手摸枯了，连队长屋后门放的烂木桶也经常被挪动，总希望一只胀鼓鼓的板栗压在下面而没被人发现……

我不由伸手过去摸了摸光光的板栗树苗，要多久才能长成队长家那样枝繁叶茂的板栗树呢？

一个穿明黄色雨衣的女子走过来，抱起我眼前的这捆板栗树苗，问："怎么卖？多少棵？"

中年男子忙走过来说："五块钱一棵，一百零五棵，算一百棵吧。"

"好，我家的果园种完柑橘、奈李，剩下的那片山地正好可以栽满，你帮我搬上车吧。"

中年男子高兴地把沾有黄泥雨水的板栗树苗往肩上扛起，随着女子往街边的四轮小货车走去。种一百棵板栗树，那是多大的派头啊，我羡慕不已。

我转到了泡桐树下卖菜苗的地方，辣椒、茄子、南瓜、苦瓜各种菜秧嫩嫩地在篮子里排着，可爱极了，大家一元钱一蔸、两元钱一蔸地交易着，有的还分享着种菜的心得，意兴浓浓。我一篮篮地看过去，竟然发现了西红柿秧苗，西红柿有绿叶有黄花，如果还能挂上红亮的果儿，那真叫好看。我记得阳台上还有四个闲置的花盆，于是对卖菜苗的老人说，买四蔸西红柿苗。

老人把斗笠往上弄弄，瞅着我说："四蔸？你是栽阳台吧？刚才有位女同志说，她去年栽在阳台上的两蔸西红柿不挂果，问我这苗是不是假的，我年年种西红柿，蔸蔸挂果，怎么会是假的呢。我琢磨，是你们城里的阳台上少阳光，花盆小土壤肥力不足，又没有蜂子虫儿传粉造成的。阳台种不了菜，菜蔬还是要在野天野地里才长得好。"

栽不了树，也种不了菜，我忽然没了兴致，于是起身往回走。一个戴着斗笠的老人推着他的三轮车迎面而来，在一堆深浅不一的绿叶中，一盆杜鹃花开了红艳艳的三朵，还有很多的花苞吐出了一点红。我高兴地把它放进我的小竹篮，还拿了几盆吊兰、绿萝陪衬着，提着这篮子春光，我高兴地走在绵绵春雨里。

衔泥带得落花归

红朵百合

当泡桐街的泡桐树下摆满了菜蔬苗和花木苗时，我心里就会激动起来，上班下班，总会停下脚来瞧瞧它们，问问它们的名字、性情。

在一片嫩绿里，竟然摆着几盆花，粉红的绣球、紫色的鸢尾，还有一盆红朵百合。这盆百合像打过"九二零"的芹菜一样高瘦，七片长长的绿叶，两根圆圆的长茎，几个人在围着赏看，都嫌它太高，走了。

但我还是被它绿色长叶中的四个红色花苞吸引了。这四个花苞两大两小，长在一根长长的圆茎上，十字形相对，两个较长，显出即将开放的架势，另两个相对短小，刚打苞。更令人憧憬的是在绿叶中还长出了一根矮的圆茎，仿佛一支向上直立的毛笔，笔头长长的，透着点暗红色，我感觉出这也将开出一茎美丽的百合。

戴着斗笠的老妇人走过来，笑着对我说："我只是种菜苗卖，没想到菜园边野生了这几棵花，它们荫了我的菜，抢了菜的肥料，我要把它们卖了。"

我被老人逗乐了，买下了这盆百合，淋着雨把它抱回了家。

这个暗红色的塑料盆实在太不配我的红朵百合了。我在阳台上找来一个黑底描金的陶盆换上，捧着它摆到阳台的花架上，摆到窗口的桌子上，都觉得高了，又挪到玻璃茶几上与小金鱼缸排在一起，终于觉得妥帖。于是，端着饭碗看它，捧着茶杯看它，甚至握着阅卷笔看它，越看越觉得它就该这样高挑，可以不必弯腰，彼此平视。

改完学生考卷，夜已经很深，家人都睡了。我开了客厅的灯去倒茶，发现茶几上的百合竟然也没睡，那个大的花苞优雅地绽放了。我兴奋地跑去告诉爱人，爱人说他关灯的时候还没见它开啊。哦，我的百合，你是等客厅的灯关了后才开的吗？你是害羞吗？我欣喜不已，睡意全无，坐在百合身边看它。它开得那样热烈，完全绽放成了一个巨大的喇叭朵，六瓣，花中的七根花蕊也舒展开来，跟它对称的花苞也铆着劲，越来越大，仿佛一个正在被吹进气的气球，慢慢地膨胀。是谁在吹呢？应该是百合自身的生命力吧。即使今天被老妇人卖了，被我移栽了，也阻挡不了它的蓬勃，花的开放是没有理由的，它只为开放。

我想起"夜惜衰红把火看"的白居易，想起"故烧高烛照红妆"的苏轼，还有那个"凌晨四点醒来，发现海棠花未眠"的川端康成，不禁笑了，只要花开就没有寂寞。在这静谧的夜里，花朵绽放得更肆意了，每个花蕊都带上了黄粉，那朵将开未开的花又吹大了点，花瓣没先前那样黏得紧了，有一处已松开，看来，今晚，它是一定要开的了。另外的两个花苞也像两根小蜡烛一样向上挺起，焕发着生命力。

早晨醒来，我直奔百合。呀，第二个红朵真的开了，和第一朵仿佛双胞胎一样，开在花托的两边。我兴奋地回到卧房找来手机，先给整株百合拍照，再给那两个红朵来个特写，我担心我的文字保留不了它的鲜美。

太阳从窗格射进来，我忙把百合搬到窗前的桌子上，我已经明确地感觉到它在积蓄力量准备开第三朵了。它是多么知道安排自己呀，它一朵一朵地开，不急不躁，最大限度地展现自己生命的春天。

在百合的身旁，我也安静下来。现在，我只等第三朵，老四，你睡你的吧。至于另一枝，不着急，夏天才刚刚开始呢。

跪街

从家步行到单位，二十来分钟的路程，总可见几个跪街者。

一个穿校服的女学生，扎个马尾，背着书包，低着头，跪在福祥服装超市前，求资助上大学的学费。我很不屑，都考上大学了，不能去找份事做赚取学费吗？况且国家助学贷款实行这么多年了。我想起了很多年前班上一个叫丁雪的学生。

她家在偏僻的山寨，母亲生她时难产而死，父亲老实本分，又患有哮喘病，没能再娶，父女俩相依为命。也许真的是"自古英雄出寒家"，丁雪人长得清秀，灵气，成绩也是出类拔萃，每次考试全年级第一，担任班内的团支书，出的黑板报绝对一流。可她从不愿意写贫困学生资助申请，我问她原因，她总是笑着说："老师，我还有爸爸，我家不穷。暑假，我去隆回的小沙江替别人摘金银花，赚了一百多元钱，够我这学期买学习用品了。再说，我正在努力，争取获学校的甲等奖学金呢。"

这个身材瘦小、衣着寒碜、骨子里却透着傲气的女孩后来考上了哈工大，现已在上海成家立业了。她也喜欢扎马尾，但她的马尾总是在脑后一甩一甩的，而不像眼前这个跪在街边的女生一样，耷拉在头上。

与其跪在街边，不如去找份事做。在街边跪一个假期，即使讨到了学费，进入大学时也矮人一截啊。

一个装备齐全的背包客，跪在汽车站门口，说是旅游到此，钱花光了，请求资助十元路费。这样的人我不想看第二眼，连盘缠都没带足，搞什么旅游啊？那些在山野劳作的农人，机器前忙碌的工人，在街边摆摊的小贩，他们就不想去远方看看吗？但他们知道必须先干好自己手边的活儿，为家庭为自己。与其跪在街边，不如停下你的脚步，打几天零工，赚足你的路费再往前走啊。跪求别人的血汗钱，供自己游山玩水，走得越远越卑下。

一个面色麻木的中年男人，跪在一个金店前，地上摆着一个纸片：我是哑巴，求帮助十元钱的盒饭钱。我瞅了眼他，他嘴巴紧闭，身子挺直，跪着的腿也很健康。我想，工地上搬砖，餐馆刷碗，超市搞卫生，应该不会拒绝哑巴吧？

我们村里原来也有个哑巴，无儿无女，住一间小木屋，用一个陶罐到井里提水喝，但他的勤劳善良赢得了全村老少的尊重，大家都懂他的"啊啊"之意，用简单的手语和他交流。他的小木屋干干净净，他的庄稼蓬蓬勃勃，农村里的最高席面——东坡席，他做得色香味俱全，谁家的红白喜事他都从头帮忙到尾，谁家的孩子都吃过他的炒蚕豆、红薯干。他天天干活，身体健壮，八十多岁时像僧人圆寂一样在熟睡中离世，村人为他举行了隆重的葬礼。

最让人气愤的是跪在红绿灯街角的那个人。那是一个脸形方正、身材高大的青年男子，他跪在一个写有"功德箱"字样的木箱前，地上平躺着一位戴口罩的老人，纹丝不动，身上只盖了一床陈旧的被单，老人脚头的栅栏上，挂着一张情况说明书。不知是老人病了跪求钱治病，还是老人死了跪求钱安葬。我所有的恻隐之心全没了，只有恶心、反感和愤怒。一个老人，在冰冷的街上躺着，没病也会有病了，如果是死了，不入土为安，让他暴尸街头，为你求来钱财，你吃着不噎死吗？

瞿秋白先生就义前，对国军三十六师师长宋希濂说："我有两个要求，我不能屈膝跪着死，我要坐着；第二就是不能打我的头。"

跪着死，那是奴隶才会有的死亡姿态。

那跪着生呢？

银针彩线间

在一个街角,我邂逅了十字绣,脚停下,眼定住了。欣赏一圈,请店主打开一幅《黄金满地》,画册上金灿灿的枫叶,落满了一地,温暖喜庆;雪白的格布和五彩的丝线,透着诱人的亮光。

"您可以用针线把这秋天的喜悦绣在布上,挂在墙上,装点您的家。"店主温和地说。我的脸一下红了,下意识地看了看自己的手,拿惯了笔的手捉得住针捏得了线吗?

"您会缝纽扣就行。十字绣被戏称为傻子绣,只要两分钟,我就能教会您方法。您再花一点时间,用一些耐心,就能把精致典雅的作品复制到绣布上,这个过程会带给您惊喜和成就感。"

当我笨拙地拿起针线,在店主的指点下绣出一片秋叶时,我觉得那个在职场张牙舞爪与男人争高下的自己远去了,大自然赋予我的温柔溢满了心胸,我是西厢房小轩窗下的绣女。

在长长的午后,把餐桌揩拭干净,铺上小碎花棉布,泡上一杯绿茶,我端出了我的针线竹筐。蝉在窗外的樟树上鸣叫,累了,歇息一会儿,再鸣叫歌唱。阳光慢慢地从走廊上移到了室内,移到了我的格布彩线上。一只蜜蜂许是花了眼,嗡嗡地在我的银针彩线间飞舞。我用画册去扇它,它极不情愿地飞走了。我捏着瘦瘦的针,引着长长的丝线,低眉细作,所有的烦琐、纠葛远去,仿佛坐禅者,内心空旷、沉静,世界只剩一根绣线。针线是女人前世的情人吧。隔壁有个四岁多一点的小女孩,很好奇地打量着我手里的活,只要我放下针线去干点别的,她就会趁机拿起我的针在布上扎上几针。我找来一个布头,把针上线给她,她安安静静地坐在一旁扎起来,直到线把布头缠成一团。她喜欢上了这个游戏,天天缠着我要针线布头。有一天,她看到我还只绣了那么一点点，不屑地说："你真是慢，可能等我做妈妈了，你还没绣好。"

我笑着问她："你什么时候做妈妈呢?"

她想了想说："不知道。"

"你可要快点啊，我明年就能绣好的。"

"那我就今年做妈妈，反正比你快。"

小女孩的幼儿园时期还没有结束，我完成了我的处女作《黄金满地》。去十字绣店里装裱，店主直夸我绣得精致，把我的作品放在他的橱窗内展示了一个月。针线情结从此系上，教学、写作之余，总爱绣上几针。我花了一年时间绣了幅《观音坐莲》，庆贺母亲的七十寿辰，白衣飘忽的观音端坐在粉红的莲瓣上，一手持莲花，一手托净瓶。母亲是普通的农村妇女，脊背佝偻，手脚粗大，但她劳作山野、哺育儿女的神圣、慈祥，跟观音一样。大哥将它挂在神龛左侧，我绣了红底黄线的《百寿图》给乐观健康的公爹，边绣边感叹中华民族文化的博大精深，一百个小"寿"字字体各异，无一雷同，楷、隶、篆、行、草、甲骨文等无所不有，中间的大"寿"字，集篆、隶、楷、行四法为一体，庄重雄浑，古朴圆润。我虽然是依样画葫芦，但心中亦盈满喜悦和自豪。

去凤凰去大理，最喜欢在沱江、洱海边那些针线摊子前搜寻。凤凰人流行一句俗话，叫"人比人，花比花"，所谓"人比人"，是指比歌舞，而"花比花"，则是指服饰上的织绣染。他们服饰上的那些水波纹、山脉纹、太阳星芒纹、蝴蝶纹、花朵鸟兽，是苗语是图腾，神秘、艳丽。而洱海边上的那些白族女子，一顶"风花雪月"的帽子，足显民俗风情。她们都守着小摊做着针线，神情怡然而专注，就那么一针一线慢慢地绣着帕子或鞋垫，无所谓多一份买卖少一份买卖……那份散淡清幽，让人觉得岁月静好。

当我在闹市中穿行，看到一个擦皮鞋的女子，在等待生意的空隙绣一幅《家和万事兴》时，心有点痛又有点温暖。虽然她手中白色的格布已成了灰黑色，且油斑点点，但当小小的绣花针在她手里轻快地翻飞时，我觉得她虽然在寒风中，也是在绣一个美丽的梦啊。

读书滋味长

　　进学堂读书之前，我的生活里只有游戏、农活，几乎没有文字。

　　六岁那年，姐把我带到了一个神圣的地方——由祠堂改造的村小。我抱着语文算术两本书欢天喜地回到家，父亲正在破长长的竹篾，看到满脸兴奋的我，忙放下篾刀，从里屋拿出一张平整的牛皮纸，裁成两半，帮我把语文和算术书包裹得棱角分明，然后在封面上用毛笔写上我的名字。母亲连夜为我缝了一个花布书包。看到父母专门为我忙碌，瞬间感觉自己长大了。这个装有两本书的空瘪的花布书包随我晃荡完整个小学时代。

　　读初中时有个同桌叫方林子，她爸爸是教师。有一次她从家里带来一本《青春之歌》，同意我星期六拿回家去看。我高兴极了。回家后匆匆扒了碗凉饭，赶到后山麻利地扯满一大篮子猪草往堂屋一放，迫不及待地打开了我的第一本厚重的书。母亲散工回来做晚饭了，喊我生火，我边生火边看书，竟然忘了给灶膛里添柴。等娘从园子里摘了菜回来，揭开锅盖一看，还是一锅米。

　　"什么东西把你的魂勾走了？饭也不要吃了吗？"

　　母亲一边吼着一边拿起菜勺砸在我手上，书也险些被她扔进了火膛。我痛得眼泪直流，索性躲到阁楼草堆里不管不顾地看书起来……"林道静"是我知道的第一个文学形象，她的美丽、热情、勇敢、坚强，深深地感染着我。

　　师范生活虽然没给我的人生带来高度，但开阔了我的眼界。图书室那么多的中外名著我都可以借阅，觉得自己真富有。我开始看《家》《春》《秋》，看《子夜》《林家铺子》，看《复活》《安娜·卡列妮娜》……我上衣的口袋一个装着餐票，一个装着借书证，日子过得简单而充实。

这期间给我影响最大的是《简·爱》。简·爱的自尊自爱，自立自强，敢于抗争，敢于追求的精神给了我很大的鼓舞，慢慢地融进了我的骨血，滋润了我整个人生。

后来班上成立《清泉》文学社，我们把油印的第一期刊物拿到县一中试卖，五毛钱一本，居然抢购一空。在回校的路上，社长舔着干裂的嘴唇，下狠心用公款给我们每人买了一根冰棍。我们滋哑着甘甜的冰棒，享受着读书写作带来的美好。

工作后，虽然在校园天天和书打交道，但更多的是"为稻粱谋"。一年暑假，上面给学校分来了一批图书，校长要我们几个住校的老师把图书搬进图书室，在其中我发现了魏书生老师的《班主任工作漫谈》，随手翻翻，我的眼睛即刻被吸住了。

"有的青年人推卸掉了领导让他担任班主任的担子，自以为占了便宜，实质上是把机会、把能力推出去了，把自己变得无能力。抢工作干的人呢？如同没有时间叹息的蜜蜂，忙于工作，忙于学习，忙于提高，忙于自我更新。几年过后，便是一个能力强的班主任了。"

当时我刚生完孩子，准备以孩子为由卸下班主任工作这个烦琐的担子。读着魏老师的话，我不禁赧然而又心悦诚服。我在自己的班级管理中实践着魏书生老师的育人方法，帮助一个个孩子走出山村，走向远方。

日前去省城参加高考阅卷工作，在阅卷的间隙，我来到图书城，室内书盈四壁翰墨飘香。这真是一个出版的大时代，只要你愿意阅读。我拿起这本，又挑挑那本，满满一袋子，最终用肩膀扛回了宾馆。

阅卷工作终于结束，由于退房耽搁了些时间，当我们赶到高铁站时，离开车只有二十分钟了。我们一路狂奔。装满书的书包带子将肩膀勒得红肿生疼，我喘着气，流着汗，却不见了另两个伙伴的踪影。我瞄了一眼"G6165停止检票"的电子屏幕，索性放下了书包。

"我们上车了，你怎么没跟上来？肯定是那袋子书把你拖住了，唉，你买那么多书干什么咯……"

改签后的车次还要等三个小时。我买来了酸酸甜甜的梅子，麻麻辣辣的毛毛鱼，在豁亮而有些喧嚣的候车室里，翻开了林清玄的散文集《人间有味是清欢》……

衔泥带得落花归

轮椅上飞出的风筝

晚餐后去河边散步，在大桥的人行道上总能看到一个坐在轮椅上放风筝的老人。我不知道老人是自己推着轮椅来的，还是家人把他推来的，只要不下雨，那老人，那轮椅就在那里，那里就能飞出风筝。

每次都喜欢停下来看看老人，跟老人说说话。老人坐在轮椅上，比大桥上的栏杆稍低，仰着头专注地望着江面上空的风筝。有人跟他说话，他就笑呵呵地望向你。

"老伯，这风筝是您自己做的吗？"

"嘿嘿，是呢。以前我只能串五个蝌蚪，现在串十一个也能飞上去了。"

"它们一会儿上，一会儿下的，不会掉进水里吗？"

"我可以调整线的松紧，还有风也会帮我的忙呢。万一掉河里了，我拉它们上来就是了。"老人自信满满，天真可爱。

只能在田边水里游走的蝌蚪，被老人一个接一个放上天空里，真是觉得开心、有趣。

过两天，老伯又放上了一长串蜈蚣，蜈蚣无数的足在风中摇来摆去，威武又逍遥。

"老伯，这蜈蚣风筝难做吧？"

"蜈蚣风筝很好做的，只是工程量大些，费时间，我做这个正好打发时间，愿意做多长就能做多长……"

再过几天，老伯又放上了一只笨拙的乌龟。

"您怎么不做一只大雄鹰呢？"

"嘿嘿，我不做鸟儿风筝的。鸟儿能飞，我做它干什么？哪个又能做出鸟儿那么灵巧的翅膀呢？"

"所以你就给蝌蚪、蜈蚣、乌龟一双翅膀?"

"它们没去过天空，想啊。"

我下意识地望了望老伯摆在轮椅踏脚上的两条枯瘦的腿，想起了抓着风筝在草地上奔跑欢笑的孩子，心里涌起一丝丝难过。

散完步再回到大桥上，天色已完全黑下来，宽阔暗黑的江面上，有个光亮在俯冲俯冲，即将触及江水的时候又上升上升，像夏夜的萤火虫，但比萤火虫要迅猛。路人都不由得放慢赶路的脚步观看起来，旁边有人说是无人机，那操纵的人又在哪儿呢？我边走边追寻，猛然发现轮椅还在，老伯还在放风筝。

"您还在放啊，风筝呢?"

"那个亮光你看到了吗？我在风筝上装了一个小灯泡。有了灯光，暗夜也是白天了。"

"老伯，您真行。"

看着轮椅上瘦小的身子，瘦小的身子上开心喜悦的脸，我真正感到生命的美好，伟大。

脚到不了的地方就把眼睛放出去，眼睛到不了的地方就把心放出去。像老伯那样，人困在轮椅上，心在天空里暗夜里飞行。

风筝，有风就有了生命；生命，有梦就有了色彩。

巧月乞巧

农历七月，是属于织女的。

"金风玉露一相逢，便胜却人间无数"，凡尘的女子坐不住了，掀开窗帘的一角遥望，在鹊桥上，那酝酿了一年的爱情琼浆，该是怎样的醇香？那用彩霞织成的云锦天衣，又该是如何的光华？

她们在庭院摆上竹桌，供上瓜果，焚香祭拜，默祷心愿，向织女乞巧、乞美和乞爱情，然后又急着验证，手执彩线对着月影，穿针引线，谁能一口气穿过七枚针孔，就是得了织女的巧，是巧手姑娘，会得到大家的小礼物。这份热闹惹得唐代诗人忍不住吟哦："家家乞巧望秋月，穿尽红丝几万条。"

巧，从工从丂，"工"有精密、灵巧义，"丂"为"久经岁月磨难"，"工"与"丂"联合起来表示"精密、灵巧要久经岁月磨难"。这样说来，巧，哪里是乞得来的呢？

世间的一双双巧手，都是在时光的砥石上，反复磨砺而成的。

母亲有一双最"糙"的手，从不敢摸新嫁娘的绸缎被面，怕把丝线勾起。手背血管如蚓，指节凸出，指甲走样，左手的食指上刀痕重叠；手掌老茧如石，纹路深刻，粗糙如松树皮。乍看这手仿佛是铁铸或者木制成的工具，摸在手里才知它有血有骨有温度。母亲用这双手，调理着自己的春秋和一大家人的生活。

母亲的"糙"手，特别有物缘，在山野，握得起锄头、柴刀，种养什么都能活，都能肥；在木屋，操得好瓢碗、锅勺，烹调什么都能香；在灯下，更捏得了剪刀、针线，一家人脚上的千层底，全是这双手针针线线纳成。小时候，我最喜欢母亲的手捧着米升子，从木仓里拿出糯米包粽子、蒸甜酒，或者从陶罐里拿出南瓜子放锅里炒香，装进我们的衣袋里去小学操场看电影，那都是平淡生活里的锦绣日子。现在，喜欢看母亲佝偻在木屋前，把玉米粒撒在阶基上，大大小小的鸡撒着欢奔过来啄食，母亲就跟它们说话；或者坐在门槛前，借着光影穿针，然后一针一针地绣鞋垫。母亲快八十了，眼不花，手不抖，针脚还是那样细密、齐整，绣的图案还是那样精致、喜庆。看来岁月多情，不败美人，也不忍心败巧手。

大哥有一双最"脏"的手，纹路间布满了老也洗不掉的黑。他在镇街上开了一个修理店，以前修单车，配钥匙，接水壶底，现在修摩托，还能给汽车补个胎之类。大哥没跟师父学过，都是用眼睛偷的艺，再自己用心琢磨，用手摸索。大哥常常得意地说："机器是死的，人是活的。"

孩子们成家后，都劝大哥不干了，赚钱不多，满手油污的。大哥却习惯了每天吃了早饭就往镇街上去，在那个陈旧狭窄的小店里鼓捣，看到经过他的手拨弄后的单车轮子飞转、摩托车呼啸而去，心里欢喜，有钱不一定日子好过，有事做的日子才过得好。

我有一双最"笨"的手，小时候握锄头习惯左手放前，挖起土来，人总是歪歪斜斜的，母亲纠正我，我把右手放前，更使不上劲。父亲说，随她吧，可能她今后不要握锄头把呢。姐姐能用四根竹签织出袜子、手套和毛衣，我织来织去，没织出一件可心的，而抽屉里的毛线左一团右一团缠在一起，浪费不少。还真是庆幸自己走进了学堂，手里握住了一支笔，可写可画，轻松愉悦。当我握着粉笔在黑板上流利书写，把知识的种子播进学生心田的时候，当我敲击键盘，书写心中故事的时候，我终于有了自信，我也有一双巧巧手。

大地上的一双巧手，细细地捏碎土坷垃，让种子破土生长；机器前的一双巧手，融百炼钢于绕指柔，琳琅满目的产品从流水线上流进寻常百姓家；医院的一双巧手，将上帝遗漏的残缺修复，爬满泪水的脸绽放笑颜……在世间的角角落落，无数双巧手赋予万物生命，打扮着这个"花花世界"。

一双巧手连着一颗恒心，只有保持生命原初的自在澄澈，去除机巧和伪饰，让无数个日子在手上叠加，手上的纹路越来越深，才可乞得天地间的巧。

衔泥带得落花归

桂月，想起一棵桂树

农历八月的夜空高远、湛蓝，月亮如一轮金色的盘子，高高地贴在天幕上。在月光的清辉中，花园妖娆的木芙蓉失去了颜色，只剩下稀疏、凌乱的影子，倒是那些圆圆的桂树，如一幅幅剪影，独立，浑厚。

我一直喜欢长长的暑假后的开学时光。校园的桂树上缀满了奶白色的花，每一朵都张开笑脸吐出芬芳，迎接师生归来。那些捧着新书的孩子，青春洋溢，满是憧憬和豪情，风，翻动着书页、树叶，墨香、花香飘散在空气里。昨晚刚巧下了一场秋雨，初升的太阳照在油亮的叶子上，桂花儿睡醒了，眨着眼打量着新来的孩子们。

这时候，时空流转，我不由想起墨溪学校那棵桂树。

墨溪中学建在一个山冈上，与罗家祠堂毗邻，环境清幽，校舍简陋，四面用土墙围着，土墙下有几棵野生的苦楝树，枝丫伸出墙外，苦楝子掉落在墙外的土路上和禾田里。校园后面和墙根下的闲地被老师们辟成了菜园，种着各式各样的菜蔬。两栋木屋参差错落，一栋是教室，一栋是教师和学生宿舍。操场还算大，长满了粗硬的马鞭草和穆子草，周围农家的小孩子到学校来玩，早晨或者傍晚总会把毛茸茸的小鹅赶到操场来，小鹅见不得绿，伸出嫩嫩的喙子用力去啃，结果被草扯翻了，其余的鹅忙伸出脖颈，嘎嘎笑它。但不要多久，每只小鹅都会遭遇这样的尴尬，它们开始集体出逃，往土墙外走，土墙外有嫩绿的禾苗。

再简陋的校园也挡不住浪漫的情怀。不知哪位老师或是学生，在宿舍前，紧挨着屋檐种下了一棵桂树，这个种树的人肯定精心养护过它，使它在人来人往的宿舍转角处成活下来了。种树的人调走了，或者毕业了，桂树留在校园，开枝散叶，长到二楼的窗户口，住在这间房的老师，伸手就可以折到桂枝。

我毕业后分配到墨溪学校，两栋木屋已被岁月剥蚀得斑斑驳驳，楼板腐朽了，木屋漏雨严重，楼梯踩上去吱吱作响，土围墙也坍塌了几处，不时有小鸡小狗进来溜达，偶尔还会进来一队小猪。只有这棵桂树高大茂盛，生机盎然，它已开始奉献它的清香和它的阴凉，只是由于离房屋太近，树冠很明显地向一边繁茂着。

九年制义务教育的春风吹拂大地，墨溪乡民举全乡之力兴办学校，师生暂时寄住到隔壁的罗家祠堂。当两栋歪斜的木屋拆除后，大家发现，那棵桂树伫立在整个校园的中间。乡领导和施工队认为，这棵桂树，既影响建筑材料的堆放，又不利于整个校园的规划，必须砍掉。

在乡村，砍掉一棵树真是一件很随意的事，但要砍这棵桂树，却遭到了全校师生的反对。乡领导说，就你们这些文化人矫情，名堂多。校长说，家门口的树，早瞧晚看的，已亲如家人了，怎么能砍呢？乡领导不耐烦地说，桂树在那里，不方便倒车，建筑材料只能放在校门口，施工队要求加工钱，这钱你出？校长说，我们可以利用课间时间帮施工队搬砖的。就这样，墨溪师生用义务劳动，保住了这棵桂树。

当两栋崭新的红砖瓦房并排矗立起来，操场中央的桂树亭亭如盖的时候，大家都感到，牺牲一学期的课间时间搬砖是值得的。一片叶、一朵花、一缕香，很普通，而当无数花瓣如汤匙的花朵细细地簇拥在叶腋，无数翠绿的叶子攒聚在枝头，无数伸展的枝头优美地构成一棵桂树，独立在操场中央，撑起一片浓荫，酿出一树浓香，风一撩拨，馥郁整个校园的时候，美，就产生了。

这棵桂树是墨溪孩子成长的最好伙伴，是每届学生毕业照的最美背景。它圆润的身姿，素雅的清香，不仅留在我的职业生涯里，也镌刻在我的生命里。

校园和桂树是很相宜的。绿叶间一朵又一朵的奶白小花，拥挤着，带着几分羞涩与喜悦，不华丽，却热闹，宛如校园里一个又一个的孩子，喊喊喳喳，活泼可爱。

而我，一个不愿惊扰人、喜欢安静的女子，就快乐地生活在孩子们中间。

生活的模样

　　高二学业水平考试结束后,我们欢欢喜喜搬进了高三楼。学生因为自己的成长,因为高三终于到来,既兴奋又紧张;我因为可以拥有一间单独的办公室而窃喜。

　　当我拿着上一届高三老师转给我的钥匙旋开办公室门时,我吓住了,办公室的东西怎么摆放得这么凌乱?烤火桌摆在正中间,办公桌却面壁而放,长沙发委屈地缩在饮水机下面的角落里,书柜靠着办公桌,柜子门只能打开一扇,镜子挂在煤炭储藏箱边,灰蒙蒙的。

　　推开中间的隔门,更是不堪入目。东边墙壁上安装了一块锯掉了三分之一的黑板,十几套桌凳歪七歪八堆放着,课桌上摆满了用剩的试卷和鸡蛋包装纸板。

　　我请学生帮忙清扫,指挥他们把课桌凳子全部搬走,烤火桌、书柜、藕煤储藏箱抬到里间,办公桌靠南窗摆好,沙发舒展地占据北边一面墙,镜子挂在里间墙壁上。一个小时下来,办公室窗明几净,摆放有序,耳目一新。我推开南窗,百年古樟郁郁葱葱,鸟雀在枝叶间跳上跳下,卖弄刚学的曲儿。我想象自己累了就在沙发上躺躺,穿了新衣服可以在镜子前美美,能独占一室,真好。

　　月考过后,年级主任说,年级前十五名要组织起来进行培优,为高考冲刺六百分做准备,你办公室中间隔了扇墙不会太影响你办公,而且在最东端,对其他学生影响最小,你派学生去储藏室搬十五套桌凳,把培优室布置好,本周开始上课。

　　我傻眼了,宽敞、明亮、舒适的办公室生活才多久啊?但领导有话,事关高考,不敢怠慢。学生搬桌凳时说,这些桌凳就是我们不久前搬走的,说

衔泥带得落花归

得我讪讪的。

为了塞进去十五套桌凳，只能将烤火桌、书柜、藕煤储藏箱又搬到了外间，沙发只能横在饮水机下面的角落里，镜子又得挂回原处。

雨后的早晨，明媚清新，当我心情大好来到办公室时，几乎要哭了：窗户大开，玻璃碎了一地，办公桌上的书全浸在混合着铁锈尘粒的雨水中，学生试卷被刮得满地都是，有的已被浸染得一塌糊涂……

我手忙脚乱开始抢救，懊悔昨晚忘记了关窗户，把窗户拉拢合上一看，木窗户因年代久远，不但插销没有，连装插销的地方都已腐烂。

为了悲剧不再重演，我只好告别了南窗美景，把办公桌靠在东边的墙壁下，面壁思过。

试卷一捆一捆发下来，学生不睡觉也做不完啊；生活委员从学校领来鸡蛋给学生补充营养，总务处有令，鸡蛋包装纸板要回收，不能扔。于是，办公室里间的桌子上堆了一沓又一沓试卷和一捆又一捆鸡蛋包装纸板。

轰轰烈烈的高考结束了，我开始整理东西准备离开这间办公室。抬头四顾，我发现办公室里的一切已完全恢复到我进驻时的模样。

我想，当我把钥匙转给下一届高三的老师时，要不要对他说：这办公室的东西只能这样摆呢？算了吧，一个一个的日子会告诉他（她）生活的模样。

住煤屋的槿姑

开学前两天,我才接到县城学校的聘用通知。在学校周围的水泥森林里几个轮回搜寻下来,租定了学校后面一栋老房子一楼的一个套间,由于前后楼的遮挡,房子"暗无天日",白天都必须亮灯。

槿姑比我先一年进城,她租住在我租屋的楼下,那屋原本是房主们用来堆杂物的,矮小、封闭、潮湿,好在槿姑喜整洁,收拾得干净整齐。

成天在学校跟学生吼天吼地的,回到家里只想安静一会儿,不想跟左邻右舍交往,更何况刚从乡间来到县城。但那房子的电线老化,一到做饭时间,就会出现短路、跳闸现象,房东要求我烧蜂窝煤。我早出晚归,疏于添煤,煤炉子总是熄的,家里又没有准备木柴和木炭,只好去麻烦人。房东住在我对面,自然想到去他家换火,第一次还好,房东没说什么就把炉子里燃得旺旺的煤球夹给了我,第二次正碰上他在炒菜,见我又要换煤,半开玩笑半挖苦地说:"你这个老师,连个煤火都不会生,恐怕教书也是个茄花色。"

茄花色,不红不紫,散散漫漫。我听着很不入耳,拉了脸往回走。

脾气耍了,可煤炉子还是熄的,我只好去楼下。槿姑正打开门在炒菜,见我用铁夹夹着个新煤球,知道我要换火,忙把菜锅端开,让我把那个熊熊亮着的煤球夹走。我要她先把菜炒完,她说:"你们当老师的赶时间,我们早点慢点不要紧。"

听槿姑这么说,我心里像她家的煤炉子一样暖烘烘的,忙把新煤球放在炉子边,夹起烧得正旺的煤球。槿姑说:"来夹就是了,还担个煤球干什么?"

"担个煤球"?我不由旋转身又看了看槿姑,这个"担"字是我们青溪人说话的特色,什么事都不用"拿",而用"担"。衣服破了,母亲会说"担个针来补一下"，吃完饭，父亲会说"帮我担杯茶来"，期末了，老师会说"没交书钱的同学明天要把书钱担来"……

槿姑果然是比我更山里的石羊寨人，她男人嗜酒，中风后瘫痪在床，看遍乡村的医生后，听了一个亲戚的建议，来县城里进行按摩治疗，一年下来，男人能跛拉着拖鞋打着拐杖在煤屋门口走几步了。男人说要回去，自己家有一栋木房子，旁边还有一个菜园，住着舒心。槿姑不甘心，男人曾经是石羊寨最标致的后生，最强壮的劳动力呢。槿姑在市管所找了一份保洁工作，还捡些废品，维持着生活和医疗费用。我说她辛苦，她说扫个街道没什么累的，只是刚打扫干净，又被人弄脏，心里难受。虽然在乡里一年到头还没赚城里一个月的钱，但如果不是为了给男人治病，还是喜欢在乡里种地，在土地上发的心思都能显现，把土坷垃捏碎了，肥施足了，草除干净了，苗自然长得好，瓜果自然结得多。

我安慰槿姑，你把街道扫干净了，给大家一个好的生活环境，也是大功劳呢。等你爱人的病好了，就可以回去种地了。槿姑听着也高兴起来。

一年后，我买了房子搬走了，每天在自己固定的轨道上忙来忙去，再没有去那老房子看过槿姑。

有天散学后，我坐公交车回去，当车行到正街上一个停靠点的时候，在嘈杂的人群里，传来了槿姑的大嗓门，我忙探出头往外找寻，发现槿姑穿着橘红色马夹，在与一个散发传单的女子吵闹。

传单女竟然推了槿姑一把，槿姑一个趔趄，没有稳住，摔倒在台阶上。我忙着往车门口挤，想去看看槿姑，谁知公交车已启动，快速往前开去。

不知槿姑摔伤了没有？不知她男人的病好些了没有？我寻思着哪天有时间一定去看看她。

时至六月，考试一场接着一场来临，教室必须腾出来做考室，学生们开始清理课桌，把有用的书籍搬往寝室、教师办公室。附近几个捡废品的老人兴奋地跑上跑下，把一袋一袋废纸往校外拖。

一阵叫骂声从喷泉那边传来，我忙走出办公室，往人围着的地方走去。

"你疯了？你拉住我的袋子干什么？"那个经常在校园捡废品的黎婆婆死劲抓住纤维袋，与拉住她的老妇人推搡起来。

我走近一看，见拉住黎婆婆的老妇人竟然是槿姑，槿姑也认出了我，忙求助似的对我说："我看见她从办公室担了一捆整齐的书，把学生有用的书做废品卖，真是没良心。"

我忙和几个学生打开了黎婆婆的袋子，发现里面真有不少是学生正在使用的课本和工具书。我很气愤，把黎婆婆带到了学校保安室，要求保安以后不要让她随便进入校园。当我从保安室回来寻槿姑时，她已经走了。

校园的桂花像约齐了一样开在绿叶间，香气丝丝缕缕飘出，新的学期又开始了。我把办公室的旧书旧作业本，新书的包装纸，都用纤维绳子捆好堆在书桌下，盼着槿姑来。

可槿姑一直没来。我提了废纸去老房子看槿姑。煤屋门锁着，我从不大的窗口望进去，里面放着杂物和一辆摩托车。在我张望犹疑的时候，房东摇着蒲扇从楼上走了下来。

"您这煤屋不出租了？"

"我们这片棚户区马上就要改造了呢。"房东高兴地说。

"槿姑呢？"

"他们回去了，她男人比以前好多了。省里有个医疗扶贫队在他们那里办了一个康复中心，可以免费医疗……"

我真替槿姑高兴，她终于可以住在宽敞透亮的木屋，可以在木屋旁的菜园里种瓜种豆了。

爱至凋零

闹铃没醒，秋兰醒了。

秋兰睁着眼，平躺在床上，仿佛躺在冰冷的沙滩上，一个巨浪打来，又将她冲进了苦海。

昨晚竟然把娘打了。

在娘的屁股上拧了一把，拍了一巴掌。

怎么就不能忍住呢？都忍了这么多年了。

秋兰伸手在自己的屁股上拧了一把，疼啊。娘当时也叫了，虽然口齿不清，还流着涎水，但这叫声更激起了秋兰的嫌恶，不由咆哮了起来。

"你还知道疼啊？你咋就不知道管住自己的屎尿呢？你没看见连换洗的裤子都没有了吗？你是想整死我啊？"

"啪"，娘的屁股上又落了一巴掌。

"哎哟，你打我，兰妹子。"

天啊，娘竟然记起了兰妹子，这么多年，她从来只记得哥哥春吉的呀。

闹铃醒了，秋兰伸手按掉了闹铃，继续躺着。

娘曾经是多么干净利索的人啊。洗浅色衣服时，总要搓一会儿再迎着光照一照，哪怕一个小斑点都要用肥皂反复揉搓。家里的被子就算破烂了也是干干净净的，哥哥的白衬衣总是亮得耀眼。哪天要去镇上赶集，忙完家务，脱下围裙、套袖，娘就掀开圆镜上罩着的绸布，用木梳把头发梳得顺溜整齐，用发夹夹好，换上赶集走亲戚的衣服鞋子。娘每次走在赶集的人群里，都像一个回娘家的俊俏媳妇。

那年谷雨，爹犁完田回家，娘刚开始煮中饭，爹不知是饿了还是渴了，随手从桌上的酒壶里倒了大半碗酒喝起来，喝了几口，就连人带凳倒在了神龛底下,还没有来得及送医院,爹走了。娘被吓呆了,急疯了,伤心傻了。

"只怪我呀,怪我没把饭煮好,我煮好了饭,你爹就不会喝寡酒了,就不会灌破喉咙,就不会扔下我不管了,呜——"

娘这一哭就是一年啊。

突然有一天,娘不哭了,开始从早到晚煮饭,把家里所有能煮饭的锅、盆,甚至烧水的水壶都煮满饭。无奈之下,秋兰只给娘留一个饭锅,娘就煮了一锅,把饭盛出来用筛子装了,又煮一锅……有一次,一块燃了一半的木板从灶膛里掉了出来,引燃了厨房里的柴火,幸亏邻居发现,不然,娘和木屋一起化为了灰烬……

秋兰只好把娘接到了城里。

不能种菜,不能喂鸡,不能煮饭的娘一天天呆滞。她害怕电梯,看不懂电视,没有可以串门的邻居,整天呆坐在沙发上。在这个宽敞明亮整齐洁净的家里,娘格外拘谨。

有次秋兰下班回来,见娘瑟瑟发抖地站在沙发边,不知如何是好。秋兰一看,心都凉了,原来娘把尿全尿在沙发和裤子上了。

那一天是娘过完七十八岁生日后的第三天,今年娘八十三岁了。五年来,娘住院、出院,平均每年三个来回;天天吃喝得按时,拉撒就随意,无论怎样冲洗,家里每个角落都充满腥臊味。娘越来越活回去了,活成了小孩,轮椅、茶壶、尿不湿、热水袋等成了随身物品,后来右手完全瘫痪,饭要喂,有时不好吃,就吐出来,撒落一地;今年还爱上了哭喊、呻吟,且不分昼夜。

因为娘,丈夫已不知给了秋兰多少脸色,甚至睡到了书房。

昨晚,秋兰洗了两大桶衣服,腰酸背疼,刚躺下,娘开始呻吟:"疼死了,活着呷亏啊……"

秋兰披衣起床问娘哪里疼,娘说:"我哪里都疼啊……"

秋兰伸手一摸,垫的褥子又湿了。

娘不停地哼哼唧唧:"春吉放假了也不来看我,我死了好啊……"

娘含糊不清拖腔拉调的呻吟如一种魔音让秋兰崩溃了,失控了……

起床吧,再不起,就要迟到了。办公室新来的主任脸色特难看,上个月因为迟到三次,其实加起来还不到十分钟,出勤奖全被扣了。

娘也醒了,睁着眼呆滞着。

秋兰急忙下楼买了稀饭包子油条，放在锅里热着，开始给娘换尿不湿，洗澡，娘的屁股上竟然一坨青紫，让秋兰触目惊心。

外面突然下起了大雨，刮起了大风，雷鸣电闪。当一道闪电划破远方的灰暗，当一声闷雷仿佛在身边炸响，秋兰停住了，呆立在窗前，向天诉说：我打娘了，天雷，劈了我吧……

秋兰泪眼婆娑地望着窗外雨雾里来来回回的行人车辆，等待着霹雳惊雷把她收走，但除了哗哗的雨声，一切都静默着。

服侍娘吃过早餐，秋兰昏昏沉沉踩进了风雨里。

雨下得很急，街上到处都是积水，秋兰的鞋子全湿了，双脚仿佛踩在潮湿油腻的抹布上。在这样艰难的行进中，秋兰突然想起了昨晚的梦：梦见自己变成了一只大象，在一地落叶里，独自向森林深处那个神秘的象冢走去……

你不需要知道那么多

前不久，县城一小学的校门口，一个三年级男孩被碾压在一辆红色奥迪的车轮下，血肉模糊。女司机拔出耳机坐在车里瑟瑟发抖，来接男孩的母亲还在前头边走边看微信。救护车呼啸而来，女人歇斯底里，市民唏嘘不已，低头行走的人终于抬起头来围观，但地上的血迹还没凝结，无数的手又伸进口袋掏出了手机。

新闻、广告、购物、视频、微博、微信、抖音，无穷无尽的信息源源不断地涌来，可我们只有一双眼睛两只耳朵，一天只有二十四小时啊。被誉为"俄罗斯的良心"的索尔仁尼琴说："我们高贵的灵魂不必被那些废话和空谈充斥，过度的信息对于一个过着充实生活的人来说，是一种不必要的负担。"那些时刻更新的远在天边的大小事情，大多都是与我们的生活毫不相干的，我们不需要知道那么多，不需要时刻与世界抱成一团。

记得小时候，我们村里有个大能人，叫许时仲，他能说会写，大事有谋略，小事有技巧，能治官，亦能治泼妇，能写春联，亦能写祭文，舞龙祭祀，婚丧嫁娶，都少不了他的身影。特别是下雨天，大家在生产队的草棚里搓草绳，队长允许他不做工，只喝茶讲故事，他神气十足地讲《桃园三结义》《千里走单骑》，讲《三英战吕布》《温酒斩华雄》，讲得天花乱坠，荡气回肠，仿佛十九世纪古巴雪茄工厂里的朗读者。他给村里不识字的人以启蒙，在他们的心里播下文学的种子。

上初中后，我去许大伯那儿借书看，许大伯很喜欢爱学习的后辈，高兴而慷慨地领我到他的卧房，拿出他的全部家当：一本《三国演义》，一本《幼学琼林》，都用牛皮纸包裹着，书页已泛黄，书中无数的圈圈点点，但书角很整齐。许大伯问我要哪本，我说《三国演义》吧。许大伯反复叮嘱我要洗净手才看，不可到饭桌上看，免得把书弄得油渍斑斑，我应允着。一个星期后，我来还书，许大伯高兴地和我谈"三国"，我看得潦草，讲得吞吐，许大伯说："你这样看书，把书糟蹋了。"我被他说得脸红了，再不敢提借那本《幼学琼林》。但许大伯把一本好书精读的方法对我的影响很大。

  这几年，教学之余我开始尝试文学创作，开始关注更多的报纸期刊，了解它们的办刊风格、用稿要求，在手机上订阅了二十多个公众号，加入了十几个文学群，朋友圈扩到几百人，每天争分夺秒地翻看各公众号推送的文章，遇到喜欢的赶紧收藏，为朋友的吃喝拉撒点赞，为文友发表在各处的文章祝贺、评论，到了入睡前还要听夜读。结果往往是夜读才开始，电灯都来不及关就睡着了，收藏的文章来不及看，手机内存不足删了。一天天这么重复下来，眼睛疲劳脖子酸疼脑袋一片空白，而无数美好的日子，通过手机，掉进了水里，我真是头涔涔，而泪潸潸了。我开始对手机进行最大限度地瘦身，把手机定位为通信工具，把阅读的任务重新交给书本。

  梭罗说："我前往瓦尔登湖的目的，既不是为了生活节俭，也不是为了肆意挥霍，而是要尽可能减少障碍做一些私事。"现代无孔不入的信息正是我们真正读书、深入思考的障碍，它们只是些五颜六色的肥皂泡，不能为我们的人生奠基。客厅里的电视、书房里的电脑、口袋里的手机，开关都在自己的手上。农夫能够整天独自在野外锄地或者砍柴，而并不感到孤独，因为他忙于干活，我们也可以把喧嚣关在门外，打开书页……

衔泥带得落花归

她在时光里长成一棵花树

高铁时代真是方便，即使从偏远的梅山，上省城也只要一个多小时。

我把椅子调好，准备美美地躺下默神，有人惊喜地喊出了我的名字。我忙找来眼镜戴上，眼前仿佛盛开了一树桐花：挺拔、妩媚、高雅。我的脑子快速"倒带"，她忍不住说："袁艳。"我一拍脑门，说："对呀，我正好记起来了，你是越来越名副其实了。"

车厢安静下来，只有我俩还在为着久别重逢而兴奋地叨叨，她优雅地把食指放在嘴边"嘘"了一声，示意我躺下，她开始整理东西。

我三言两语讲完了高中毕业后的经历，从学校到学校，从学生到老师，就这么简单。其实我也想把自己的生活说得精彩些，毕竟曾经是班上品学兼优的学生，但这么多年来，除了学生时代的"高考"给我带来些荣光，其他都是一地鸡毛。而袁艳，当年高中毕业后，考大学之前的筛选没上，高考考场都没进过，心有不甘，哭着求后娘让她复习一届，后娘给了她一只扁篮，要她回家摘茶扯猪草。"高考"是袁艳心里的暗疾，绝不可提起。

"我这次回来，一是看看父亲，二是跟天蓝医院谈合作的事，我想承包他们的牙科。"她从手袋里掏出一只精致的水杯，喝上一口，轻轻地说。

天蓝医院是我们县城最大的一家私立医院，我有点讶然："你爱人是牙医？"

"我是牙医，二十多年了。我通过成人高考，考上了医学院，我领了毕业证后，就和他办了离婚手续。"她仿佛讲别人的故事一样淡然。

"我们的婚姻本来就是一个错误。当年他是我们村唯一的大学生，我崇拜他，寒暑假经常去他家借书看，他大四的寒假，我怀上了他的孩子，我父亲和舅舅逼着他家娶了我。他毕业后分在省人民医院，我在医院打扫卫生，做梦都想成为一名医生。他在医院不太和我说话，从不把我介绍给他的朋友，聚会也不带我参加。一次偶然的机会，我知道了成人高考这事，我买来书自己学习，考了两届，考上了。我读书后，请了个小保姆带孩子，他居然把小保姆睡了，花了钱才把事了结，后来又和几个护士不清不楚……身边人说我不值，读书把家都读掉了。但我想，不读书这个家照样会散，我不要这样没有尊严的生活，没有安全感的家。"

她终于有点激动起来，我伸手过去握住了她的手，把话题转移到了孩子身上，这是女人最喜欢谈论的。

"我家姑娘受我的影响多，各方面很独立，常把舒婷的那句'我必须是你近旁的一株木棉，作为树的形象和你站在一起'挂在嘴边。现在还在读研，这几天和男朋友去旅游了。"她高兴起来，拿出手机翻女儿的照片给我看，那是一个高挑、阳光的女孩。

"和天蓝医院谈得怎样？"

"大体方向定下来了，细节再议。"她知道这些我不懂，没有细说。

到底问起了最世俗最关心的问题："你就这么一直单着？"

话还没说完，已觉得自己冒昧，没想到她不闪不绕，说："刚离婚时，我心里和他较着劲儿，一定要找个比他优秀的，挑挑拣拣，看花了眼，看累了心。后来，终于明白，感情的事是可遇不可求的，只有事业是可以追求的，于是用心做事，我的诊所由一个门面开成了一栋楼房。"

我对她竖起了大拇指，她笑笑，喝了口水，继续说："有个患者，骑摩托车回乡下，撞着了一辆装砖的货车，坐在后座的妻子摔下了山涧，当场没了，他也在医院住了一个多月，丧妻之痛让他只想早早出院，摔落的两颗门牙也不治了。身体康复后，他心情平静些，来到我的诊所治疗牙齿。当时我姑娘放了学就在诊所做作业，有次作业做不出来问我，我忙，没时间搭理她，她就哭，他走过去细心地告诉她怎么做，原来他是个高中数学老师。我修复了他的牙，他修复了我的心。我家姑娘跟他亲，爸爸长爸爸短的，一点隔阂都没有，他儿子大学毕业后去上海闯荡了几年，现在回来成了我的得力助手，技术、管理方面都不错……"

我的故事很短，她的故事很长，还没讲完，到站了。在出站口，一个白衣长裤的儒雅男子在人群中向她挥着手，她拖着小巧的红色箱包"袅艳"地走过去，风撩起她的长发，果绿色的裙裾在脚边舞动……

在时光里，她长成了一棵花树。

我们一起走过

高考尘埃落定。我俩开始收拾租屋的东西，准备搬家。

餐桌上，那个油渍斑斑的软皮本吸引住了我，我停下活儿，翻动起来。

这是我俩这三年时光里的留言本。除了扉页上的"我们一起奋斗"写得工整外，其他都很潦草，很多地方还是用红笔、铅笔写的。

"靠近你，温暖我。"这是我给你的第一条留言。三年前，我俩一同进了县城，你考上了一中，我应聘到另一所高中，与你的学校隔河相望，要到达彼此，须绕过资江大桥走三十多分钟。你怕我辛苦，坚持要住寝室，但我知道高中生比高中老师更辛苦，于是以我在新的单位孤单为理由，执意在你学校附近租房。

"为着各自的目标，我们一起奋斗。"早晨，我们同时起床，赶往各自的学校；中午，我有时间就回家弄饭，没时间我们就吃食堂；晚上，我要查完学生就寝纪律才能回家，你下晚自习回到家做作业看书，不管有多疲倦都一定要等到我回来才睡觉。周日下午，我们逛逛书店，遇到心仪的书买下，或去菜市场买菜一起做。放月假，我们回乡下看爸爸，帮爷爷奶奶摘茶，割稻。我们一起单纯而快乐地奋斗着，为着各自的理想。

"身外之物，保护了自身才有意义。"这是你们语文老师说的，你借来留给了我，因为我遇着事了。那是元旦假后的第一个晚自习，部分学生把生活费暂时寄存在我这儿。查完寝室纪律后，我提着手袋往家走。天气有点冷，资江大桥上车辆呼啸而过，两边行人很少。大桥东端是一家洗车店，平时灯光通亮，那晚也关了门。我打开手电，埋头择路，猛然有人从后面箍住我的脖子，一下把我拖翻在地，迅速抓住我的双脚往斜坡下拖。恐慌间，我记起这个斜坡下是一条两米多高的石堤，如果被他拖下石堤就麻烦了。我拼尽全身力气，用穿着靴子的脚死命地踹他，他只顾向下拖我，没料到自己已到了斜坡边缘，他居然被我踹下了石堤。

我慌忙抓住斜坡上的一棵小树爬上来，往家狂奔。你还在做作业等我，见我喘着粗气，头发散乱，衣服沾满了泥巴，你惊慌了，问我怎么啦？我说遇到歹人了。你接过我紧紧拽着的手袋，说，如果下次还遇到这样的事，把东西给他，生命安全最重要。你的理性和疼爱让我很欣慰。喝着你倒来的茶，我发现眼镜和手电全掉了。没有眼镜是肯定不行的，你勇敢地说帮我去找，我担心你，坚持着和你一起来到事发地点，找回了手电和眼镜。

这事以后，你开始担心我的安全，下了晚自习，你走过大桥来接我一程。你虽然单瘦，但个子高出了我一头，有你在身边，我感到安全、幸福。

"人类的一切智慧都包含在这四个字里面：'等待'和'希望'。"我知道你看过大仲马的《基度山伯爵》，所以在你成绩难以提高的时候，写下了这句话。其实，你每一次模考成绩都还不错，但刚考完回来，你总会为某个没做出来的题郁闷。有次讨论一个数学题，你爸责怪你基础知识没学扎实，你很懊恼，晚饭也不吃，气咻咻地出了家门，我忙洗了两个苹果，跟在后面喊你，你不答应也不回头，我知道你这只平时温顺的羊拗劲上来了。你没有去教室，而是来到田径场，在树荫里坐下，我也跟着你坐下，把苹果给你，你把头扭向一边。坐了一会儿，有同学过来跟你打招呼，你僵着脸回应一下，你担心再有同学过来，站起来往田径场跑道走去，我也跟了过去。你烦我跟着，问我怎么还不去学校管班，我说第一二节晚自习考数学，慢点过去不要紧。你开始在田径场跑道上走圈，我不声不响地跟着你走，努力跟上你的步伐。走到第十圈，你向我要了一个苹果，吃完，又要了一个，走完第十三圈，你朝教室走去。我长嘘了一口气，忙跑到街口打了个摩的去我的学校。

"天下成事者，都要经历一个忍耐的过程，大成功者都是大忍耐者。"高考前五十多天，每天早晨五点钟左右你就会醒来呕吐，去医院查来查去，只不过有点浅表性胃炎，可吃了很多的药都没有效果。六月七日清晨，卫生间照样响起了你的呕吐声，我的心都揪紧了，好在这天的语文、数学你考得还顺。三年高中，只差一天了，我在心里祈求明天考试顺利。

晚上十点半，我们就关灯休息。迷糊中，我听到你在门外喊我，我忙打开门，你很焦躁地说："老妈，我睡不着。"我看表，两点四十二，我揪心地疼，我要你睡在我的身边，见你满头大汗，我用书帮你扇风。"妈，别扇了，我睡不着。"我心急如焚，但告诫自己一定要镇定，我说："别急，儿子，你想象一片广阔的草原，草原上有很多很多的绵羊在吃草，我们一起来数绵羊，一只，两只……六十二只……""别数了，我睡不着。"时针已指向三点，我忽然想到了医生开的止呕吐的药，因为你说每次吃完都感觉没精神想睡觉。你很听话，接过药片，放进了嘴里。不知是药物的作用还是被折磨得差不多了，慢慢地，你终于睡着了。

折腾了一夜，早晨应该睡沉了吧？谁知刚刚五点，呕吐又来了。

战斗还得继续，你昏昏沉沉地走进了考场，我忐忐忑忑地待在考场外面。两个半小时的理综考试比我陪读你三年的时间还长。下考了，你眼圈红红的，说："考惨了，有个化学题纠缠了我太多的时间，以致后面会做的一个物理题没做完……"

我故作轻松安慰着你，大家都说难呢，考过了就不想它了，把下午的英语考好。你也乖，端起了饭碗，但吃了两口又放下，走进了卧室。我看着一桌子菜，头都大了。

轰轰烈烈的高考终于结束了，考生们的脸上出现了难得的笑容，有的扔掉了垫板，有的把资料给了捡垃圾的老人……你带着笑走到了我身边，我知道你英语应该发挥得不错。我接过你的考试包，给了你一个大拥抱。

"遗忘是一种很正常的现象，和遗忘做斗争的最有力的工具，就是重复。""老妈，我在校门口买了两个粽叶粑，给你留了一个，还是没外婆做得好吃。""儿子，我始终相信奋斗的意义。"

再往前翻，一支康乃馨掉了出来。虽然已干枯成黑褐色，但还散发着草木的清香。那次你去长沙参加生物奥赛，恰逢母亲节，买回了这支康乃馨，忸怩了半天才给我。我接过，说，这是五百多公里的爱呢。你说，老妈为我每天在路上来来回回，三年算下来，是上万里的爱呢。

想到你说这话时的羞涩，我笑了。我把一个少年对他母亲的爱夹进留言本里，把重叠着三年时光的留言本珍藏在箱底。

我们把租房打扫得干干净净，在离开的一瞬，我发现了贴在墙壁上的奖状，走回去一张张揭下来想保存，你要过奖状，说，这些都是过去式啦。卷成一卷，放进了字纸篓。三年的锦瑟时光，不只拔高了你的个儿，也开阔了你的视野。你以全县第二名的成绩考上了中国科大。你们开学时，我们早已开学，但我请了假去送你。只有亲眼看了你生活学习的环境，我才有想象点，心里才踏实。

从此，你飞出了我的视野，从科大到北大，从本科到博士，一个人跋涉在求学的路上，成了一个自律到骨子里的青年。

拨穗正冠时

点开你发过来的短视频，我很激动，眼泪流下来了。

北京大学工学院 2019 年毕业典礼正在隆重举行。在优美激昂的音乐声中，一个个身穿博士服的青年学子意气风发，走上了喜庆祥和的主席台。

你上来了，方正的礼帽，黑色的衣身，红色的饰边，宽阔的袍袖，平日俊朗温和的你，此刻有点庄重拘谨。你走到了导师面前，鞠躬，灰色的三角兜自然垂在颈项后，更显你的挺拔、雍容。慈爱的导师面带笑容，举手帮你拨穗正冠，红色的流苏从你帽檐的左前侧自然垂下，灵动、飘逸……

此时此刻，我多想抱抱你啊，亲爱的儿子，你长大了，像稻穗麦穗一样成熟了。

明天，是你的二十八岁生日，你给自己送上了一份不错的生日礼物。

我一遍又一遍看着短视频，逆着时光之河，我看到了你的憨厚、上进和自律。

当时在山村没有幼儿园，你刚满四岁，就被我们送进了附近小学的学前班，开始了你的求学生涯。有一天，邻居家的孩子早放学回来了，你却一直没回来，我沿着泥泞的小路去小学找，在灰尘飞扬的教室里，你一个人边哭边拿着长长的扫帚笨拙地打扫教室，见到我，你委屈得大哭起来："妈妈，今天是我们组扫教室，他们都跑了，我喊不住他们。"

我帮你揩去眼泪，说："他们跑了是不对的。来，妈妈帮你。"

你沾满灰尘眼泪的三花脸露出了笑容。

我告诉你先把凳子倒放在课桌上，再用洒水壶均匀地给教室洒好水，然后从教室的前面一组一组地往后面扫，把垃圾归拢扫入灰斗。

等你倒完垃圾回来，我已把桌凳排整齐了，你走到讲台上看到干干净净的教室，说："我们的教室真舒服。"

我知道你体会到了劳动的喜悦，说："对呀，劳动创造财富呢。农民种田，工人发电，老师教书，医生治病，都是通过劳动为社会做贡献的。世上的事没什么难的，只要有责任心，认真去做就能做好。"

吃晚饭时，你突然问爸爸会扫教室吗？爸爸逗你说："我会教书，会修电视机，这教室还真不会扫，这很难吧？"

你高兴得很，眉飞色舞地把如何扫教室向爸爸讲述了一遍，最后说："这扫教室没什么难的，只要有责任心，认真去做就能做好。"

这话成了我们家调侃你的趣语，也成了你的口头禅。现在想来，还真是天公疼憨人，傻人有傻福。

高中三年，我们一起单纯而快乐地奋斗着，为着各自的理想。我从没有说过一句"你要努力读书"的话，我匆匆的脚步，忙碌的身影，不时而至的荣誉证书你都看在眼里。你身上没有同龄孩子的矫情、叛逆，只有懂事、积极进取。你两次获得了校长奖学金，生物奥赛省一等奖，高三上学期的期末考试，还拿了个全年级第一名。当时我们最自豪的，是在你们学校的宣传橱窗前一次又一次找到你的名字。

你按部就班，顺着路走，生命在不断拔节。你热爱网络但不沉溺游戏，你思想新潮但不追逐时尚，你书生意气但不愤世嫉俗，你把所有的时间都用来成长自己。每次放假回来，我都能感到你的进步，从学识到思想。本科期间我们收到的通知书，你门门功课都是优秀，在北大读研以后，即使周末晚上打你电话，你也在实验室。

为了不让我们担心，你还养成了一个习惯，报喜不报忧。奖学金，免试读博，在国际刊物上发表论文……总会第一时间告诉家里，如一个想得到糖粒子的孩子。至于雾霾引起的过敏性鼻炎，为了赶一个报告在实验室熬通宵，拔完智齿吃了一个星期稀饭……都是过后闲谈才说起的。

毕业典礼结束，你就会脱下你的博士服。记住所罗门王戒指上的铭文吧——这也会过去。昨天的荣光会过去，明天的风雨也会过去，最需要坚守的，是你内心的追求和快乐。

科研路上，充满艰辛和孤寂，来不得半点虚假和怠惰，你的憨厚、上进和自律会帮到你的。

迎来送往

母亲是很看重迎来送往的。

家里如果有客人来，一定要洒扫庭院，将家里拾掇整齐，将鸡鸭归笼，菜蔬备好，甚至连回礼都要准备周全；客人走时，殷殷细语，送到院落外，目送至村口。

每年除夕，一家人吃过年夜饭，就开始洗脸洗脚，等待母亲的福礼。母亲打开衣柜，拿出一个又一个用红布绳系好的包袱，按照她自己做的记号把包袱送到每个人手里，说穿新鞋，踏新路，捡元宝。大家打开包袱，在新年钟声即将敲响的时刻，彼此帮忙穿上精致的白底黑面的灯芯绒新布鞋，那份幸福，终生难忘。为了全家人的这份福礼，母亲几乎一整年都在准备穿烂的衣服，盖破的被褥，装面粉的布袋，甚至裁缝铺里的下脚料，总之，只要是布片，母亲就会洗净积攒着，在淅淅沥沥的雨天，在明明暗暗的灯下，一只只千层底纳好了，一双双黑布鞋做成了。平时放在柜子里小心地藏着收着，到了这喜庆祥和迎新送旧的时候给全家人带来祝福。

十四岁时，我进县城读书，那时乡里通往县城的班车一天只有一趟，清晨出去，黄昏归来。每到开学的日子，母亲早早起来，弄好饭菜再叫醒我，嘱我吃饭，她从里屋拿出一个白布袋，那里面是我们当饭的老南瓜剖了存下来的南瓜子，是春节待客的上品，平时母亲都藏得严严的。母亲用青花边的白瓷碟子舀出满满一碟，倒进砂锅里开始在炭火上炒。当南瓜子的香味从厨房飘出时，我已吃好了饭。母亲把炒好的南瓜子装进碟子，用湿毛巾盖上——这样剥出的瓜子皮就像一个个鸟嘴，完整，好看。趁这当儿，母亲从木盆里捞出三个熟鸡蛋，揩干，放进我扯开的衣袋里；然后揭开湿毛巾，捏一颗瓜子放嘴里一嗑，随着一声脆响，母亲手里就捏着一个鸟嘴一样的瓜壳儿。在母亲的微笑里，我又扯开另一个衣袋接住了青花白瓷碟。每次开学我都是这样鼓鼓囊囊地在母亲的目光中走出村口。一到车上，迫不及待地和同伴们分享来自母亲的幸福。

儿子学历越来越高，离家越来越远，在家的日子越来越少，总是来去匆匆。每次返校，我都会帮他整理行李箱，并尽可能多地塞进零食，推掉一切事情送他去车站，进站台，目送他上车，直至他随车前行，我们挥手作别，我才唏嘘着满意回家。

有年正月，因春运繁忙，车站规定不准进站台送行，虽然候车室离站台只有一步之遥，但我还是失落得不行，要爱人陪我从不远处的小巷拐上铁路，想沿着铁路再走回车站站台。

"哼，这么熟悉的地方还想拦住我？"我们得意地沿着铁路往车站走去，谁知在离站台不远的地方，一个工作人员稳稳地坐在椅子上堵住了路。情急之下我说起了谎，说儿子的身份证忘了，必须送去才行，请他通融一下。丈夫忙着给他敬烟，我顺势溜过，猛往站台跑。火车正徐徐开走，我使劲挥手，在这样浓黑的夜晚，车厢里的儿子哪会看见，但我挥了手作别，心就安了。

儿子归来我都要问清确切的时间，早早来到车站出口等。隔着铁栅栏，见一个又一个旅客从地下通道上来，走向出口，我心中充满期待。当挺拔俊朗的儿子出现在眼前，我先是一惊，随后边喊边把手伸过栅栏抓住他的手，接过他的背包，问这问那，一路回家，推开家门，爱人已准备好了一桌子菜肴。

丹桂飘香，校园又迎来了一张张陌生而充满朝气的脸，我总是愉悦地对每一个进到校园的孩子微笑，喜欢他们油亮顺直的发，清亮期待的眼，喜欢他们课余的喊喊喳喳，军训时的汗流浃背，球场上的你争我夺，课堂上的冥思苦想……

在晨钟暮鼓、寒来暑往里，我陪着他们操练十八般武艺，跌倒的，扶起；掉队的，推进；偷懒的，处罚；优秀的，奖励……当夏荷浮出水面，石榴花红艳艳绽放在枝头，我陪他们走进高考，然后跟他们一起毕业狂欢。

我们无奈地遵循天命，在泪光中送走一个又一个亲人，悲伤不已；但当那一声嘹亮的赤子哭声从屋里传出的时候，我们又开始感谢上苍的赐福。我们用清亮的水滴为他洗濯，用柔软的棉布为他包裹，用甘甜的乳汁滋养他，为他取一个响亮而吉祥的名字，期许他一个灿烂锦绣的前程。

生命的本质就是迎来送往，接纳静临的俱是风景，惜别远走的也成回忆。在这红尘的路口，满心欢喜地迎接每一个日子，每一个人，每一处景，然后平静地送出去。

这期间，我们的生命一天天丰盈起来。

最初的城

不知从什么时候起，脑子里就有了一个想法，要去丽江看看。

傍晚时分，我们从大理的青瓦白墙里来到了灯光闪亮的丽江古城，住进了一个精致的木屋小院，把箱子往房间一放就迫不及待地来到街上，随着人流往前挤。店铺里琳琅满目的商品，四方街灯光闪烁乐声喧闹的酒吧，让我眩晕迷幻。无数的人头，无穷的物产，无尽的声音，和我们平时的街道又有什么区别？我从很远的地方来，是来寻找丽江的啊。心里不由生出惆怅，难道风景永远在别处？

天刚放亮，我们又在路上了。车子一直往上，在苍翠清丽的群山中，在如梦似幻的云雾里，高原明珠——泸沽湖出现在眼前。

站在边上看它是远远不够的，必须走进它。我们乘坐的小木船出发了，船头是一个皮肤黝黑但棱角分明身材壮实的小伙子，一笑露出一对虎牙，船尾是一个五十来岁的汉子，是小伙子的舅舅，在摩梭人家，舅舅的身份和父亲一样。天气超好，明朗又不见太阳，有点风恰好能吹起涟漪。湖水如翡翠般晶莹，至清至纯，水草和沙石清晰可数。我们忍不住把手伸进水里去掬水喝，泼水玩。

船行至乌龟岛的嘴巴上，划桨的小伙子说："这是云南和四川的分界线，乌龟岛是四川的，我们还是绕云南的努比亚岛游湖一圈，然后送大家到岛上看看。"

"岛上有什么看呢？"

"一座寺庙一个喇嘛。"

"一人一岛，那个喇嘛不是太孤独了吗？"

"有什么孤独的，清净才能修行啊，不像你们大城市里的人，花花肠子花花心。"

我很惊奇二十出头的小伙子能有这样淡定的心境。

湖面上开满了一朵朵白花，一个女伴随手捞起一朵问船尾的汉子是什么花，汉子说，那是"水性杨花"，女士像扔一个烫手的山芋一样忙扔进水里。我却喜欢这敢于在浩渺的水面张扬自己美的小东西，其实它并不像它的名字一样随随便便，它只生长在洁净的水里，如果水质不佳或受到污染，很快就会死亡，所以在不少地方早已灭绝。天空高远地蓝着，柔和的太阳照下来了，碧绿的水面浮着一片白色星点，散发出一种空灵之美。

下午又回到了丽江古城，导游说我们愉快的旅游结束了。晚上九点的火车，现在是下午四点，大家急着上街买纪念品赠送亲友，我却惊慌了，我来过丽江了吗？我要好好地看看丽江古城。我离开商业街，选了一条小巷往古城深里走，终于听到了河水的叮咚声，有了流水就有了兴头，我几乎小跑起来，一树繁华拦住了我，灿烂的红紫那么拥挤那么热烈地开在青瓦木屋前，凉凉的风吹过，花儿叶儿落在水面，缓缓地流去。我追随着流水，走过一家又一家花木掩映、幽深静谧的客栈，心在一点一点地沉静，过滤了尘杂，消散了欲念，找回了初心。每一个客栈都在静静地吐纳，消融匆匆来者的暑热，给依依去者无限安宁。

这，才是我心里的丽江，我心里最初的城的模样。

我跟着流水来到了丽江古城的"大观园"——木府，虽然"宫室之丽，拟于王室"，但由于花木掩映，风格别致，亦显得古朴可亲。街边小河水流潺潺，室内轻柔的音乐在流淌，人们慵懒地喝着下午茶；美丽的女子投入地敲着手鼓；满头银丝的老人一凿一凿地在古木上雕琢，凿飞的碎屑散发着幽香；漂亮文身的男孩裸着上身为一个风韵犹存的女子画肖像；纳西女子守着小摊，捏着瘦长的针，引着长长的丝线，低眉细作，一针一线地绣着帕子；一只雪白的猫儿坐在门槛边打盹儿……那份散淡清幽令人迷恋。

我改签了车票，我想留在古城住几天，歇歇脚，享受一下生活最原本的情状。

Part 4

第四辑
笑熬"江湖"

笑熬"江湖"

拿到高一（3）班新生花名册时，我和教英语的余老师都注意到了一个名字——江湖，我们笑着说那可能是一个油滑、跋扈的家伙。

第一堂语文课，围绕"阅读和写作"，我从诗词歌赋扯到了金庸的武侠小说，自然说起了"飞雪连天射白鹿，笑书神侠倚碧鸳"的联语，学生活跃起来，争着说出一部一部的书名，说到《笑傲江湖》时，我说："我们班也有一个'江湖'呢，请江湖同学站起来让大家认识认识。"学生一片哄笑，纷纷扭头望向教室后面角落里的男生。那个高瘦的男生却拘谨地坐着，不言不语，一点都不"江湖"。

有了一个星期的军训，一个月的时间转瞬即逝。月考成绩出来，江湖英语十七分，物理三十二分，总分自然是全班最低。班主任找他来办公室谈话，他自始至终一句话也不说。期中考试时，他英语竟然交了白卷，成绩单发下来，他看也没看，揉成一团扳进了后面的纸篓。他开始懈怠、逃避，脸色越来越苍白，上课精神萎靡，呵欠连连，作业时交时不交，熄灯铃响过，他不进寝室，一个人在操场晃悠，班主任找到他，他如梦初醒，恍恍惚惚走进寝室；早晨总是赖在床上不起，不做早操，甚至不上早自习。

月假里的一个早晨，我在河边跑步，看到江湖在草坪上散漫地走，我很奇怪，问他为什么没有回去，他默然不语。我停下来和他一起走，也许是资江的开阔、空气的清新让人放松吧，随着我的询问，他一路说了起来。

江湖出生在一个偏僻的山村，八个月大时，母亲把他交给寡居多年的奶奶，和父亲一起去广州打工了，每年要到春节才能回来住几天，江湖还不习惯喊他们，他们已不见了影子。奶奶耳朵有点背，说话含糊不清，除了几句日常用语，很少说话。上学前，他基本上生活在一个没有语言的世界里，自然成了一个沉默寡言的孩子。

上小学四年级时，父母回乡修建房子，建好后欠了钱，又去了广州。他二叔母生下孩子后也交给奶奶带，奶奶的小木屋实在住不下，江湖只好一个人住进了自家空荡荡的新屋。新屋虽然离奶奶家不远，但独门独院，窗户玻璃也没安装，屋外的风雨声，屋里老鼠的窸窣声，还有自己走路、咳嗽的回声，都让他害怕，很多个夜晚，被噩梦惊醒后再也睡不着，只好用被子蒙住头挨到天亮。

"对于父母，我还没有对您这样的熟悉。"江湖对我笑笑，无奈地摇了摇头。

我邀请他去我家，他同意了。他看到我书房满架的书，很高兴，我要他随便挑，看完下次放月假时再来换。他选了《平凡的世界》和《中华趣味语文》，我送他两个笔记本，要求他坚持写日记和读书笔记，他郑重地答应了。当我们一起去菜市场买菜，然后一起包饺子的时候，我感到他如晒蔫后沐浴在雨中的小树，挺拔而透着生气。

一次社团活动，学生们邀请班上科任老师表演节目，我表演了一个扑克预测小魔术，没想到他们兴致高昂，下课后，一大群人来到办公室要我揭秘，我惊喜地发现江湖也来了，并且一反往日漠然的神情，眼睛里闪着亮光。我把江湖叫到身边，手把手教他玩这个魔术。没想到木讷的江湖在魔术方面的领悟力特强，手眼灵活，一会儿就学会了。我又教了他几个简单的生活魔术，还从家里带了一本《魔术大揭秘》送他。

阅读开阔了他的视野，充盈了他的内心，他的随笔越写越生动。当我把他写的作文贴在学习栏，同学们争相观看时，他一脸灿然，仿佛得到了糖粒子奖赏的孩子；神奇奥妙的魔术，如惊醒百虫的春雷，打开了他的心门，十几岁孩子的朝气在他身上洋溢出来。当他在魔术方面有了新的领悟时，他有了强烈的表现愿望，跑来办公室和我交流，在课余表演给同学们看，他的自信心和自尊心得到明显提升。在学校元旦文艺晚会上，他运用障眼法将一双白鸽在众目睽睽之下消失得无影无踪，全校师生为他鼓掌叫好。

江湖圆满完成了高中学业，考上了省城一所专科学校。毕业时，同学们把高中三年的美好瞬间制作成了毕业纪念册，江湖为每一幅图片撰写了精美的解说词。当江湖把这份礼物送给我时，我给了他一个热烈的拥抱。

几年后的暑假，县作协组织采风活动，安排我和两个文友去云普镇采访一个民间艺术说唱团。这个说唱团是一对农民夫妻组建的，不仅在自己的茶楼演出，还经常被邀请为镇上的红白喜事和县城的庆典助兴，节目应景热闹，积极宣传国家政策和社会上的好人好事，小品《云普新事》在市文联组织的"新农村新风尚"文艺作品竞赛中荣获一等奖。

茶楼坐落于云普镇十字街口，两层的青瓦木屋，板壁上刷的桐油金黄发亮，屋顶飞檐翘角，大门上端"云普语茶"的牌子很醒目。我们走进茶楼，一个身着白褂黑裤、剪着板寸的男子从里间走了出来，他惊喜地喊了声"老师"，那声音、那眉眼让我想起来了，他是江湖。

江湖忙把我们带到楼上雅间，开心地向我们讲述了说唱团组建的情况和要把茶楼开到县城去的设想。最近，他在用心经营一个公众号，每星期更新一次，推介云普的茶和说唱艺术团。他的公众号名称竟然是"笑熬糨糊"，我说这名取得不错，他腼腆起来，说："一直记着您的第一堂语文课呢，没想到您竟然会在课堂上说起武侠小说。很多时候，生活都是一桶糨糊，只能笑着去熬，熬着熬着就清醒了。在我刚进入高中时，是您唤醒了我的内心，我才没有沉沦，没有荒废青春。您的书籍和魔术，为我打开了天窗，透进了光亮，让我认识了自己。"

江湖一脸真诚，继续说："这几年，我带徒弟，慢慢体会到了您当年对我说的一句话：天上没有多余的星星，每一个人都有他存在的意义和使命。我让圆脸的'小闹钟'做主持，让'大河马'跟我搭配演小品，让'老棉花'跑业务，让'长颈鹿'说书……就像种植物一样，山坡种红薯，水田种稻谷，烂泥巴里种芋头，不同植物适合不同土地，种对了才有收获。"

江湖真正拥有了自己的江湖。现在，他除继续经营茶楼，还在县城成立了一家"民间乐"艺术培训学校，每次参赛都有节目获奖。

我不时会看看他的"笑熬糨糊"，不时会想起他的"号首语"：理想的种子一旦被唤醒，就会生出逢山过山、逢水过水的勇气，向着明亮那方生长。

我的四合院学校

图书捐赠仪式完毕,我迫不及待地走出学校会议室,游走在校园,找寻我初中时代的四合院。

那是由四栋两层的精致木屋组成的四合院,是山马镇几位有识见的地方贤达筹建的,坐落于水清木秀的太平岭,前面有缓缓流过的青溪河,后面是苍莽峭拔的白旗峰,一条矮矮的有镂空花格的黑瓦白粉墙随形就势,将校园围成一体,方正紧致而又敞亮。

正面那栋木屋气派堂皇,檐牙高啄,上面是教工宿舍,下面是个大礼堂,礼堂里的柱子都有一抱大。左右两栋教学楼位置往前,与正屋形成"品"字,楼与楼之间都有廊檐相连,下雨天不会打湿脚。校门楼的中间有宽敞的过道,两侧有房间,两扇大木门上雕刻着门联:培桃育李功高昭日月,明志笃行气壮贯云霄。字体黑底描金,灵动而肃穆。

校门前有一口三亩左右的大池塘,除了风水上的"纳气聚财",还有生活用水方便、安全防火等作用。我们上学的时候,老师们在池塘里养了些红鲫鱼青草鱼,晚餐后我们从水槽里捡来饭粒轻轻地撒在水面,看红鲫鱼成群结队地来抢食,那鳍上有黑点的小鲫鱼不时会跃出水面,引得我们开心大笑;我们还从田边扯来鲜嫩的青草扔进鱼塘,那些草鱼躲在青草下将青草一扯一扯地,一小会儿,水面上的青草越来越少,有时过来一个人或是一群鸭子,它们便哗的一声钻入水底,水面上卷起一个大漩涡,忍不了多久,它们又会奔草而来。

礼堂后面有一片不大的茶山,经过多年的栽培、修剪,茶树已有三尺来高,两尺来宽,树顶非常平整,老师们常在茶树上晒衣服被褥,摆竹筛晒菜。这是我们的学农基地,谷雨前后,女同学动作麻利地摘着嫩绿的茶叶,然后到厨房用一个大锅把茶叶炒蔫,再放在竹筛里反复揉搓后用小火烘干,全班夏天消暑的茶叶就准备好了;男同学挥舞着锄头翻挖着茶行间的土块,等到一个雨天,各人从家里带些红薯藤来插上,锄草,施肥,等降过第一场霜后,就可以收获了。当老师把晒好的甜软的红薯干捧给我们吃时,我们觉得劳动的滋味真好。

礼堂的左侧有一个小型花园,有一棵柏树,几棵桂花树,还有月季花、木芙蓉、一串红等,墙角的那丛竹子,密密挤挤,挺拔青翠。自从那堂植物课老师带我们在花园里上后,我们的心就开始不安分了。到了期末自由复习的时候,我们向每一门副科老师提出到花园去记忆背诵的要求,竟然都能得到允许,现在想想,那时的老师真够尊重纵容我们的。

在其他班都捂在教室里上课的时候,我们如一群自由的雀儿来到花园,或者独自在树下花前默记,或者两个相互出题考查背诵,或者三五个蹲成圈儿讨论。老师摸出根烟儿,点燃了,悠闲地在廊檐下走着,看着哪儿争得面红耳赤了,踱过去瞧瞧,有时兴致来了,就和我们比背诵,他背得像锅里炒香的南瓜子那样噼里啪啦响个不停,我们又笑又羡慕,更加发愤记起来。

当然也有调皮的,那个孙悟空一样精瘦的陈济世总是麻利地爬上桂花树,倚靠在那个大枝丫间,放声读上三五分钟,然后就睡着了;还有那个诡谲名堂一担多的李锦华,每次都不知道他去了哪里,但只要下课铃一响,他就会出现在教室,他的裤兜鼓鼓囊囊的,要么是板栗,要么是山莓、李子,男同学围着他讨要,他一副吃饱吃腻后的慷慨,给这个给那个,还会恶作剧地给某个女同学一把,女同学红着脸骂他,把他给的果子扔在地上,但也无济于事,"老锦喜欢某某某"的喊声已经响起,一直会持续到那个女同学哭了或者上课铃响了。还有一次他竟然捉了一条小花蛇,用手捏着,吓得女同学尖叫,他和簇拥着他的男同学哈哈直乐。

礼堂的前面是操场,有一个篮球场和一个排球场,晚餐时间总有老师带着学生打比赛,我们寄宿的同学端着饭碗观看,吃完饭就用调羹敲着饭碗欢呼,碗上的搪瓷被敲下了一块又一块。左边有一个沙凼,里面干干净净的细沙都是我们从沙滩边用袋子装回来的,有好些腿长的男同学在那里奔跑跳跃;右边有木马、竹竿、横梯,也有跳橡皮筋和踢毽子的,几乎是女学生的地盘,记得那时我非常害怕跳木马,最喜欢爬竹竿和踢毽子。

围墙根有一丛丛的兰草,次第地开着小白花,还有老师们种的南瓜和蛾眉豆，牵牵扯扯的藤蔓上，金黄的淡紫的花朵招引得蜂蝶嗡嗡，最美的还是后面的那一篱蔷薇，把围墙打扮得绿意盈盈、花枝招展。透过盖有瓦片的矮墙，我们可以看到绿浪翻滚的田野，可以听到蝉鸣蛙叫。两扇大木门很少关闭，晚餐后我们可以去河边摸螃蟹，可以去山上采映山红、三月莓；秋天的田野最好打野战，捉迷藏。偶尔也有村民抓着偷红薯、梨子的顽皮蛋来找校长，校长就和村民商量，让顽皮蛋给村民挖一块土或砍一担柴或扯一篮子猪草。

在这个四合院里，我们睡地铺，点煤油灯上晚自习，一个星期只有一罐头瓶子咸菜；也是在这个四合院里，我们认识了ABC、牛顿定律、元素周期表，有了性别意识、朦胧爱意，还戴上了团徽，考上了城里的学校。这里，是我们长大的地方，也是我们梦想开始的地方。

我确定我走在太平岭上，前面是青溪河，后面是白旗峰，但少年时代的四合院已不复存在。

三栋五层的教学楼和两栋四层的宿舍楼挨挨挤挤地矗立着，旁边的花园荡然无存，唯一还在的只有那棵古柏，它的树干犹如扭着的粗壮麻花伸向天空，隆起的树皮上沟壑纵横，宛若一条条岁月的留痕。古柏树干粗大，树冠却极小，像一个身体硬朗，但相貌丑陋的秃顶老人。我盘桓在古柏下，凭吊曾经的青涩美好。

矮矮的花格透绿的黑瓦白粉墙不见了，换成了将近三米高的水泥铁板墙，将整个校园围得密不透风，墙上锋利无比的玻璃碎片在阳光下闪着寒光；教学楼区用不锈钢管焊接的栅栏围着，每根管子的顶端尖锐锋利，刺上天空；宿舍区的高墙上还安装了带刺的铁丝钢圈，一圈一圈像毒蛇一样蜿蜒着。

我侧身挤过高墙上的窄门，那口池塘还在，可是已经成了堆放垃圾的沼泽，纸片、塑料袋随风飘散，蚊子、苍蝇四处飞舞，臭气在每一寸淤泥中酝酿，几只野狗在上面觅食、撕咬……

我的眼泪快要流下，心里充满了失落和忧伤……

苔花如米小

  在镇中学煮饭的荣叔，隔着青溪大声喊我父亲，说我考上了县城师范。父亲听了嘿嘿笑着，交代母亲准备一桌饭菜，骑上单车去学校看榜，请老师。母亲忙要我生火烧水，她去菜园摘回了茄子辣子丝瓜，拐进鸡棚捉了那只正产蛋的矮脚鸡，又去谷仓拿了腊肉放进木盆里洗……当第九道菜——咸鸭蛋切好摆上的时候，噼里啪啦的鞭炮声在屋前坪里响起，父亲领着我的老师们来了。那天，我和我的父母成了青溪的新闻。

  开学前夕，我和母亲去村里办户口和粮食迁移手续，村主任盖好章后说："种田人辛苦，几滴雨，几滴汗，才能换来一粒谷子。四丫有出息，端上了国家铁饭碗，不要这泥巴田了。"我听懂了村主任的话，是要我把田土退出来，我担心地望着母亲。乡人视田土为命根，娶了媳妇、添了孩子的要进田，急切、喜气，嫁了女儿、有人离世的要出田，不舍、恓惶，村里年年为这事吵闹，没想到母亲竟爽快地答应把"勺把丘"拿出来。村干部一竹竿一竹竿把我的田分了出去，我成了一个没有田土的人，绿油油的草，金黄黄的稻，都是别人的了，忽然觉得自己成了无根的浮萍。

  母亲说："手艺在身走天下，没有田土了，就加油学本事吧。种田不管荒一年，孩子不管荒一世。你今后当老师，可不敢荒废人家的孩子。"三十多年来，我始终记住母亲的话，在自己的"一亩三分地"上，辛勤耕耘，不敢误人子弟。

  师范的学习生活在我眼前打开了一扇又一扇窗，让我越过山峦、庄稼、课本，看到了更为广阔的世界。学普通话，练三笔字，横扫图书馆名著，办《清泉》文学刊物，去资江河边写生，还有田径、球类、体操、拳术，学习内容丰富多彩，老师们要求非常严格。

衔泥带得落花归

师范以她的严谨博爱哺育着我们，我们沐浴其中，操练着十八般武艺，茁壮成长，三年时光一晃而过。毕业实习接近尾声时，带队老师问我愿不愿意留在实习的子校，我想起了初中班主任老师的叮嘱：乡村教育靠你们振兴。我放弃了留子校，和其他同学一起从哪个乡村来，又回哪个乡村去，如蒲公英的种子，随风撒落在泥土里，发芽吐绿。

那可真是一个纯真的年代。

我喜欢教语文，可学校根据需要安排我教初一数学；第二学期一个英语老师请产假，我又代了她的英语课；其他副科，哪科缺老师就安排我教哪科，教务主任称我为"全卦子老师"，我说自己是"万金油"。

庆幸师范给了我最全面的教育，但我明白这样是因为乡村教育落后，被拔高使用，专业化程度不高，心里总是惴惴的。我报考了自学考试，用十一张单科合格证换回了一张汉语言文学专业毕业文凭，开始了我的语文教学生涯。

20世纪90年代初，乡村的孩子，随便找个理由就能中止自己的学业，在土地上忙碌的父母，对孩子的期望值也不会太高，广阔的原野有干不完的农活，各种手艺也可以养活人，当时，去广州深圳打工更是一股热潮。

每期开学，班内总有几个学生不能按时来校，望着空空的座位，我心里着急。夏日炎炎，我骑上单车就去家访；冰天雪地，拔根草绳往鞋上一系就上路。暂时没学费的答应垫上，父母不让读的说服父母，学生不愿读的鼓励学生。全镇三十多个村落，我都去家访过。

随着九年制义务教育的普及，县城高中不断扩招，很多老师应聘到城里去了，学校高中部师资严重缺乏。由于地方偏远，根本招聘不到老师，学校只好从初中教师中择优选拔。当学校领导把我推上高中部任教的时候，有老师说，没读过高中教高中，悬！

没读过高中，没考过大学，是我这辈子的遗憾，肯定存在知识空白，但并不意味着我缺乏学习的能力。如果我能陪着乡村的少年，帮助他们走出山村走进大学，不也是很美的事吗？别人的议论激发了我的斗志，我接受了挑战，开始担任高中语文和班主任工作。

我像当年做实习老师那样，用一颗火热而谦虚的心，倾听其他语文老师的课，钻研教材，去县城书店找高中语文的所有资料；珍视每一次外出听课的机会，学习优秀的教法，了解教改的动态。为了提高学生的作文能力，我每天从报纸杂志上选择一篇优秀文章，自己刻蜡纸油印好后发给学生，选文章，刻蜡纸，再油印，能在晚上十二点前弄完，那是相当顺利了。

这三年我陪护着学生，关注着他们，激励着他们，与他们一起成长；临考前一个月，我为几个营养不良的学生天天煮鸡蛋，为全班天天泡凉茶，我们师生一心，为着高考夜以继日地奋斗着。

为了提高自己，适应新的教学工作，我又参加了成人高考，考上了省教育学院。此后三年的寒假暑假，我就在岳麓山脚下尽情地吮吸着知识的琼浆，为自己充电加油。

永远也忘不了2001年的7月26日。七月九日下午陪学生高考完，我就去了省城参加本科培训。七月二十六日是出高考成绩的日子，我多想赶回学校和学生一起忧乐，偏偏有一科的结业考试推迟到这天下午，我心急如焚又无可奈何，一考完试就乘客车往家里赶，车到湘潭，司机说吃了晚饭再走，虽已饥肠辘辘，但我直奔公用电话亭，校长告诉我，班上有十六位同学上了二本分数线，其中有一位考了六百多分。这在我们那所乡村高中是空前的！我的眼泪流下来了，脑海里只有四个字：天道酬勤。当邮递员把一张张大学录取通知书送到学校，我再转交给山旮旯里的孩子，我们都喜极而泣。人生有奋斗才有回报啊！那段日子，我感觉自己就像一块伸进纯氧里的木炭，烈焰四射。

一场变故把我推向了县城一所市示范性高中，我再一次接受了挑战。以前我带的班号称是在整个年级之首，报名时办公桌周围总是围满了学生和家长，而在新的学校我带的班是年级十六个班级里倒数第二，分配到我班里的前十名学生有五个被家长不声不响地转到了其他班，那份冷落和不信任，还真有点难堪、苦涩。

我把在乡村取得的教学成绩和荣誉归零，拿出刚教高中时的那股如履薄冰、奋力向上的劲儿，全力以赴。一年下来，班级终于走上正轨，开始秩序井然地学习生活，全班学生顺利圆满地完成高中学业。在我所带的班级里面，这是一个给我感动和勇气的班级。

通过三年的磨砺调整，我在新的学校又开始往前走。2014年高考，我带的321班学生吴传和袁昕博高考成绩分别名列全县理科第一名、第四名，全班科任老师被县教育局授予高考"优秀教师群体"称号；2017年高考，我带的365班学生一本上线三十三人，二本上线五十八人，为当年全县单班考取人数之最，其中三十三个女学生全部上二本线，颠覆了"小学是女孩子学习的黄金期,女孩子不适合读理科"等旧观念。

　　教学之余,我还喜欢把教学过程的心得和生活感悟记录下来,在《人民日报》《天津文学》《湖南教育》等刊物发表散文和教育随笔十多万字,2017年获《湖南日报》"我家这五年"征文省一等奖,2018年参加了毛泽东文学院的散文专题培训,成了湖南省作家协会会员。

　　在我的抽屉里,有不少的荣誉证书,其中有一张最特别,那是学生在教师节的课堂上颁发给我的,颁奖词是"最瑞智的老师",有意嵌进了我的名字,这是最高的荣誉;在时光的流转里,我收到过很多的信件,其中有一封最珍贵,那是一张八开的试卷纸,班长用铅笔均匀地打上七十三条间隔线,全班学生工整地写上对我的祝福,然后各自艺术地签上名字,折叠成鸽子,放在一捧鲜花里,送给病榻上的我,这是最神奇的药剂;在我所带的班级里,有一个班级最让我感动,那是我刚进城时带的一个普通班233班,这个班最后一堂课,七十八位学生,齐刷刷地庄重地向我鞠躬致谢,这是最深情的告别。

　　十五岁填上师范的志愿,我就选定了自己的人生坐标。从初一数学教到高三语文,从山村教到县城,三十多年来,我没忘初心,牢记"学高为师、身正为范"的宗旨,在自己的岗位上挥洒着汗水,收获着快乐。白发开始在风中飘扬,岁月的沧桑镌刻在脸上,但在我的心里,教书依然比天大。

　　我是一朵小如米粒的苔花,偎依在祖国这个蓬勃饱满的大花园里,沐浴阳光雨露,吐露自己的芬芳。

山中盈月夜

那个飘着丝丝秋雨有点薄寒的周末，正是中秋节，我对母亲说，要带领学校文学社成员去山寨采风，不能回去过节。

当我乘上了去山那边的班车时，心还在怦怦直跳，一为对母亲撒谎，二为可以见上你了。班车在群山中各种"之"字路上爬行，两边都是山，是雄伟、插天的青色，对于游人，这是美景，对于生活在此间的人，更多的是艰辛。

车行至百牛凼，山体滑坡公路被堵，班车只得返回。当所有乘客在抱怨声中随车掉转时，我却跳下了车。

"不行啊，姑娘，还有四十多里呢。"一个老人很慈爱地提醒我。

我笑笑，向老人挥挥手，撑开伞走进了雨雾里。行走在乌木青山中，松鼠、野兔不时从路边窜过，心里的勇敢在一点一点地减少……终于来到了这个乡的邮局，我拨通了瓜麓山中学的电话。你在山那边向着我走来，我在山这边向着你走去。雨停了，云雾在慢慢地飘散，你雄浑的声音从对面的山谷传来，我仿佛听到了天外福音，欣喜若狂。

在竹席为墙、杉树皮为顶的"餐厅"里，你做了"中秋大餐"为我接风洗尘。煤油灯忽明忽暗，两张课桌拼成的餐桌上，一碗干萝卜皮，一碗腌黄瓜，一钵豆豉汤，一小碟鸡蛋。

"三菜一汤，生活还不错嘛！"我揶揄道，你苦笑着摆摆手。

有风从竹席缝里吹来，灯光摇曳了几下熄了。你忙着找火柴，我突然发现如水的月光绵绵缠缠地透过缝隙投了进来。

我惊喜地说："月亮出来了，我们守月去。"

雨早已停了，天上的云儿在迅速地散开，月亮已挂在了树梢上，映照着这所山乡中学孤独模糊的屋影。苍茫的山林青黛沉静，远处传来了几声狗吠，空气中不时飘过幽幽的桂花清香，沁人心脾。

披一身月光，我们悠然走着。眼前出现了一条白白亮亮、玎玎淙淙的溪流，你不由吟起了"明月几时有，把酒问青天……"溶溶的水月抚摸着你的脸，颀长的身形如玉树临风，深沉的声音磁性多情。满月照着山地，一切朦胧美好。

绕过小溪，来到路上，你突然说："去对面小卖店碰碰运气，看能不能买到酒。"

我们使劲敲门都无人回应，你说，这个老头可能早已醉倒在月下了。

"去别处看看吧。"喝酒的欲念一旦被勾起，很难平息，更何况有山有月，还有可以共饮的人。

"除了供销社，这里就这一个小店。"你很无奈。

如霜的月光照着苍茫的群山，玉露生凉，我们往回走。

煤油灯在红漆斑驳的办公桌上吐着黑烟，引来不少飞虫，有的撞在灯罩上，有的掉进火焰里。我盯着你说："还是想办法调回镇上去吧。"

你熟练地取下灯罩，在跳动的灯焰上点燃了一支香烟，说："如果我只是来这里伐木、采矿，那我随时可以回，但我面对的是一群纯善的孩子，他们需要知识，需要引导。"

"你一个人能改变多少呢？"

"煤油灯微弱吧？可漆黑的夜晚，有了它，也就有了光亮和喜悦。我可以做这大山里的一盏灯，用自己的光焰，照出一小团可信赖的光辉，启动最初的智慧。"

室内烟雾缭绕，灯光摇曳，衬着你清瘦的脸，还有坚毅的目光。

月光从破旧窗户、从板壁缝中泻入屋内，可见蟋蟀在楼板上跳动，壁虎在梁柱上爬行。风吹着松林沙沙作响，夜鸟惊飞。我无眠的眼透过窗户，在黑黝黝的群山之上，搜寻到了那轮清亮的圆月。月是天上的灯，灯是地上的月。我知道爱你的最好方式就是等待，点一盏心灯，共一轮明月。

那年，我十九岁，喜欢了大山，喜欢了大山中那透明莹澈的圆月，还有那盏照亮灵明处的启明灯。

月下村姑

那是一个星期六的下午，我正在看学生交上来的随笔。传来两声怯怯的敲门声，开门一看，门口站着一个头发蓬乱、嘴唇干裂的女人。

"哦，您找——"

"是我呀，穗穗。"

"江小菊？"

她咧嘴一笑，嘴唇上渗出了血。我拉着她的手往屋里让，那是怎样的一双手啊！沾满了薯浆，长满了老茧，开满了裂缝。

我忙去给她倒茶，脑海里总是浮现十几年前那个"一双美丽的大眼睛，辫子粗又长"在祠堂里教小朋友们唱"娃哈哈，娃哈哈，我们的生活多愉快"的姑娘。

"小菊，听说你们村的小学撤了？"

"嗯，我早就被辞退了。出去打了两年工，给玩具画油彩，气味太刺激，老是晕倒，又怪想孩子的，就回来了。"

望着她黑瘦的脸和无神的眼睛，我不知说什么。

"穗穗，你和……和乔羽还联系吗？"她吞吞吐吐地说。

乔羽？那已是一个遥远的记忆。

"他呀！还是从中央美院毕业那年给我打过电话，人家是豪情满怀，说是看了敦煌莫高窟，去了西藏，还准备……"

"他问起过我吗？"

"没……没有，小菊，你有事吗？"

"我男人说啥也不送我家姑娘读高中了，要她出去打工，给两个弟弟赚学费。我那姑娘灵性，今年中考是川寨中学的第一名。"

"这么有出息的孩子不送去读书真是可惜。都什么年代了,你男人还那么重男轻女。"

"也不全是重男轻女,他在恨我,在惩罚我。"

"怎么说呢,小菊?"

江小菊把自己完全陷进沙发里,泪如雨下,慢慢地说起如烟的往事……

"乔羽的工作散漫,你也是知道的。他被教育办发配到我们川寨小学后,更是脾气暴躁,意志消沉,整天啤酒香烟不离手。我们学校寄居在杨家祠堂里,全校才五个教师,都是早去晚归的。乔羽调来后,就他一个住校。

有天傍晚,我去拿忘在教室里的没织完的毛线衣,见乔羽一个人待在灶膛边喝寡酒,怪可怜的。我就帮他生火做饭。那次他吃了三大碗饭,直夸我的菜炒得好吃。从那以后,我总是找机会陪陪他,帮他带点菜去。课间他画画,我就坐在一旁织毛衣,有时他画累了,就坐下来陪我说说话。他讲了很多我不明白但很有趣的事情。有一次,他还把他宝贝似的精美画册给我看,当我翻到一幅少女裸体图时,我吃惊地扔在地上,并骂他'不要脸',他却笑笑,捡起,说我不懂艺术。

那天晚上,月光很好,我来找他去村头看电影。他正躺在椅上乘凉,未等我开口,他忽然从椅上弹起来,盯着我说:'小菊,别动。'

他飞快地拿来了画架,笔盒,他让我倚靠着天井里的秋千架,他在画纸上忙起来。忽然,他扔下画笔,跑过来抓住我的手说:'小菊,今晚你真美。我一直想画一幅月下村姑图,你可不可以把裙子脱了……'

穗穗,你知道吗?一年多来,他的英俊,他的才气早已征服了我,再加上当时,他的眼睛里全是真诚与渴望,我无法拒绝他。那天晚上,我也没回去……

不知何时,村里已闹得沸沸扬扬,父母给我定的婆家找上门来了。我爹气得不行,给了我两巴掌,把我反锁在家里。我爹又去学校找乔羽,在乔羽办公室看到那幅'月下村姑',更是火冒三丈,一把抓过撕得粉碎,并说要剁了乔羽的右手,叫他永世不得画画,还要去教育局告他,砸了他的饭碗。我只好跪着求爹,答应他们给我安排的婚事。

母亲看到我喜酸,干呕,急得不行,赶紧找来算命先生择了黄道吉日,草草地将我嫁了,六个月后,我生下了孩子。我男人铁青着脸,一个月都没进卧室。我流着眼泪喂孩子,洗尿片,终于等到满月那天,我满心欢喜地抱着孩子回娘家，晚上我悄悄地来到学校，想要乔羽给孩子取个名字，没想到他的办公室除了一张空床，一张办公桌，半个纸片也没有留下。后来，我才知道，我去找他的三天前，他接到了中央美院的录取通知书，走了……他走得真干净啊！

　　穗穗，我不怨他。他是只凤凰，迟早会飞走的。只是我耽误了女儿，怎么对得起他呢？这么多年，我总是做着同一个梦：早晨，我推开家门，乔羽站在门前，告诉我，他要送女儿上大学……"

　　我翻出了所有的通信录，终于从一个同学那里找到了乔羽的手机号码，忙拨过去。

　　"对不起，您拨的是空号，请查……"

　　"算了吧，穗穗。我拼了命也要送女儿读高中的。"

　　望着那个越走越远的消瘦的身影，那幅被撕碎的"月下村姑"在我的心里一点一点地拼合起来，清晰，纯美。

志愿

坐在我对面的是一个饱经风霜的中年男子，瞪着一双浑浊的眼睛，嘴唇哆嗦了几次，才说：

"理平，你说，报考哪个中专学校？"

"我要读一中。"平时就很安静的罗理平，此时声音更是细若蚊蝇。

"崽啊，你真不知天高地厚。你今年的学费还是从信用社借来的呢。你说，是报师范，还是报农校？"

"我要读一中。"罗理平要哭了。

"读一中，读一中。你要气死我？三年高中要多少钱？考不上大学咋办？就算考上了，我还要送你读四五年书，你是要了我这把老骨头，是不是？"男子布满皱纹的脸上充满了哀怨。

"随你便。"罗理平泪流满面地跑出了我的办公室。

办公室内异常沉寂。

"你们父子俩是不是再商量一下？"虽然班上多考上一个中专生，就能多一份荣耀，但当了罗理平三年的班主任，我深知这孩子潜力很大，"能不能就让他……"

"老师，我家实在没办法。他妈身体太差，干不了重活，床上还躺着一个瘫痪了一年的老母亲，小儿子在读小学。我早就不想让平吉读了，但犟不过他，这几年我都是苦熬着。这次，我再不能依他了，我依不起他啊，我已被诊断患了胃癌，我怕影响他学习，瞒着没告诉他。"

男人用颤抖的手在罗理平的志愿表上填上：新化师范。

望着那个佝偻的背影，想起失声痛哭的罗理平，我哀伤而茫然。

当罗理平以中考全县第二名的成绩接到新化师范的录取通知书时，他父亲已卧床不起，疼痛难忍。亲戚想方设法弄来几支杜冷丁，开始还能止痛几小时，后来也失效了。

那天雨下得好大，母亲喊理平出去帮忙把鸭子赶回家，趁这当口，他父亲竟然拧开了一瓶"敌敌畏"，结束了苦痛。

安葬完了父亲，罗理平担着木箱和被子，走进了新化师范。

放国庆假时，罗理平和初中同学来学校看我。考上一中的几个同学胸前戴着白底红字的校徽，很是神气，喜悦地谈着高中生活的新鲜事。新化师范是我的母校，一样有白底红字的校徽的，但罗理平胸前空空的，我感到了他眼底的忧伤。

国庆节后不到一个月，传达室周师傅喊我接电话，我迟疑地抓起话筒，听到一个声音说："你好，我是新化师范教务处，请问您是罗理平的家长吗？"

"啊？"我惊愕，但马上回过神来，忙说，"是呢，有什么事吗？"

"想请您明天八点来学校一趟。"

"罗理平违反校规了吗？"

"是，具体情况见面再说吧。"

我僵在传达室，罗理平会违反校规吗？明天我一上午的课，哪有时间呢？可当我想到罗理平告诉他的学校领导我是他的家长的时候，一种温暖，一种超越师生的情愫在心里晕开，涌起了一种推开一切也要去看看他的责任感。

来到新化师范，正是学生早餐时间，教务处还没上班，我知道这个点也难找到罗理平。我就在母校校园里走走。那一排夹竹桃还在，那几棵大槐树还在，我们的教室，我们的宿舍还在，琴房还飘着动人的音符，美术室里大卫的雕像还是那么俊美，断臂维纳斯还是那么优雅……

我转了一圈，回到了校门口，罗理平正站在"忠诚党的教育事业"的校训碑下向校门口张望，我知道他在等我，我庆幸自己来了，不然，他会多失望啊。

"我在寝室熄灯后用手电筒看英语，被生活辅导员抓了。说我违反了寝室纪律，专业思想不牢固，不想当小学老师，一定要给我记警告处分，扣我一个月的生活费。您知道我家的情况，我妈连村庄都没出过，我奶奶还躺在床上……"

"我知道，理平，你别急，问题会解决的。"

我对学校领导说:"罗理平只是违反了寝室纪律,至于学习英语并没有错。现在农村教学水平落后,一个中师生毕业后并不一定教小学,而农村初中非常需要英语老师……"

我现身说法,据理力争,终于免除了对罗理平的警告处分,至于扣了的生活费,我代他在总务处用现钱买了回来。

罗理平读师范二年级的时候,我又一次以他家长的身份来到了新化师范。

"罗理平留下请假条,说家里有事就走了,旷课三天。有同学举报他是去参加高考了,我们想证实一下,罗理平回家了吗?"

"罗理平是回家了,他父亲病逝了。"想到罗理平的眼泪和挣扎,我坚定地撒了谎。

等我再送走一届学生时,罗理平师范毕业了,回到了他初中的母校——成了我的同事。

一期下来,全镇期末统考,他所担任的语文和历史都是倒数第一,班级管理也很混乱。

学校安排我跟他结成教学上的师徒关系,我发现,罗理平字写得规范,普通话标准,教案写得很好,作业批改也很详细,但语言表达力不强,性格内向温和,组织教学到不了位。

我告诉他,学生很会欺软怕硬的,你要镇得住他们,让他们听讲,才能提高成绩。

"老师,您知道我的心不在这里,我多想在一个实验室里,搞我的研究啊。"

"但是你现在已经在这个岗位上了呀,不能误人子弟的。"

"老师,我努力吧。"

第二期期末考试,他担任的科目教学质量有所提高,但还是没能跳出全镇倒数三名的行列,被校长淘汰,由教育办重新分配到最偏远的木瓜中学。

我听说,罗理平又参加了两次高考,但都以几分之差落榜了。

后来,又被安排到了最偏远的小学——火烧冲小学。

一年春节,罗理平带一大袋金银花来看我,头发胡须很久没修剪了,衣服也不整洁,鞋子上满是泥巴,消瘦不堪,精神颓废。我留他吃饭,喝点酒,他的话也多起来:

"火烧冲小学四个年级,只有我和一个代课的女老师,我们只能搞复试教学,我教二、四年级,她教一、三年级,学生吵闹调皮,很难调教。放学后，学校只剩下我一个人，开始，我也乐得清静，但慢慢地我才知道那种彻骨的孤独比死亡更冰冷。我开始和那个女老师交往，那女老师说，只要我不离开火烧冲小学，她愿意跟我。我累了，也不想再走了，就窝在这山窝吧。正在我们张罗结婚事宜的时候，火烧冲回来了一个军官，是女老师的同学，女老师选择了做随军家属，离开了火烧冲……"

说到后面，罗理平和着眼泪将酒一饮而尽。

罗理平那一届同学搞"十年同学聚会"，邀请我参加。十年时光，他们可都是铆足了劲，茁壮成长，很多都长得我不认识了。

我忽然发现罗理平没来，班长说："老师，我们也是这几天联系同学才知道的。他患肺癌，去年已经去世了。"

我感到了心尖的刺痛。搞完聚会活动，我和几个学生驱车来到这个三面被山包围的荒凉的村小。学校已经放学，一个老师也不见，只有几个孩子在玩丢沙包游戏。

我问一个年龄大点的女孩子："你知道一个叫罗理平的老师吗？"

女孩眨眨眼睛，说："知道，是我们的语文老师。他那天在讲台前吐了好多血，第二天就走了，就埋在对面。我妈妈说，罗老师是憋屈死的。"

我们来到学校对面的小山岗上，看到了一个小小的隆起的土丘，荆棘丛生，连块石碑也没有。

我跌坐在坟头，瘫软如泥，忧伤成河。

一路参赛一路成长

我喜欢参加比赛，赛前的期待忐忑，赛中的激烈超越，赛后的喜悦反思，让我感受生命的活力、潜力和张力。

读小学三年级时，我和一个男同学代表学校去区里参加数学竞赛。那天雨下得很大，我们戴着斗笠披着白尼龙布，老师撑着一把油布伞。到了区礼堂里，解开尼龙布，我发现墨水瓶松了，书包和衣服上全是墨汁。考完后，老师要我们把桌子并拢，食堂师傅给每桌端上了一陶钵盐菜汤，要我们每人在蒸笼里端一钵子白米饭和一钵子米粉肉。考试成绩不记得了，但那次白米饭和米粉肉的香甜，成了我对食物最纯正最美好的记忆。

工作后，参加了镇教育办组织的教师演讲比赛，我演讲的题目是《青春无悔》，讲了我自己的故事，放弃留城的机会，回到家乡，为乡村的教育事业尽自己的一份力。在人生的春天里，我事业无悔，爱情无悔。演讲获得了满堂喝彩，奖品是一个大大的影集。我一直记得，那次演讲穿的白色西装是借同事的。

后来还参加了"快速作文教学比武"，我讲的是"添加因素"的快速构思法，用"同时左手画圆右手画方"的游戏导入新课，在我的循循善诱下，初一学生竟然也在四十五分钟写出了六百字，且文从字顺，我获得了一等奖。有一个评委还成了我的"一字师"，他指出"痕迹"的"痕"字我多写了一点，还幽默地说："你是不是写'良'字写多了？"因我爱人的名字里有个"良"字。我红着脸谢了他，在后来的语文教学中我特别注意写字的规范。

到县城以后，参加学校的优质课竞赛，却只得了个三等奖。评课的领导说，方言重，普通话不标准；没有采用多媒体教学。我感到了自己的差距，忙报名参加了普通话和计算机培训，经过刻苦学习，普通话获得了"二级甲等"证书，在计算机方面，也能熟练地运用多媒体进行教学，适应了新的教学环境。

学校每期结束时召开德育工作会议，每个年级要两个班主任发言，谈心得体会。很多班主任为了省事，借故推辞，而我，只要政教主任布置了，我就会认真准备，精彩发言。后来，我把这些发言稿整理成教育随笔参加征文比赛，多次获奖。每年年底，省、市教育部门都要举行教学论文比赛，我都积极参加并获奖。2009年，中学高级教师职称评定时，我教学成绩、教学论文、奖励证书、等级证书等材料一应俱全，顺利通过。

普通人崭露头角的机会不多，比赛是一个相对公平的舞台。如果你真是一块金子，有了舞台，有了灯光，你就能熠熠生辉。参加比赛，是一种积极的人生态度，也是一次次难得的人生经历。当你老了，坐在炉火边打盹儿，火光映红你的脸膛，闪亮你的双眼，你忽然记起某个时候，站在某个领奖台上接过奖状的瞬间，你的眼角肯定会漾满笑意。

那份美好,让我沉醉

我刚挤上公交车,一个声音响起:"哟,罗主任,快过来,我这里有座位。"

我循声望过去,是上届学生子轩的妈妈,她一只手保护着座位,一只手伸过来拉我。

我刚坐到她身边,那个没抢到座位的中年男子粗着嗓门说:"这是哪个部门的大主任,这么有面子?"

"她呀,是我儿子的班主任。"子轩妈妈嗓门也不小。

车上的人笑起来,那中年男子笑得更是轻蔑,我很尴尬,用手肘捅了捅子轩妈妈,示意她不说了。谁知她拍拍我的手,更加大声地说:"你们笑什么呢?我剪了二十多年头发,在我的剪刀下,再大的官都和拉板车的、搞卫生的一样。真正让我尊敬的是孩子的老师,他们的学识、人品,甚至一举一动都直接影响着孩子,改变孩子的一生呢。我儿子读初中那会儿好犟,逃学呢,读高中后好像变了一个人,去年考上了中南大学……"

前面一个老人忍不住扭过头来说:"师者父母心,'天地君亲师'嘛。一个孩子能遇上好老师,是一辈子的福气。"

到站了,我谢过大家,愉悦地走进校门,走进教室,告诫自己,要走进每个孩子的心里。

日子飞快,又一个六月来临,教室开始弥漫毕业的离愁,但我习惯了,也迟钝了。六月四日,我仍然拿着卷子走进了教室,黑板上赫然写着:"爱就要说出来。"在我惊愕之际,团支部书记周小北走上了讲台。

"同学们,我们就要毕业了。三年来,都是罗老师陪着我们,呵护着我们,让我们全体起立,向老师深情鞠躬,以表示我们对罗老师深深的谢意。"

全班同学集体起立，齐刷刷地、庄重地向我鞠躬，弄得我手足无措。我连说着"谢谢"，请他们坐下。为了掩饰慌乱，我忙打开卷子准备讲解。

谁知周小北又发话了："同学们，我代表大家给罗老师一个拥抱，并向老师说一句悄悄话，好吗？"

"好！"真是群情激奋。

生性内敛而严肃的我，被青春热浪包裹着，还来不及做出反应，周小北已张开手臂笑靥如花地向我扑来，我拙笨地拥住了她，她那滚烫的嘴唇竟在我的脸颊上嘬了一口，一股热浪又马上吹进我的耳朵："罗妈妈，我们爱你。"我心花怒放，泪已成行。

课堂特别安静，我几乎不敢看学生的眼睛，生怕一对视，又会触动泪点。下课铃响了，刚平复的心又激动起来，朝夕相处三年的学生，马上就要奔赴高考战场，不舍、关切涌上心头。我镇定一下自己，但声音还是有点哽咽："同学们，三年前，正是我人生的最低谷，是你们的热情、你们的刻苦感染了我，给了我勇气。我也有很多悄悄话要跟你们说，请把你们的留言本给我。"

学生一片欢呼，一个个精美的本子在讲台上堆成了一座山。高考前的两天休假调整，我写啊写啊，回忆过去，祝福高考，憧憬未来，和每一个学生进行着心灵对话。

那份美好，让我沉醉。

趣味语文

汉语如此美丽，如果我们把语文课上得枯燥乏味，那真是一种罪过。

趣文妙语

　　源远流长的文明，波澜壮阔的历史，为汉语的精彩提供了深厚而肥沃的土壤，语文课前五分钟，我喜欢给学生讲述一些趣文妙语，包括笑话、寓言、谜语、对联、酒令等，虽然都是散落在民间的故事，但古人那份幽默与机智，嘲谑与反讽，尖锐与刻薄，都透着一种活力与朝气，一份生命的自信。

　　新学期的第一堂语文课，我喜欢陆游教子的谜语故事来教导学生。"头戴四方帽，身背一张弓。问君何处去，深山捉大虫。"在我的不断引导下，学生终于悟出这是一个"强"字。我意味深长地说："对，老师就是希望同学们自尊自立，自强不息，能头戴博士帽，在书山学海中大显身手，捉拿大虫。"

　　讲《奇妙的对联》时，先给学生们讲神童解缙的故事：知府大人想试解缙的聪慧，问他父母是干那么的，他的父亲以挑水为生，母亲以磨豆腐为生，而解缙却说，"慈父肩挑日月，家母手转乾坤"，回答得巧妙而有豪气。

　　古为今用，更能增添一份课堂的乐趣。刚开学不久，我给学生介绍科任老师时，就开了个小玩笑。数学老师姓田，我就说"四个山字山靠山，四个川字川连川，四个口字口对口，四个十字颠倒颠"；生物老师姓魏，"千字不像千，八字排两边。有个风流女，却被鬼来缠"；物理老师姓胡——夏商之时夜间光；化学老师姓王——颠来倒去都为头。学生们猜来

衔泥带得落花归

猜去猜不出来，我也故意卖关子，引得他们下课就跑去办公室打听。

一个个鲜活的人物，一桩桩有趣的野史和掌故，或幽默通俗，或高雅深邃，或闲逸旷达，彰显着语言文字的魅力，学生们听得津津有味，聚精会神，丰富了生活情趣和人生智慧。

知人论世

为了增强课堂的趣味性，让学生更深入地理解文章内容，每篇课文我都精心设计导语，作者生平，写作背景，我都力求详细生动地介绍。教《沁园春·长沙》时我采用情景导入，我先播放多媒体《两只蝴蝶》里"秋风起，秋叶落成堆"的精彩片段（因是学生喜欢的网络歌曲，学生对此很感兴趣），然后要他们谈谈感受，学生各抒己见（萧条、冷清、凄清……），再要学生联想有关"秋"的诗句（杜甫的"无边落木萧萧下，不尽长江滚滚来"，马致远的"枯藤老树昏鸦"，刘禹锡的"自古逢秋悲寂寥"……），从这些诗句我们可以看出古代文人常把"秋"与"悲""愁"联系在一起。那么我们来看一代伟人毛泽东笔下的秋景又是怎样的呢？激发了学生的兴趣。

教《鸿门宴》时我采用故事导入：在《史记》中有这样一段记载，项羽和刘邦都曾看到过秦始皇出巡的壮大场面，项羽说，"彼可取而代之"，刘邦却说："嗟乎，大丈夫当如此也。"两人觊觎帝位之心相同，但其语言一个率真无忌，一个含而不露，项刘性格之差异，由此可见一斑。《鸿门宴》一课两位成败英雄将亮相。

介绍徐志摩时，先讲他是新月派的盟主及他的生平经历，然后简介了电视剧《人间四月天》，叙述了他的情感世界，总括了他人生观中的三个大字：爱、自由、美，让学生对徐志摩有较立体的了解。

教《我与地坛》时，我带着悲悯和敬仰详细地介绍了用轮椅丈量生命的作家——史铁生，在他二十一岁生日那天，因腿疾住进了医院，从此他没有站起来。他苦闷、彷徨，甚至想结束自己的生命，但最终还是战胜了自己，走上了文学创作的道路，写出了很多优秀的作品。面对命运，难道我们只有无可奈何吗？不！罗斯福坐着轮椅完成了世界格局的大逆转；布伦克特牵着导盲犬，坐在了英国教育大臣的座位上；贝多芬扼住命运的喉咙，奏响了人生的最强音……让学生从中理解到生命是脆弱的，我们要坚强；

但同时又是绚烂的,我们要珍惜。

诗情词韵

　　诗歌是世界上最美的语言,那华美的字句,铿锵的声韵,使人感到不可名状的快感,那令人心弦震颤的朦胧美,就是给学生们一次语言美学的启蒙。诗歌教学时,我总是喜欢带领学生反复诵读,仔细体味。

　　唐诗是中国诗坛的珠穆朗玛峰,唐诗精神成为我们民族精神血液的一部分,它可以滋养性情,陶冶灵魂。我看了二十集电视系列片《唐之韵》以后,把它郑重地介绍给了学生。本片用独特的角度,绝美的画面,浸润唐诗古韵的文字,让人感到一种千古幽香的书卷气,使我们领略到真正优秀的中国人的胸襟和气度。我安排每个周末放一集,每集二十分钟,要求学生边看边做笔记,看完后讨论本集所涉及的诗人的人生观,价值观和对作品的理解,让学生对唐诗有个整体了解,感悟唐诗是一个时代的声音。

　　还有宋词,它也是我国文学宝库中的瑰宝,是古代诗歌百花园中的一朵奇葩。我经常利用早自习时间给学生讲解宋词,让学生感受苏轼"大江东去,浪淘尽,千古风流人物"的豪迈奔放,柳永"忍把浮名换了浅斟低唱"的恣肆洒脱;体味写尽天下愁滋味的李清照的婉约含蓄,南宋词坛领袖辛弃疾的爱国情怀……

　　诗情词韵,古色古香,读着,品着,心中便会漾起一种古典况味,胸襟顿时开阔起来,似乎与诗人一起达到了明心、明理的境界。

生活之泉

　　"处处留心皆学问,随时随地学语文",我总是向学生灌输大语文的概念。看电视,很多广告都有绝妙之处,如:某广告词"聪明的妈妈会用'锌'",运用了谐音双关,点出了自己的产品,点明使用自己的产品是一种聪明的选择,唤起母爱之心。

　　教师节,中秋节如期而至,"每逢佳节倍思亲",我抓住契机,在班上举办祝福语比赛,学生欢呼雀跃,写出了很多优美语段。"轻轻的一声问候融入了所有的心愿,淡淡的一句祝福倾注了无限的情谊,简简单单的一则短信送来发自内心声音，祝中秋节快乐。""山以青为贵，水以秀为贵，月以圆为贵，心以诚为贵，我以有你这样的朋友为贵"……语言简洁优美，感情朴实真切。

"问渠那得清如许，为有源头活水来"，引生活之泉注入语文，语文也就会活泛生动，活力无限。

最爱说的话是中国话，字正腔圆落地有声；最爱写的字是方块字，方方正正横平竖直。汉语博大精深，妙趣横生，足以让每个接近她的人心旷神怡，浑然忘我。让我们不断撩开她神秘美丽的面纱，将精妙绝伦的语文立体地呈现给学生，为他们提供更广阔的文化视野，审美感受，想象空间和愉快体验。在语文课堂上，让师生都成为幸福快乐的人。

窗棂上的映山红

走进教室，发现窗棂上插着两枝映山红，意外而惊喜。

在儿时，春天就是映山红。

放学的路上，捡柴草的间隙，总会有一大丛一大丛的映山红，在河岸边，在山崖间，有时甚至在田垄上，用它的媚，它的艳，引诱着我们。我们欢呼着奔向它，忘了时间，忘了初心。

在绚烂的花丛里挑选最鲜艳、连一个虫眼都没有的，一朵一朵地摘了，用一根狗尾巴草穿满一串，然后捋进嘴里，满满地嚼，那些从冬天里孕育而来的花瓣都是冰雪凝成的吧，一进入我们滚烫的嘴里就融化了，只留下一点酸，一点甜，一点紫乌，涂抹在我们的舌上，唇边。

吃够了，就折几根绿绿的柳丝编成一个枝环，再缀上一簇簇的映山红，戴在头上，追赶于无边春色里，再丑的女啊，也会有几分灵动美艳。回家时，总要折回一大把，找出家里的各种瓶子，灌满井水，高高低低地插上，有时还配些各色野花。窗台上，床柜上，甚至神龛上都摆得红艳艳、花妖妖的。

时钟的滴答声是那样轻柔，那样从容，但它又是那样无情，把映山红这个和我浓得化不开的儿时伙伴分开很久了。我这双沾满粉笔灰的手，很久不曾沾过泥土的气息，不曾染过花草的芬芳。

今天，在悬挂着高考倒计时牌的教室窗棂上，竟然看到了映山红的丽影。

急着讲完新课，趁学生做作业的空儿，我来到了教室后面的窗户前，仔细端详：两枝，七朵，颜色还鲜红，但失却了山上的水灵娇艳，还有一朵被虫子咬伤了，仿佛人脸上的癣斑一样。

心，有点黯然。

衔泥带得落花归

当一个又一个的高考神话在神州大地降临，人们朝圣一样，不远千里，从四面八方涌向"高考工厂"，参观学习，虔诚取经，学校制度一个比一个严格，学习压力山一样压向学生。每天的时间被一张作息表严丝合缝地焊接掉，早晨六点进班早读，晚上十一点散学回家，音乐课、体育课早已在高三的课程表上绝迹。

在这个几十平方米的教室，每天要待十五六个小时，本该健康成长的身体被整天钉在这一桌一椅上，有的羸弱如豆芽，有的肥胖如大象，有的弓背如橐驼，一脸苍白，满身疲惫。这二尺见方的桌子既是课桌，又是餐桌，实在累了还得在上面打个盹儿。他们是背诵了很多的数学公式，也记住"快乐""幸福"等英语单词，但他们被囚禁了，镜片后一双双失神的眼里，没有了大自然，没有了光彩，只有使人头昏脑涨的黑黑白白。

再看看学生们贴在桌子上的座右铭吧："非一本不要""清除杂念，开始闭关""只要学不死，就往死里学""累死我一个，幸福一大家"……高中生，十六七岁，花一样的年龄，本该热情奔放，本该意气风发，却被判了"有期徒刑"，三年或者四年五年。

窗外，百年古樟正在抖落一片片的老叶，迎接嫩绿的新芽；那一树樱花开得正烂漫，惹得几个鸟雀在这繁花中跳来跳去，卖弄那刚学的曲儿；和风习习，明丽的天空里浮着雄鹰、金鱼、蜈蚣和一大串蝌蚪，不知远处追着风筝的人儿跑得怎样地欢。

春天，已经是浩浩荡荡荡地来了。

到底还是有人挡不住春的诱惑，偷了空儿把映山红带进了教室，种植在窗棂上。

呵护学生的"面子"

"人争一口气，佛争一炷香"，面子是大事，连神佛都看重。随着年龄的增长，学生越来越注重自我形象，对于别人的看法非常在意，特别需要老师给他们留足面子。如果哪个老师不经意损伤了他们的面子，学生就会觉得这个老师"不够朋友"，会对他产生对抗心理。

规过于私室

晚自习时，我正在办公室批阅学生交上来的随笔，打开小欧的作业本，一张蓝色信笺夹在其中，我展开一看，竟然是小欧写给小刘的情书。我心里咯噔一下，这可是棘手的问题。下课铃响了，我把小欧找到了办公室，小欧一看到自己的随笔本子，猛然记起了情书的事，脸红到了脖子根，嗫嚅了很久，说："我没有给她，只是忘记扔了……我每次问她题目，她总是耐心告诉我；那天下雨我没带伞，她邀我跟她共伞去食堂吃饭，我很感谢她。"

我说："小刘是一个单纯热心的女孩，她经常帮助同学的。对一个帮助过你的同学产生好感这很自然，但需要冷静地对待自己的情感，这只是同学友谊，不能误解为爱情去打扰别人，影响自己。你可以以小刘为榜样，多多向她学习。这纸条你自己处理吧。"

小欧接过蓝色信笺，忙揣进了衣袋，说："感谢老师相信我，我不会去打扰她的。"

对异性的好感，是学生心里最隐秘的一种情愫，如果被老师发现，学生是诚惶诚恐的。这个时候如果老师当着全班同学批评，他会觉得你是在撕毁他的面子。性格温和的，只是在心里记恨你；个性强的，他会当场表示不满，使你难以下台。最好的办法是找他私下沟通，单独疏导，并且为他保密。

智慧于课堂

全班学生在齐读课文，小赵却趴在课桌上，我走过去用书扇了他一下，也许是惊了他的美梦，也许是书页子划痛了他，他抬起头来，怒目圆瞪，一副很不耐烦的样子。我被激怒了，命令他站起来。学生刚好齐读完课文，齐刷刷地望向小赵，小赵翻了翻白眼，嘟囔道："凭什么？我又没睡。"

在众目睽睽下，高大的小赵摆出了舍得一身剐的架势，我仿佛看到了一只防卫状态下的刺猬，全身布满坚硬的棘刺。我知道，自己不收回必定被刺痛，于是笑着说："看你这样子，是没睡着，那就坐端正吧，这么挺拔的身材驼背就不帅气了。"小赵见我缓和下来，忙端正了坐姿。

林子大了，什么鸟都有。几十人的课堂上不时会出现小状况，这就需要老师用点宽容、幽默和智慧去化解。越是顽劣的学生，越把面子看得重要，因为他底气不足。正如一个穷人，走亲戚时一定要换上他最好的衣服。老师给他留了退路，他就会觉得给了他面子，他就会还你一份尊重，给你一个台阶。

化解于课外

小毛晚上就寝时间过后与外班两个同学出去上网，被政教处抓获，受了通报处分，一个星期都恹恹地打不起精神，在随笔中说自己一世英名此次尽失。我看在眼里，寻思着帮他振作的办法。下午文体活动时间，我找来了一副乒乓球拍子，来到教室门口，大声说："小毛，听说你是乒乓球高手，看你能不能打得过我？"同学们见我亲自邀请小毛打乒乓球，兴奋不已，簇拥着他跟着我往操场走去。被警告处分憋坏了的小毛，终于找到了一个情绪的发泄口，痛快地跟我拼杀起来。

当一个老师走下讲台，融入学生生活的时候，那种轻松的氛围会带给学生亲切和美好，会让他们找回自信和勇气。学校是允许学生犯错误的地方,但没有惩戒也就没有教育。面对惩戒,有的学生耐挫能力强,自己能扛过去;有的学生脆弱,这时老师要主动施以援手,让他觉得老师心里有他,他还是一个有面子的人。

世界成功学大师卡耐基曾说:"满足别人获得尊重的需求,是人际交往无往而不利的法器!"老师是学生心灵的带路人,一定要呵护好学生的"面子",让他们感受到尊重,进而学会去尊敬他人。

讲台也是修行地

李叔同先生从日本学成归国，正值辛亥革命爆发，家道败落，迫于生计，在浙江省立第一师范学校担任图画及音乐教师，后来，以一颗决绝之心皈依佛门。他担任教职不满七年，可他在讲台上的身影，一直留在学生的心里，也给自己带来了福报。

李先生一袭灰色粗布袍子，温文尔雅，说话一脸和气，不怒自威。他备课极度认真，一小时的课，也要准备半天，而且事先把板书写好，讲桌上点名簿、讲义、金表三件东西永远不差。上课铃响起，学生说笑着推门进入，仪表端庄的李先生早已端坐在讲台上，钢琴琴盖开着，谱表摆着，一切都已肃静就绪。学生悄然快速坐好，李先生站起身来，深深地向学生一鞠躬，课就开始了。讲课的时候，一分一秒都控制得很紧，绝不浪费半点时间。

课堂上，有学生上课时把痰吐在地板上，李先生当时不责备，等到下课后，他用很轻而严肃的声音要求吐痰的学生留一下，等到别的同学都出去了，他才和气地说："下次不要把痰吐在地板上。"说过之后李先生微微一鞠躬，示意学生先走出教室。如果有学生无心把门一拉，碰得太重，李先生走出门来，满面和气地叫他转来，用很轻而严肃的声音对他说："下次走出教室，轻轻地关门。"然后对他一鞠躬，送他出门后，自己轻轻地把门关了。

李先生的恭敬待人之举，给学生留下了深刻的印象。

李先生教授钢琴，授课时先弹一遍做示范，然后学生自己去练习，一周后弹给他听，便是"还琴"，"还"不好的，下次还要"还"。第一次上他的钢琴课，琴没"还"好的就是丰子恺。尽管他练习了好久，但由于紧张，弹的时候不是手指用错，就是琴键按错，弹得乱七八糟，丰子恺很泄气。

不久李先生发现了丰子恺在图画上的特质，鼓励他说："我在南京和杭州两处教课，美术上没有见过像你这样进步快的学生……"李先生的肯定给了丰子恺极大的信心，对美术投入了更大的热情。李先生的恩师黑田清辉一行来西湖写生，李先生特意让丰子恺去接待，观摩画坛高手的现场创作。李先生还拾起日文教材，教丰子恺学日语，将一些日本绘画方面的资料、可借鉴的画风介绍给他。数年后，丰子恺也踏上了留日的道路，找到了适合自己的绘画风格。

在当时那一群学生当中，刘质平音乐资质最高，李先生给了他最好的音乐启蒙和品质教育。后来刘质平东渡日本留学，家庭经济状况突变，无力解决学费，李先生去信鼓励他，并坚持每个月从自己工资里省出钱来资助刘质平。后来李先生出家的愿望越来越强烈，每天都在计划着辞职的事，只是刘质平还没有毕业，他还得硬撑着精神上课。

岁月并不会真的逝去，它只是从我们的眼前消失，转过来躲在我们的心里，映射到现在甚至未来。很多年以后，弘一法师五十岁寿辰，丰子恺画了五十幅护生画给老师祝寿，并请老师配上美好醒世的文字，定为《护生画集》。弘一法师觉得这样做既可以促进学生的画艺，这些画又可以用来教感人们，欣然同意，并提议，每十年加十幅，编成一集，直至百岁。

丰子恺说："世寿所许，定当遵嘱。"弘一法师六十三岁圆寂后，丰子恺并没有停止作画。不管世道如何多变，他都将这件事坚持下来。十年浩劫，丰子恺受尽折磨，自知时日无多，悄悄提前完成百幅图画和诗文写作，1979年，六集《护生画集》完整面世。

学成归国的刘质平成为著名的音乐教育家，与恩师情同父子，弘一法师出家二十四年间，刘质平经常接济其生活费用，后来集资筑成晚晴山庄，弘一法师逐年将其书法精品交刘质平保存，刘质平晚年把恩师遗墨全部捐献给国家。

李先生出生时，老年得子的父亲喜极而泣，给儿子起名李文涛，字叔同，乳名成蹊，取"桃李不言，下自成蹊"之意。虽然世事无常，但在授业育人上，李先生还真是不负父望。

一袭海青，一片丹心

　　世间望族公子太多，佛门高僧也不少，但真正把这两个角色演绎到极致，并彻底完成角色之间转换的，只有他，李叔同——弘一法师。

　　学法上人及众僧徒玄妙空灵的助念，父亲临终时的平静安详，年轻寡居的侄媳妇念《大悲咒》《往生咒》时的清和寂美，风尘女子的移情寡淡，城南草堂"天涯五友"的零落飘散，纷乱时局中母亲外丧不得进门，家道破落生存的艰难羁绊，教员生活的单调刻板，对艺术对自身的追寻探求……一步一步，铺成了他了绝红尘、步入僧门的路。

　　如果只是伴青灯，敲木鱼，念佛经，求自身清净，也算不上什么高明；如果只是做住持，尊长老，步步高升，让众人顶礼膜拜，这和俗世有何区别？他以一颗坚硬冰冷的心告别红尘，又以一颗热情执着的心进入佛门，生命山高水阔，心灵纯粹赤诚。

　　他受二百五十六条比丘戒，严格持守，行住坐卧，至诚恭敬，在中国僧伽中是持戒第一人。他早食粥，午食斋，过午不食；赤脚芒鞋，衣不过三；僧房内一张木桌，一张旧床，一条草席，一领旧蚊帐，两条旧毛巾，四时不易。一双僧鞋，一床薄被，一把旧雨伞能用二三十年，一件衲衣上面有二百二十四个补丁。身外之物，能用就够，行李越轻，越好走动，心里越轻，越近觉悟。

　　印光法师风烛残年却劳作不歇，食完白粥把碗舔得干干净净，菜盘里见不到一滴油星子，戴着眼镜在油灯下补衣服，水果外面的包装纸，拆下来理平，便是信纸……在与印光法师七天的相处间，他觉醒了，并不是只有诵经、打坐、研律才是修行，日常生活的每一件事，都是修行，连走路、呼吸都是，从容不迫，均匀平和。

修行也不是净室一间，斋饭一碗，心如枯井，早往极乐，过去所有的经验都是为了更好的现在。他开始用书法写佛偈，在这个黑白的世界里，一字一句，日日年年；他认真整理《赞颂辑要》，学唱清扬婉转的赞颂、梵音，领会伟大佛陀的教义，感悟福音的清凉空明；他和僧友们为一只即将病逝的小黄犬临终助念，施以最慈悲的抚慰，让它平静地离去；他燃臂香以示修行净业的决心；他教净双修，精研四分律，一百四十页的《四分律比丘戒相表记》初稿，满篇由工楷写就；他听静权法师讲授光目女救度母亲的故事时，在座上掩面哭泣。

他以儒家的虚心、慎独、宽厚、不文己过等优良品行来修佛，来完善自我的修养；他研修失传七八百年的南山律，在闽南开设"南山律苑"，讲学了一年，由于战乱不得不中止。在青岛的湛山寺，讲南山律，第一堂课，他用了七个小时去备课，而此时，他研究律学已足足二十年。

他在南普陀寺创办佛教养正院，第一讲专谈青年佛教徒应注意的四项：惜福、习劳、持戒、自尊，这八个字也是养正院的校训，他告诫学僧，披上僧衣，应时时要求自己的品行在俗人之上，如果品行不如俗家人，不难为情吗？僧人不是乞者，在行脚途中，要有国王出行的尊严，但要接受供养，前提是你能够为人们带来更大的福报。他从正月初一讲到正月十二，一连讲了十二日，生命的无力感越来越频繁浮现。在佛教养正院做最后一次演讲中，他给学生讲"关于写字的方法"，一字一句劝诫众僧，字以人传，而非人以字传，字写得不好，但是德行上乘，他的字也很珍贵，如果不专心修佛，字写得再好，也并不值得留存。

七七事变，日本全面侵华，青岛成为军事重地，人们抢船票逃生，慌乱不堪，他手书"殉教"横幅，挂在室内，不躲不避，舍身护佛门。在炮火激烈的夜晚，他总是站在寺里月台别院的最高处，抱着殉国的死心，蔑视外侮。

在生命即将归寂的时候，他由晋江草庵，到泉州承天寺，再到开元寺，一路弘法，他心里有数，讲一课，便少一课了。战火纷飞，哀鸿遍野，他不停地奔走，惠安、漳州、东乡，无论谁希望得到他的法书，他都尽力应允。他的生命在路上一点一滴被消耗掉。他为佛教养正院学僧讲的最后一课竟然是"最后之忏悔"，他说自己没有涤净人间的一切情怀，无法全然摆脱名利，到处讲学，常常见客，时时宴会，冒充善知识，好为人师，所做的事，大半支离破碎不能圆满。他将"法师""老法师""大师"等名目，一概取消，将学人侍者等一概辞谢。人生没有圆满，修行无终止。

在生命的最后，肺疾复发，低烧不止，但他没有停下手中的活计，为晋江中学的学生书写了上百幅中堂，他在进行最后的燃烧。在温陵养老院，在妙莲法师的助念中，他以释迦牟尼涅槃的姿态，侧身睡去，眼角一滴清泪，在布满皱纹的脸上，静静地流淌。

他是云游四方的行脚僧，入佛门二十四年，不坐在庙宇清凉，不愿见官僚士绅。赤脚芒鞋，奔走乡间弘法，在各处庙宇辛勤讲法，普度众生；独伴青灯，精研佛法，编撰修正古籍，福利后世。

誓心稽首永皈依，一袭海青，一根僧杖，一双芒鞋，一句弥陀作大舟。

呵护班上的"小虫子"

我曾经住在一片桃林边的小木屋里,隔壁是三代同堂的教师之家。老两口退休在家,侍弄花草菜蔬,小两口正年富力强,是学校的教学骨干,孩子上初二,看上去聪明伶俐。这个家丰衣足食,母慈子孝,其乐融融。

可也有例外的时候,孩子每次拿回来的成绩单都会搅乱这个家。

期末考试,这孩子竟是班上的倒数第十名,父亲如激怒的狮子,把成绩单撕得粉碎,操起扫把就打,孩子哇哇大哭。我赶紧跑过去,护住孩子。老人从菜园里赶来,摸着孙子红肿的手,心疼地说:"哪个父母不望子成龙啊?但并不是每个孩子都能成龙的。成不了龙就成条虫吧,只要不是害虫就行。蚯蚓能松土,萤火虫能点灯,就算一只蚂蚁还能搬运种子呢。"

老人的慈爱、智慧给了我很大的影响,我把老人的话写进了教学日记。

课堂上,我总是把容易些的题目,留给那些暗淡在某个角落的学生,课余也喜欢找他们做一些与学习无关的事,清晨要他们陪我在操场跑跑步,晚餐后找他们打打球,小考时请他们帮我改改卷,有时还向他们请教些电脑方面的知识……"亲其师,信其道",与他们接触多了,感情融洽了,他们学习的兴趣和信心就会提高。

有个叫苗小江的学生,来报名的时候,我就想,造物主肯定也有打盹儿的时候,不然,一个人怎么能这样瘸腿歪嘴巴呢?他来自最偏远的山村,经常是蓝布衣、解放鞋,从家里带一坛子腌咸菜吃一个星期,成绩稳居倒数第一,自然成了班上最受冷落的学生。我还真有点同情他,上课遇到容易的问题,有意喊他来回答,想趁机表扬他,谁知他每次都是忸怩不安地站起,惊慌无措地呆立,反而成为同学笑柄。也许对他来说,让他安安静静坐在那里是最善良的做法,我也就轻易不惊扰他。

那期我班分的卫生任务是扫操场，可怎么也买不到竹扫把，只好用棕扫把将就着。一个星期日的晚上，教室后面竟摆着两个非常精致的竹扫把，班长说是苗小江扎的。我忙在班上大大地表扬了他的班级荣誉感，他的勤劳，他的手巧，教室里第一次为他响起了掌声。

在掌声中，他红着脸，嘴巴歪了歪，终于鼓足勇气站了起来，嗫嚅了好久才说："老师，班上的竹扫把我包了……您能不能帮我问问，学校还要不要竹扫把，我爷爷说了，五块钱一个。"

学生们先是一惊，接着哄然大笑起来。

一直以来，积攒在我心里的同情心，瞬间酝酿成一股温泉，我走到他的身边，摸摸他的头，说："你这个想法很好，我等一下就去学校后勤处帮你问问。"

他开心地望向我，嘴角一咧，笑了，那么纯净，那么憨厚。突然间，我服了造物主的神奇，原来每个生命都是它的杰作。从这以后，学校每年都用苗小江家制造的竹扫把。

高考完，苗小江就和邻居去煤窑挖煤了，赚了点钱，在镇上租了个小门面卖扫把。几年过去，他的扫把店变成了杂货店，杂货店又变成了超市。

每个孩子都是独一无二、生来珍贵的，都渴望爱的滋润。也许他们达不到我们眼里的"优秀"，但只要给他尊重和信任，他同样会散发出光芒。大鹏有大鹏的高贵，虫子也自有虫子的快乐。

当我们俯下身，世界在泪光中微笑。

仙人掌上的花蕾

　　优秀的学生是一样的，问题学生各有各的问题。——题记

一

　　进入高中，学生的独立意识增强，表现欲望强烈，再不是父母买什么就穿什么。课余闲暇，总喜欢流连于精品店。耳上、颈上、手上，甚至脚上，都喜欢挂点什么，以张扬自己的个性。女生如此，男生也不例外。刺猬头、废铜项链、烂铁指环，让你目不暇接。

　　人的衣饰往往是内心的外化，内心充实的人，外表简洁；内心空虚的人才追求外表的虚华。新学期伊始，我总会根据《中学生日常行为规范》引导学生树立正确的审美观，并在班上找几个发型精神、衣着整洁的学生做榜样，把星期日的下午规定为"美容时间"，要求学生换洗衣服，修饰形象，上晚自习时由生活委员负责检查。一个月下来，学生在发型服饰方面就会养成清爽，简洁的习惯。

　　但事情总有例外。班上有个叫小汪的男生，头发总是留着，生活委员多次提醒都没动静。我只好把他请进了办公室。不管我如何说，他都三缄其口。我准备打电话请家长，他竟然哭起来，好一会儿才说："老师，我留头发是为了纪念我的小妹。小妹患有先天性心脏病，她留给我的最后一句话就是'哥，我喜欢你的头发'……"

　　他泣不成声，我也怔住了。

　　我忙要他坐下，肯定了他深厚的兄妹之情，并开导他一个人不能总是活在过去，沉浸于悲伤，纪念一个人也不一定要拘于形式。慢慢地，他的情绪也稳定下来了。我说："你的头发光泽柔软，是很漂亮，但这发型完全不符合中学生朝气清爽的精神风貌。这样吧，你先去精品店买一个精致的盒子，请理发师帮你把剪掉的头发整理好收藏在盒子里，放月假的时候带回去埋在

衔泥带得落花归

妹妹的坟前，陪伴妹妹，好吗？"

"好，我现在就去剪头发。"

当他清爽、精神地回到教室时，同学们热烈地鼓起了掌。

二

小游的父母在外打工十年了，在缺少监管缺少亲情的留守生涯里，他像一丛蓬生而起的野草，恣肆，枯荣由天。抽烟，酗酒，迟到，缺交作业，油腔滑调，斜着眼睛看人——凡是学生可能有的缺点都集合到了他的身上，违纪登记本上他的名字出现的频率最高，每星期都得找他谈话。一天，上完第二节课后就不见他的踪影，晚自习也没来，我气愤又着急，抓起电话就准备给家长打。但转念一想，他父母远在浙江，除了给他们增加担忧又有什么作用呢？我终于从外班一个学生那儿得知他和退了学的小刘去了袁家山，给因患睾丸癌而生命垂危的同学袁思过十八岁的生日了。我悬着的心才放了下来，并且有了一种感动，那天可是天气奇冷，来回三百多里路啊。

第二天中午游小木返回学校，坐在座位上，出奇地安静。我把他带到了办公室。

"为什么不请假？"

"我怕你不同意，但袁思是我最好的朋友，我知道这也许是他的最后一个生日了，我非去不可。"

"袁思还好吗？"

"很不好，疼得在床上打滚，人已消瘦得不成样子了。我原想到了那儿就给您打电话的，但看到袁思那么痛苦，我就什么也没想了，只想如何让他开心点。我和小刘给他点燃蜡烛，为他唱生日歌，陪他一起吹灭蜡烛。看着他嘴角的一丝笑意，满屋子的人都哭了。老师，在回来的车上，您知道我一直想什么吗？"

"想什么？"

"想上次布置而我一直没有完成的作文《珍爱生命》。明天我一定写好交您。"

我帮他揩去了脸上的泪珠。

他们，也是一颗颗种子，只是有的错过了季节，有的错播了地方，没有照管，没有牵引，也没有欣赏，于是根浅苗黄，叶稀花瘦，甚至旁逸斜出，浑身是刺。我想，如果有爱的阳光，雨露，就算是荒漠中的仙人掌，不也能绽放出一个个花蕾吗？

书卷多情似故人

自从拥有过《语文》《算术》两本书后，书便成了我最忠实的朋友。

工作后，书更是我的犁铧，是我安身立命的保障，不但要读懂它，还要把它变成种子，播撒在学生的心田。魏书生老师的《班主任工作漫谈》，李镇西老师的《做最好的班主任》，王金战老师的《学习哪有那么难》，是我书架上最卷角毛边的书，它们让我在班级管理这块责任田里，体会到一种完整的幸福的教育生活。

有一届学生送的毕业礼物是一套《季羡林谈人生》，很是精致，我很喜欢。那个暑假，我沐浴其中，坐受清凉，忘了时日。季老几十年坚守如一、笔耕不辍、诲人不倦的精神，启发、鞭策着我开始向成为一个研究型教师的目标努力。

给我影响最深的还是《曾国藩家书》。书中虽然都是些琐碎的温情故事，但涉及修身、劝学、治家、理财、交友、为政、用人等人生课目，蕴藏着生命通达权变的莫大智慧。

"吾生平长进，全在受挫辱之时。务须咬牙励志，费其气而长其智，切不可徒然自馁也。"他为人行事，拙诚、坚忍。

"书蔬鱼猪，一家之生气。少睡多做，一人之生气。勤者生动之气，俭者收敛之气。有此二字，家运断无不兴之理。"他治理家事，勤俭、谦让。

"为学譬如熬肉，先须用猛火煮，然后用慢火温。用功譬若掘井，与其多掘井而不及泉，何若老守一井，力求及泉而用之不竭乎。"他治学修身，专注、有恒。

读完《曾国藩家书》，我记了一本厚厚的读书笔记，有摘记，也有随想。在给儿子的书信中，总会借用一下曾国藩先生的文字和思想："游子在外，最重唯平安二字。""读书，何必择地？何必择时？唯愿发奋立志，念念有恒。""一生之成败，皆关乎朋友之贤否，不可不慎。""中无所有，而夜郎自大，此最坏事。""凡事不可占人半点便益。""对盈虚自然之理，不必抑郁。""做个光明磊落、神钦鬼服之人。"……时隔一百多年，曾国藩的家书仍是温情脉脉，闪耀着智慧的光芒，我希望儿子从中明白更多的事理。

我不习惯两手空空，喜欢手里有活干的感觉。除了粉笔，除了键盘，我还喜欢做点针线活或毛线编织。一天，我在"豆瓣读书"里流连，任祥的《传家——中国人的生活智慧》让我一见钟情。几天后，收到这套书时，我被它的精美厚重吓住了。春、夏、秋、冬四册分别配以浅黄、粉蓝、橘红、深红四种暖色调书封，颇有质感的铜版纸张，绝美新潮的图片、文字编排，牢靠的布胶封书脊，整套《传家》有八九斤重，精致讲究。

每册都以"气氛生活""岁时节庆""以食为天""匠心手艺""齐家心语"和"生活札记"六大单元为脉络，包罗万象地谈及传统的中国文化、艺术、饮食、服饰、生活常识、为人处世、保健养生，展现日常生活的中国文化精粹，真是一本"美的百科全书"。

平常的五谷杂粮，茶叶糕点，蓝印花布，锅碗瓢盆，节日节气……被任祥拍摄得那么亮丽、清新，再配上精彩的文字说明，美好的生活气息扑面而来，原来精致的生活并不只留存在豪门贵族，也在我们每个人的日常里。在季节的流转中，我总会翻出其中的一本来看看，发觉最美的时光又来了。

我像一只储物过冬的蚂蚁，一书一书往家里搬，从龆龀到白首，不厌不离，相爱相依。

藏在光阴里的美好

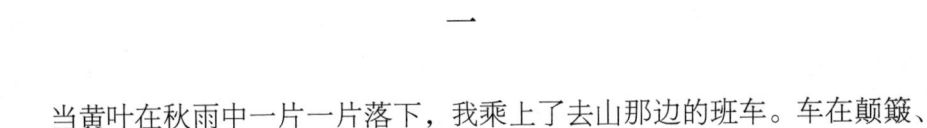

一

当黄叶在秋雨中一片一片落下,我乘上了去山那边的班车。车在颠簸、在盘旋,心在激动、在飞扬。那一百多封情意缠绵的信,就是穿越这些山峦沟壑,来到我的眼前,浸润我的心底的吗?

山坡崩塌,前路受阻,要下车的乘客请下车,不下车的可以随车返回。

"离上团中学还有多远?"

"那学校在路的尽头,还有四十多里。"

我下车,撑开淡紫的碎花小伞,走进淅沥的雨雾里。

"姑娘,好手难提四两,前面马脑界常有野猪出没,带上我这根小扁担吧。"

我掂了掂袋子,袋子里除了给他的吃食,还有一件用三个多月时间织好的毛衣。

我从这位好心的婶娘手里接过扁担,把袋子挂在扁担上,用肩扛着,仿佛去远处朝圣的女子,心中陡然升起了一股勇气。

当雨水泪水模糊了我的眼,对面山谷传来一个熟悉的声音,魂萦梦绕的人在途中迎住了我。

瑟瑟秋雨中,我看见满山的野菊正开得香甜。

二

正月初二,一大家人去姐姐家热闹。

男人们把姐喂了一年的黑山羊宰了,在坪里架火收拾,女人们在厨房各露一手;老人们在客厅看电视,孩子们满屋窜,哪儿热闹哪儿钻。

当香喷喷热腾腾的羊肉火锅端上桌时,大家放下手中的一切活儿,团团围坐，推杯换盏，畅快淋漓。

夕阳斜照，我们大呼小叫，浩浩荡荡，向两里路外的温泉进发，享受大自然的神奇。我们静泡、闲话，孩子们游水嬉戏，光着屁股乱跑。

华灯初上，老人们的字牌，年轻人的麻将，孩子们的游戏，都已拉开序幕，赢的笑语喧哗，输的沉默计算。剩下我这个闲人，给他们泡好茶，准备好零食，就拿出铁丝支架，开始在木炭上烤糍粑。当香味传出来时，一屋人都说饿了。我把糍粑烤得外焦内软，在中间夹上一块腊肉，人人惊呼，这是世间美味。

春节三天，闲了剪刀，歇了农具，只剩吃喝玩乐。

三

下课了，教语文的李老师高兴地走进办公室，说："我问学生，如果将《孔雀东南飞》改为课本剧，用什么曲子做背景音乐，学生想了很久都没找到合适的，吴仁华一改他平时油滑的腔调，沉重地说，就用《死了都要爱》吧。"我们笑得肚子都痛了。

教英语的余老师端着一大碗冰糖雪梨进来了："快来分享'深情雪梨'，这可是321班的班长吴星雨昨晚下晚自习后用两个小时熬的噢。"

我们凑了过去，一根根小牙签插向了冰糖雪梨。

当雪花飘起，办公室的煤火烧上，烟火气更浓了。早晨烤馒头，晚上烤糍粑，白天烤花生瓜子，香气四溢。遇到东西吃空了，实在又不想离开温暖的小火炉，我们就抓阄，三元、五元、十元，特别要设定一个"白吃、跑腿"。当一个个纸团被捡走，被展开，满室的期待和喜悦。这个游戏玩了好多年，规则不变，乐趣无穷。

四

回乡下看母亲，正碰上儿时伙伴路明的媳妇患肠癌死了。

路明家兄弟姐妹七个，他娘实在照顾不过来，三岁的路明跌进火坑，满脸烧成了疤痕。他跟我同年同月，读书同桌，对我很好，可我害怕看他脸上的疤痕，不太爱搭理他。中年死了媳妇，对他来说，打击有多沉重，我决定去看看他。

路明带地仙去山上选墓穴了，村里的人都在帮着料理，我也加入了择菜的行列。他远嫁的女儿哭哭啼啼赶了回来，看着棺椁里的娘，好一阵哭诉。太公公说，闭殓吧。谁知路明像牛一样号叫着赶来，趴在棺材上不准闭殓，一身的汗水、眼泪，如刚从水里捞出来似的。他抖抖索索从前胸袋里掏出一个小包，打开，是一条金项链，大家都惊呆了。

太公公说："路明，让媳妇入土为安吧。你把这个放里面，有人会扰了她清静的。"

"太公，媳妇跟我吃了二十年苦。我答应给她买条项链的，总是拖着，一直没买。今天，我要了我的心愿。别人要来盗，也由他，世上有哪样东西固定是谁的呢？"

当路明把金晃晃的项链给棺椁里的媳妇戴上时，全场一片寂静，只听到无数的泪珠儿滴落。

五

怡楚婶以九十一岁高龄寿终正寝，一直是村里的一个传奇。

怡楚婶嫁过来不到三年，丈夫被抓了壮丁跟随部队撤往了台湾。怡楚婶和儿子挨批斗挨饥饿，终于熬到儿子娶了媳妇生了孩子。

媳妇去粮站交公粮，趁着人多混乱，在粮堆上铲了一簸箕放自己箩里，被人发现，一担粮没收，还在全公社通报批评。好强的怡楚婶将媳妇痛骂了一顿，媳妇觉得无脸见人，捋了把亡灵药叶子吃了，死在送往医院的竹椅上。

媒人牵线，仙桃带着一个孩子嫁了过来。仙桃沉默贤惠，农活家务都是一把好手，日子过得有板有眼，可不到三年，丈夫竟得了肝癌，抛下四个孩子，走了。仙桃穿梭在田里土里，风里雨里，扛起了整个家。

怡楚婶觉得自己劫难重重是前生罪孽深重，执意一人独居，吃斋礼佛。

菜园子里每样蔬菜的头茬，屋前屋后每一树果子当阳的红透的，仙桃都会趁着露水摘了，送给怡楚婶尝新；每年的第一碾新米，仙桃会筛好择净，给怡楚婶装进米桶里；秋天去山里担柴，总是先把怡楚婶的柴屋装满。

当四个孩子都成家后，怡楚婶发心愿要在屋前的河上架一座木桥，方便过往行人。仙桃陪着怡楚婶四处化缘，请匠人，煮茶饭，一木一木，一钉一钉，修好了木桥。

两个苦命福薄的女人，搀扶着把日子过出了滋味。

打脸

母亲说，康俊龙在北京搞建筑发了大财，今年也回来过年了。

我和母亲正包着蛋饺，发现鸡蛋少了，母亲让我去村头的小卖部再买些。我悠悠闲闲地走着，一辆黑色的小车轻轻地驶到了我前面，停下，摇下车窗。

"穗穗，你也回来了？"

"哦，康俊龙，还真是发财啦？"

"混日子呗。我们三十多年没见面了吧？既然回来了，索性把同学们都喊来聚聚，怎么样？"

虽然这几年，同学聚会，学生聚会搞得很频繁，但只读到小学四年级的康俊龙说要搞同学聚会，我真不便泼冷水，佯装兴致高昂地说："好啊，时间？地点？"

"正月初四上午，村小学礼堂，可以吗？"

"那河东的我联系，河西的你通知。"见他这么利索，我也不好拖泥带水。

"好，但康老师还是你去请吧。"

"康老师不是离你家近吗？"

"你才是康老师的得意弟子呢。"他狡黠地眨眨眼。

想起来康老师确实是很关爱我的，我说："好吧。"

正月初四，阳光明媚，儿子听说我要去参加小学同学聚会，大笑起来："老妈，你们追根溯源也溯得太远了吧？"

"谁叫人家康老板的最高学历是小学肄业呢？"爱人在一边揶揄道。

"行了，你俩别损人了，就算给康俊龙一个显摆的机会吧。"

冬日暖阳下，我们比着白发、皱纹谁的多，谈着家庭、工作，高兴地向小学走去。

康俊龙的办事能力真是不一般，把个小学同学聚会搞得轰轰烈烈：校门口两个鼓乐队卖力地吹打着，校门横梁上贴着"三十年再聚首"的横幅，礼堂里用课桌排了六桌，桌上摆满糖果瓜子，首席已坐满了人，有镇、村的领导，还有小学李校长和早已退休的康老师。

我在桌凳间穿梭，和每一个人握手，谈笑，坐下来絮叨。突然放起了鞭炮，鞭炮响过后，村支书讲话，欢迎镇领导的到来，欢迎成功人士康俊龙先生讲话。康俊龙从桌子底下拿出一个红色的袋子，抓住底部往下一倒，一摞摞崭新的钞票堆满了桌子，我们都张开了嘴巴看傻了眼。

"同学们，你们看，这些桌子还是我们用过的。这十万块钱是我康俊龙回报母校的，请康支书和李校长替我帮孩子们买新的桌凳，改善办学条件。"

首席热烈地鼓起了掌，我们这些空手而来的同学尴尬地应和着，大家面面相觑，好好的同学聚会怎么变成了捐赠大会了呢？

在掌声中，厨师们用红漆木盘端着热气腾腾的酒菜开宴了，康俊龙敬完了首席的每一个人，开始逐桌敬酒，敬烟，谈笑风生，很有气场。等他回到自己的座位上已是面红耳赤，步履摇摆。他又斟满了一杯，站起来，说："今天，这最后一杯酒我要敬给我们的康老师。"

我们停下了一切活动，康老师忙站了起来，也端起了酒杯。

"康老师，您还记得吗？四年级上学期就要期末考试了，您带着我们复习数学，穗穗把数学书忘在家里了，您用眼睛搜索了一下全班，就走到了我身边，说，康俊龙，你反正听不懂，要书有什么用。就把我的书拿给了穗穗，我就读了一节课的桌子。今天，我要对您说声'谢谢'，是您的瞧不起激起了我赚钱的斗志。来，康老师，敬您。"康俊龙脖子一仰，酒杯全干。

康老师打了个趔趄，手抖得厉害，酒杯掉在了地上。我忙走过去扶住康老师，康俊龙已经烂醉如泥，歪倒在地上，大着舌头在宣泄："穗穗，听说你早下岗了，你来帮老子打工，老子付你双倍工钱……"

我扶着康老师往外走，走到河边，康老师老泪纵横。

"今天，学生打我的老脸，我是黄土埋脖子的人了，随他打吧。穗穗，你还在讲台上，你要记住啊，不可看轻任何一个学生……"

"康俊龙喝多了，您别往心里去。"我宽慰着康老师。

衔泥带得落花归

"酒醉心里明啊。真是对不起他,这块石头压他好多年了。今天他终于把石头扔了,扔了好啊……"

从康老师家出来,太阳快下山了,淡黄色的夕阳映着静静流淌的河水,河面上仿佛缀着无数面小镜子。寒气四合,雾气开始升腾,在每一片迷幻的碎光中,闪烁着康老师悲戚的脸。

"你还在讲台上,你要记住啊……"

理科班的美女老师

理科重点班，一听就知道不是个好玩的地方。学校、家长眼巴巴地盯着，学生学习紧张，竞争激烈，老师工作辛苦，压力山大。我生性内敛，做事认真，三十多年的班主任工作练就了一张铁板脸，班上数、理、化、生四位男老师一个比一个威武硬气。在这么一个"除了大学什么都不能想"的荒漠地带，全靠英语余永玲老师的柔美柔和带来些轻松活泼，于是学生很盼望上英语课。

余老师是典型的江南女子，小巧玲珑，温柔可人，如刀刻的双眼皮衬得眼睛妩媚动人，轻巧无边框的眼镜架在秀挺的鼻梁上，栗色而有点卷曲的头发，流畅甜美的英语，让人觉得知性而洋气。最讨人喜欢的是她的笑，如花的笑靥总是能给课堂以灵动，而且她也从不吝啬自己的笑容。

每次上课，余老师喜欢提前走进教室，像演员准备道具和酝酿情绪一样，开启多媒体，播放些轻柔的英语歌曲，展示一些配有英语解说的国外风光、校园生活、动物游戏场景片，有时还会是有趣的动画片……学生们也许正好被上节课的一个物理题或者数学题绕得晕头转向，余老师带来的有声有色有趣的英语世界让他们大为放松，心扉敞开，她教的知识自然就"鱼贯而入"了。

余老师的课堂经常会飘出笑声。由于平时跟学生亲近，她很会和他们聊天，不知不觉中就能过渡到正题，真是谈笑间，知识点融入心田；余老师还特别善于创设情境，各种节日，每天发生的国内外的大事，总有与课文相关的东西；有时，先让学生看一下有关电影片段，然后说，我们先看看课文，等完成这一课之后，再看一部完整的电影。这样，学生一直处在一种高兴的期待之中，就像钓鱼的人老是处在一种期待中，从而达到快乐学习的境界。

余老师的课堂还能经常响起掌声。古语说：数子十过，不如奖子一功。教学的艺术本身就是激励、唤醒、鼓舞。余老师一直坚持在班上进行课前五分钟表演活动，学生按学号轮流上台展示，可以自我介绍，讲个小故事，朗诵一篇短文，或者背诵一句谚语，只要能正确运用英语就行。轮到的学生都会精心准备，活动一直开展得很精彩。当学生表演完毕、回答问题准确、作业做得漂亮或者某个英语成绩差的同学单词听写合格了，掌声都会像点燃的鞭炮热烈响起来，余老师的棒棒糖、巧克力也会变戏法一样出现在学生面前。

国家二孩政策开放，办公室洋溢着回家造娃的喜庆，同事之间互相打趣着，但安静下来算算年龄，办公室只有余老师年轻些，刚迈入不惑这个行列。

生物魏老师说："小余，赶早不赶晚，满三十六岁已是高龄产妇了，要抓紧啊。"

余老师露出她经典的笑容，说："可不敢因为生孩子，耽误了学生高考的。"

她轻巧的一句话，震撼了我们这个高考团队的每一颗心，特别是我这个班主任更明白临阵换帅定会扰乱军心。我不由走上去握住她的手，说了很多个谢谢，代表自己，代表全班学生，还有全班学生的家长。

高考在即，寒假严重缩水，在春节浓浓的节日气氛中我们已开学了。余老师带来了糖果，笑盈盈地宣布，她怀上了。我们真是高兴，享受着这开学第一喜。英语科代表来办公室拿作业本，听到这个消息，这个鬼灵精怪的丫头喜不自禁，竟然伸手去摸余老师的肚子，惹得我们哈哈大笑。

百日誓师大会举行过了，市模考、县模考都考过了，已穿上孕妇装的余老师还是那么精神风趣地坚守课堂，活跃在学生中间。下课了，她从不急着离开教室，喜欢为学生解解学习上的疑难，扫扫心理上的障碍。女孩子调皮，总是忍不住去摸余老师日益隆起的肚子，男孩子不敢，但喜欢在旁打哈哈。

余老师心态年轻不显老，但岁月从来不会忘记一个人，高龄妊娠绝不是一件轻松的事，她也曾呕吐头晕吃不下饭，也曾小腿肿胀站着乏力，也曾坐着难受只能躺着看作业，但是，余老师的敬业精神已深入骨髓，融进血液。她没缺过一节早自习辅导，更不用说白天的正课了，没少批过一次作业，更不要说考试的试卷了。高考前的三天，学校开始停课自习，我真是怜惜她，说英语课我帮她守班，她笑着说："没事，还是我守吧，万一学生还有什么问题要问呢？"

余老师"孕"味十足地站在讲台前，浑身散发的美丽、坚韧，给学习紧张竞争激烈的理科重点班，带来了战胜一切困难的信心和勇气。

他的苍老让我不想再恨他

易超华第一次参加镇里的"欢迎成功人士回乡新年座谈会",就拂了黎书记的美意,心里窝着火,拨打初中同学新毛和漾毛的电话,吆喝着去家里喝酒。

新毛在镇政府对面经营一家水果店,与镇办公室主任是表亲,镇里接待需要用的水果自然都是新毛水果店的,自然对镇里的一些"外事"活动也有所耳闻。一钻进易超华的奥迪,新毛问:"易总,你答应捐多少?"

"修建镇中学食堂,你想我会捐吗?"易超华两眼喷火。

新毛和坐在后座的漾毛交换了一下眼色,不作声了。

乡村的主干道虽然铺上了水泥路,但路面薄而窄,很多地方都已是坑坑洼洼。易超华家在白旗峰脚下,越往前,路越弯曲陡峭。天空又飘起了雪花,山野白茫茫的,松枝、灌木上挂满了冰凌。新毛打开车窗,帮易超华瞧着路基,生怕奥迪跌进下面荆棘丛生石头遍布的溪涧里。

山野村落都在冰雪里静默着,只有车轮压在冰雪上的嚓嚓声。

易超华发现前边有人骑着一辆破旧的摩托车,从斜坡下往上而来。他寻思着把车开到一个稍微开阔平坦的地方,好让对方过去。

"罗见贤!"新毛惊喊了一声。

易超华和漾毛怔了一下,聚神一瞧,果真是罗见贤!戴着护耳的黑棉帽,穿着黑棉大衣,小心、吃力地驾驭着摩托。

"搞死他!"新毛小声而干脆地说。

"对,天赐良机,不能错过。君子报仇,十年不晚,易总,都已二十三年了。"漾毛捅了捅易超华的后背,积极撺掇起来。

在两人兴奋的注视下,易超华的心怦怦跳动起来,眼里闪着火苗,握着方向盘的手微微抖索着。路面又窄又滑，只要他踩油门的脚稍微用点力，把方向盘往那边打打，罗见贤就会连人带车挤进溪涧里！即使老天怜他，让他避开河里的石头，但落汤鸡，一身冰冷，那是逃不脱的。

易超华脚下开始用力，奥迪吼叫着往前逼。罗见贤惊慌抬起头来，毛帽子掉落了，细长干瘪的脖颈上，像刨了皮的芋头一样的脑袋上冒着热气，嘴巴张得大大的，手忙脚乱地寻找平衡，嘶哑地喊："你们想干什么？"

易超华心中一凛，猛地踩了刹车，奥迪往前一倾，在罗见贤身边停住了。罗见贤惊魂甫定，喘着粗气，吐出一团一团白雾。

易超华透过车玻璃望着这个恨了二十三年的人。二十三年的时光，一点一点地挤干了他身上的水分，一根一根地拔光了他那头浓密的头发。

跟这么一个糟老头较劲？

易超华忽然感到自己无聊透了。他踩了油门，把方向盘尽量往山崖边靠紧，慢慢地从罗见贤的身边开了过去。新毛和漾毛感到了易超华的异样，惊愕着，不知说什么。

考上镇上初中，易超华是给家里带来了荣耀的，毕竟白旗峰小学只有五个人考上。寄宿生活清苦，学校食堂只负责蒸饭，菜由学生从家里带来，一个星期带一次。学校摆蒸笼的木架子放在食堂外的操场上，长期的日晒雨淋，有几处已经腐朽了，只好用红砖垫着。

那天是初一期末考试的最后一天，考完就可以痛痛快快玩上一个暑假了。易超华计划一放假就去山上挖乌药，切片晒干后卖给镇上百药店，攒了钱去买一个有盖子的铝饭盒，下学期就不会经常吃焦黄的蒸笼水饭和煤灰饭了。

下早自习了，易超华踩着铃声，随着同学往食堂跑去，在蒸笼里搜寻到了自己的陶钵子，正准备伸手去端，谁知身后的同学推搡起来，他无法站稳，身子扑到了蒸笼上，垒的红砖倒了，蒸笼往一边倾斜，架子的另一条腿也断了。同学们一哄而散，易超华发现他的陶钵子滚到了地上，撅起屁股去捡，还没捡到，政教主任罗见贤走了过来，抓住了易超华，吼道："挤什么鬼，把架子都挤断了。"

早已饿了的易超华看着红砖堆里的陶钵子，很烦躁，说："我在端饭，是后面的在挤我。"

罗见贤飞起一脚，踢在易超华的小腿上，易超华疼得蹲了下去。罗见贤说:"损坏公物照价赔偿,回去拿十块钱来才准进教室读书。"

　　罗见贤去洗碗池那边维持秩序了,新毛捡来陶钵要易超华吃饭,易超华眼泪流下来了,赌气不吃。他父亲给别人做一天工才一块多钱,哪会拿十块钱给他来学校赔偿呢?说不定还会揍他一顿。回到寝室,撸起裤腿一看,小腿胫骨处青肿了,火辣辣地疼。

　　上课铃响了,同学们往教室跑去,易超华用绳子捆了铺盖,背着回家了。几天后,随着堂哥去广州进厂做流水线工人,后来在车站做搬运工,在建筑工地担砂浆,跟人学习装模,砌墙,成立基建队。易超华动手能力强,很多事一学就会,但毕竟辍学太早,存在很多的知识空白,制约着他的发展。每当"书到用时方恨少"时,易超华就恨起了罗见贤。

　　"易总,刚才你完全可以报当年的'一踢之仇'啊。"漾毛终于忍不住了。

　　新毛眼望着前方,感慨道:"踢在脚上的痛早已好了,留在心上的痛才是真痛啊。如果易总当年不过早辍学,这些年干下来,早不是一个建筑队,而是建筑公司了。"

　　车子转过一个弯,易超华才说:"没想到他已经苍老成那样,我忽然不恨他了。幸亏刚才没把他挤进溪涧里,不然,接下来该恨自己了。"

　　终于回到了家门口宽阔平坦的水泥坪,易超华如解开绳索的囚犯,长嘘了一口气。他想,明天,还是和黎书记去镇中学看看吧。

衔泥带得落花归

锦瑟华年书与度

当校园所有的桂花约好了齐放，馥郁的甜香熏得鼻子痒痒的时候，我迎来了生命中另一拨有缘之人。在高中语文学习的第一堂课上，围绕"阅读和写作"，我对学生提出了两个要求：养成一种记录自己生活、书写自己故事的习惯，每周交一篇随笔；不阅读，语文学习无从谈起，每月交一次读书笔记。

高中第一个月一晃就过去了。语文科代表把一沓本子送来的时候，说："老师，读书笔记有五个同学缺交。"

"一个月才交一次，还有人缺交？"

"各门功课作业太多，教材都没时间温习，更不用说课外书了；再说，班上也没几本课外书……"

我看了看学生的读书笔记，几乎没有超过一页的，且只是些优美语句的摘抄，有个学生还抄了课文充数。

学生都回去了，教室空寂下来。我翻了翻学生的课桌，除了教材就是教辅，心不由空荡、悲凉。高中三年，是激情飞扬思想燃烧青春闪烁的年华，应该与书本为友，与大师对话，而不是整天埋首于题海，成为思想苍白的做题机器。我掏出手机，在家长微信群里发了个倡议，在班内开展一个"用一本书换看八十三本书"的活动，本次月假期间，请家长帮助孩子选一本适合孩子阅读的课外书，带回学校与同学互换阅读，将书的价值利用到极致。倡议很快得到了不少家长的赞成，有家长询问买什么书，我在群里提供了一部分书目。

月假过后，学生们带着自己的课外书喜气洋洋来到了教室，迫不及待地和"左邻右舍"交换、赏读起来，教室里洋溢着新书的香味。我要求学生把书摆在课桌上让我巡查，我欣喜地看到了胡赛尼的《追风筝的人》《灿烂千阳》，余华的《活着》，路遥的《平凡的世界》，毕淑敏、余秋雨的散文选，刘慈欣的《三体》，梭罗的《瓦尔登湖》，蒋勋的《说唐诗》《说宋词》，还有《论语》《世说新语》《唐诗三百首》，还有很多的《读者》《意林》《素材》《时文选粹》……面对这么多好书，我的眼里一瞬间泛起了涟漪，学生不是不喜欢阅读，而是缺少指导啊。

我激动地说："如果人生有捷径，那就是读第一流的书。读书是一件非常愉悦的事，有书读是一种福气。在书海里找到一本书，就好像在人海里找到一个人，是很难得的缘分，我们要好好珍惜。同学们先认真看完自己买的书，再相互交换着读。每周五的语文课定为阅读课，课余时间，只要你想读都可以。但如果你上数学课，就算你看世界名著也是不对的。"

当第一节阅读课来临时，我在黑板上用彩色粉笔画了一张"最是读书能致远"的读书海报，教室的气氛一下就活跃起来了，学生们显得轻松而兴奋，纷纷拿出自己买的课外书。我要求学生一定要带着敬意和欣赏去读书，一本好书包含了作者一辈子的经验和智慧，作者为了写这本书花了不少的心血和时间，那些书不是字，是生命，而这些生命对读者的生命来说，是一种引领。"眼过千遍不如手过一遍"，读书的同时，一定要养成做阅读笔记的习惯。

高中阶段学业繁重，肯定难得有整块的时间来进行课外阅读，我特别向学生介绍了汉代著名学者董遇的"三余"学习法："冬者岁之余，夜者日之余，雨者晴之余。"董遇抓住冬天、夜晚、雨天的空余时间，刻苦学习，成了一个学识渊博的人。我们也要学会利用时间的边角余料，排队买饭时，三餐饭后，上学路上，就寝前，都可以进行阅读。阅读应该像我们每天吃饭睡觉说话一样，是一种需要。

又到了放月假的时候，学生交上来的读书笔记与上个月截然不同，吴倩、扶佳园、彭万宁、罗斯等十多位同学的读书笔记多达五页，且字迹工整，分门别类。我在班里进行了读书笔记展览，对最好的五本笔记进行了奖励。

期中考试后，我利用社团活动时间召开了一次读书交流会，以"名人名言""书海拾贝""我最喜欢的作者""好书推荐"等小板块，让同学们介绍自己看过的新书、好书，交流自己在读书活动中的心得体会。学生

衔泥带得落花归

阳禹泰讲了读《瓦尔登湖》的体会："我从来没有想到大自然会有如此魅力，生活可以这样简单。我读着这本寂寞、恬静、智慧的书，心里安静极了。"后来，他还写了一篇读后感《美丽的小木屋》，发表在市报的"悦读"栏目上。

为了更好地推进读书活动，我还邀请了家长中一位省作协会员来班上进行指导。这位业余作家是个农民，一直过着晴耕雨读的生活，发表了不少作品。他说："读书是门槛最低的高贵，有多少人通过阅读一本书，而在他的生命中开始了一个新的时代。要是没有书读的话，我不知道下雨天该做什么。"他带来了五本读书笔记和一本他发表在报纸杂志上的作品剪报，那份精美和细致让学生们大开眼界。

书卷多情，读书是世间最美的姿态。书与人之间有了奇妙的相遇，人就会被唤醒，一个不断被唤醒的人，会一点点摆脱平庸，会遇见光明而俊美的灵魂，会强大而优雅地栖居大地。

窗外的银杏绿了，黄了，挂上了冰凌，又吐出了新绿，我们的教室，始终弥散着宁静、温馨而又崇高的氛围，因为孩子们正在翻动着书页……

没有辜负翅膀的母鸡

这是一只有些年头的母鸡,通体金黄,颈上黑咖色斑点如一条华丽的围脖,暖和贵气。它不吵闹,不抢食,不生病,产蛋不多不少,体形不胖不瘦,平凡安静得让大家忽略它。

主人只有两次想到过它。一次是大病初愈,想抓了它炖汤喝,它却正趴在草箩里产蛋,主人只好抓了那只不产蛋的乌骨鸡。一次是家来了贵客,主人在门口咯咯咯呼唤,然后撒了把米,几只未经世事的小鸡飞了过去,而它伏在紫苏丛里想:非早非晚,不是投食时间,平时都是糠饭锅巴,怎么突然给了白花花的大米呢?主人的呼唤声在持续,别的伙伴们跳过门槛进入了堂屋,它还没想明白,忽然堂屋的门关上了,屋里响起一片惨叫,像上次黄鼠狼从洞穴里钻进来一样。不多会儿,听到主人倒提着肥胖的贵妃鸡,高兴地喊:"拿刀来。"

经历多了,它思想更灵泛,心胸也更开阔。能做贡献还是要尽力而为,比如产蛋;非常时间,意外美食不要贪;不要太靠近主人,他的刀随时磨快在案板上。除了早晚混在伙伴堆里埋头吃食,其余时间它就在屋前屋后努力寻食,有时篱笆外的稻田里跳进来一只呆头蚂蚱,它啄住了蚂蚱,美食一顿。

孔圣人说"七十而不逾矩",它没那么老,但也高度自律,守规矩,不飞桌上凳,不偷啄食物,不随地排便,该出笼时出,该归巢时归,作息有序,生活安稳,在篱笆院落里慢悠悠地度着时光。

当燕子一会儿在梁上呢喃,一会儿飞向蓝天的时候,当麻雀一会儿在檐前啾唧,一会儿飞落稻田的时候,它突然想,我也有一双翅膀啊,也可以去篱笆外看看呀。它张开有点生硬的翅膀扇扇风,草叶上的小飞虫滚落到了地上。它笑了,它感到了自己的力量,它开始练习往上飞,伙伴们像看西湖景一样看着它,当它一次又一次摔倒在地,身上沾满泥土的时候,大家都笑了,笑它自不

衔泥带得落花归

量力。慢慢地，伙伴们失去了围观的兴趣，继续玩它们啄食蚯蚓的游戏，至于它啊，大家把它当成傻子。

当它浑身摔成青紫，毛羽零落满地，当伙伴们都不理睬它，当那只雄壮俊美的公鸡正眼都不瞧它，它也放弃过，想重新回归到原来的生活轨道，但梦想的种子一旦萌芽，千斤巨石都压制不住，心湖再难平静。它继续练习，在一个秋高气爽的早晨，它突然飞过了篱笆，重重地摔在篱笆外的稻田里。

等它苏醒过来，已是秋阳高照，它全身暖洋洋的，发现自己竟然躺在金黄的稻谷上，还有很多的小爬虫、小飞蛾在眼前晃来晃去，它开始享受这难得的美餐。随着能量的摄入，它可以站起来了，在稻田里钻钻，在田垄上走走，篱笆外的世界多广阔啊，无数的稻谷、虫子、青草，让它感到从未有过的富有和清新。在黑夜来临之前，它在河边的大枫树上寻到了一个树洞，里面安全而温暖。

在稻田里，它生活得富足悠闲，自由自在。可有次在田垄上晒太阳时，一个巨大的影子投射下来，它抬头一看，一只老鹰俯冲而来，它迅速滚进稻田，躲过了老鹰的利爪，逃回了树洞，一个下午都不敢出去。傍晚时分，它想去稻田弄饱肚子，刚走到洞口，一阵风吹来，它忽然闻到了浓重的狐臊味，它警觉地往外望望，一只黄鼠狼拖着长尾巴正往树洞而来。它竭尽全力，扇动翅膀，飞上了树丫。

这时，它有点怀念主人家铺了稻草的鸡笼，温暖而又安全。它记得自己是从一道竹篱笆飞过来的，但怎么也找不到那道竹篱笆了。在它寻找的时候，轰隆隆的收割机把田里的稻谷越收越少，最后只剩下一丘有沼泽的稻田，它和青蛙田鼠都躲藏到了这里。有一天，一伙人从四面八方割稻，一个人叫了起来说："太妙了，这里面还有一只母鸡。大家围拢，捉了它。"

它看到四方被包围，想纵身一飞，突出重围，谁知一根稻草缠住了脚爪，它被牵扯了下来，落进了沼泽，淤泥粘住了毛羽，再不能动弹。

割稻的人围拢来，高兴得很，抓了它放进旁边的水渠里洗濯，它形象尽毁，全身一片冰凉，闭上了眼睛。"真是没用，这么一浸就闭气了，死鸡没味。嚯，阿黄——"

趴在路边打盹儿的老狗阿黄颤悠悠地走了过来，在阿黄一嗅一嗅的鼻息里，它翻身跃起，飞上一个树桩，跳下沟壑，进入了一片树林。

在树林里，它开启了全新的生活，虽然不能像雄鹰那样飞向天空，但也没有辜负上帝给它的翅膀。